U0534428

本书获陕西省教育厅科研计划项目资助("冯积岐小说艺术研究",项目编号：18JZ035)

冯积岐创作论

王祖基 等著

中国社会科学出版社

图书在版编目(CIP)数据

冯积岐创作论/王祖基等著. —北京：中国社会科学出版社，2020.8
ISBN 978-7-5203-7110-0

Ⅰ.①冯… Ⅱ.①王… Ⅲ.①冯积岐—小说创作—文学创作研究 Ⅳ.①I207.42

中国版本图书馆 CIP 数据核字(2020)第 164098 号

出 版 人	赵剑英
责任编辑	王莎莎
责任校对	张爱华
责任印制	张雪娇

出 版	中国社会科学出版社
社 址	北京鼓楼西大街甲 158 号
邮 编	100720
网 址	http://www.csspw.cn
发 行 部	010-84083685
门 市 部	010-84029450
经 销	新华书店及其他书店
印刷装订	北京市十月印刷有限公司
版 次	2020 年 8 月第 1 版
印 次	2020 年 8 月第 1 次印刷
开 本	710×1000 1/16
印 张	12.25
插 页	2
字 数	175 千字
定 价	78.00 元

凡购买中国社会科学出版社图书，如有质量问题请与本社营销中心联系调换
电话：010-84083683
版权所有　侵权必究

目　录

绪论 ……………………………………………………………（1）

第一章　永远的苦难之旅 ………………………………………（8）
第一节　饥饿 ……………………………………………………（11）
第二节　病 ………………………………………………………（13）
第三节　死亡 ……………………………………………………（16）

第二章　"松陵村"
　　　　——一个被周文化浸染的文学世界 ………………（20）
第一节　作品中的松陵村世界 …………………………………（20）
第二节　"德"与"因果" …………………………………………（22）
第三节　封闭与保守 ……………………………………………（24）

第三章　焦虑：创作的主导心态 ………………………………（27）
第一节　身份的摆荡性 …………………………………………（28）
第二节　质疑身份 ………………………………………………（32）
第三节　寻找新的身份 …………………………………………（37）

第四章　为"底层"代言与权力批判 ……………………………（43）
第一节　"地主娃"视角与为"政治底层"代言 …………………（44）
第二节　文化人视角与为底层农民代言 ………………………（51）

第三节　权力批判 …………………………………………（56）

第五章　暴力叙述与逃离情结 ………………………………（61）
　　第一节　暴力的多重叙述及其内涵 ………………………（61）
　　第二节　无法摆脱的逃离情结 ……………………………（69）

第六章　身体、欲望及其隐喻 …………………………………（76）
　　第一节　自然的身体 ………………………………………（76）
　　第二节　被压抑的身体 ……………………………………（77）
　　第三节　女性的身体 ………………………………………（81）

第七章　乡村独特的人物形象 …………………………………（85）
　　第一节　乡村干部形象系列 ………………………………（85）
　　第二节　卑微而伟大的乡村女性形象 ……………………（95）
　　第三节　胆小懦弱的乡村男性形象 ………………………（102）

第八章　艺术技巧与技法的不懈追求 …………………………（105）
　　第一节　冯积岐小说中的圆形叙事模式及其内涵 ………（105）
　　第二节　小说结构 …………………………………………（118）
　　第三节　象征与暗示 ………………………………………（122）

第九章　西方文学影响下的冯积岐小说创作
　　　　　——以卡夫卡为例 ……………………………………（126）
　　第一节　内心世界向外部的巨大推进：卡夫卡与冯积岐
　　　　　　小说的自传性 ……………………………………（127）
　　第二节　审父 ………………………………………………（137）
　　第三节　异化主题 …………………………………………（145）
　　第四节　荒诞与变形 ………………………………………（154）

余论　权力批判与人性反思的力度与局限 …………………（169）

冯积岐简历及小说年表 ………………………………………（172）

参考文献 ………………………………………………………（182）

后记 ……………………………………………………………（189）

绪　　论

　　陕西作家的本土意识极为强烈，他们的创作就像陕西这个省一样，区域不同，反映在作品中的历史文化、地理风貌、人文情怀亦不同。美国作家福克纳的绝大部分小说关注故乡约克纳帕塔法，于是文学中就有了约克纳帕塔法世系。这种地域与文学的密切关系，陕西作家均有深刻领会。陕西有关中、陕南、陕北三大区域，每一个区域都被作家们写入了文学作品，他们各自为营，于自己记忆中的"故乡"打捞历史片段，因此即便是同一区域，也贴上了不同的标签。例如，柳青、陈忠实、冯积岐均写关中农村：柳青写的是农业合作化背景下的长安农村；陈忠实写的是20世纪初至改革开放初期的西安东郊农村白鹿原；冯积岐写的是自"文化大革命"至"城镇化"时期的关中西府农村。

　　与许多陕籍作家相比，冯积岐的创作出发得稍晚，1983年才发表了他的第一篇小说《续绳》，其间，有些陕籍作家已拿到了全国小说奖，但他的创作力极其旺盛，至今为止，已出版了十余部长篇小说，发表了近300篇中短篇小说。自20世纪90年代以来，他的创作量年年攀升，尤其是近几年，几乎是一年奉献一部长篇小说，以致不能不说，在目前的陕西文坛，冯积岐是风头正盛的一位。从冯积岐初入文坛算起，至今恰好37年，也就是说，冯积岐将他人生中最宝贵的37年献给了文学。他用30多年只做了一件事，就是一行一行地填满稿纸的空白，也填满他人生的一个个空白。在这30多年里，冯积岐所获国家级奖项并不多，但他依然"生命不止，创作不息"。因为在短篇小说方面颇有建树，冯积岐被称为"短篇小说之王"，当人们期待他在短篇小说上再创辉煌时，他却将更多的精力投放于长篇小说创作之上。他希望自己的创作"一直在变"，这种变化其实是对于过去的超越，并且他自己也在这种"超越"中欢欣自得，这一切都会让人一再想起陈忠实常说的一句话——"文学是魔鬼"。因此，对于这样一个创作还远未结束的作家，我们只能尝试着总结冯积岐 30 多年来的文学创作。如果要给他的创作赋予几组关键词的话，那就是苦难与权力、欲望与人性、反抗与逃离。苦难的产生源于权力者滥用权力；人类深深地纠缠于欲望之中亦可见人性之丑；存有良知的孤独个体在对抗中一次次遭受挫败而最终选择逃离。从反抗到逃离，用逃离的方式再反抗，由此，我们看到了作者的坚持与无奈，忧伤而不绝望，看到了他直面现实生活的理想主义、英雄主义色彩，这又是一个"生错时代的旧理想主义者"，只不过与张承志相比，冯积岐的无奈与无助感似乎要强烈得多。

　　面对冯积岐如此不绝的创作激情与创作生命力，也许首先应该探讨的是，究竟冯积岐的创作宝库源于何处，或者说究竟是何种力量在支撑着他的创作。他自己曾多次提到三个创作资源，即苦难的童年、少年生活；忧郁的青年生活；关中西府的故土文化，即周文化。前两个是生活资源；后一个是文化资源。

　　谈到一个作家创作风格形成的原因，自然容易追溯他的童年经验。童庆炳先生曾指出艺术家的体验包含缺失性体验与丰富性体验。缺失性体验指主体随精神或物质上需要的缺失而引起的痛苦、焦虑等体验。这种缺失激发了作家力图获得对象的顽强意志，也成为很多作家创作的动因。冯积岐的童年体验就是一种缺失性体验，与怯弱相联系，他曾在一篇文章中提到，他儿时有一次啃萝卜时发现有人在后面追，慌乱奔跑中掉进了水井。多年之后他回忆起来，自己之所以奔跑，并非是后面有人追赶，而是被水井周遭的茅草迷惑，以为这堆茅草能将自己掩藏起来。因为年幼，童年时期冯积岐对于饥饿的记忆并不深刻，在这篇文章中，生理需要即衣食住行的缺失尚不明显，所缺的是安全感与爱。对周遭的世界缺乏安全感，他希望茅草将自己掩藏起来；被三叔抱上来之后,他心头"渗进了一股暖意,有了做人的安宁感"①,满足了作为一个人被他人关爱的需要。这两种需要的缺失导致幼时的他对于这个世界产生了怯意与慌乱,以及渴望逃离的孤独感。

"文化大革命"开始,冯积岐的家庭成分被划为地主,他成了"地主娃"。政治身份被剥夺,读书权利也被剥夺,饥饿、劳累开始成为他的老朋友,还有陪斗、被训话、目睹家产被抄……在生理、心理上均遭受摧残。政治身份被歧视,就意味着一切都被否定。原本还能点着煤油灯囫囵吞枣地读小说,以"读书"作为生活的唯一乐趣,甚至证明自己为"人"的唯一证据,但这种乐趣与证据因为政治运动失去了。生理需要、安全需要、爱与归属的需要以及尊严的需要均缺失,更无法满足自我实现的需要。童年、少年时期,冯积岐的需要缺失越严重,欲望也就越强烈,当老师让他用"人"造句时,小小的他竟造出了"我是人""我娘是人"的句子。冯积岐的童年、少年时期,用"苦难"二字概括毫不为过。

青年时期是幼年到成年的过渡阶段,是人发展最快、变化最大、最有发展优势的年龄阶段,也是一个人开始自觉实现自我价值的时期。因为"文化大革命"时期的政治身份,冯积岐由少年时期步入青年时代的路途走得极为艰难,他的青年时代被卑下的阶级身份压得苍白,合法身份尚且要受到质疑,更何况成家立业。20岁时,他的"成家"问题算是解决得比较偶然却也顺意;"立业"则到了30岁,因为他的文学能力。1983年发表了第一篇小说,因写作才能受到乡领导的重视,他被推荐到岐山县北郭乡广播站当通讯员,虽然不是"正式工",但与一般农民相比,他还是半脱产的干部。1990年冯积岐由西北大学作家班毕业,在《延河》杂志编辑部帮忙。1994年,41岁的冯积岐转正,成为作协机关干部。这能否看作经历多年苦难与折磨的冯积岐终于修成正果?

缺失性的生活体验使冯积岐的创作一出发就带上了苦难、困惑、

---

① 冯积岐:《将人说诉说给自己听》,《萌芽》1992年第6期。

质疑与出逃的渴望，这种创作风格一直到最近几年才有所改变。冯积岐的故乡岐山是周文化的发祥地，是青铜器之乡。岐周文化以"尊德"为主导，在这一文化孕育下的民众性格纯朴、传统、好礼仪，同时又有着目光短浅、保守、好面子等负面的因素。周文化作为冯积岐创作的资源，其主要意义不在于他的作品中呈现了一系列的西周文化要素，而是人物文化性格的塑造。他的小说背景多是"松陵村"，这个松陵村就是被周文化浸染的村子，村子民众淳朴、谦和，有的甚至还有"利他主义"的性格因子，如《沉默的季节》中的周雨言、《村子》中的祝永达、《粉碎》中的景解放，塑造这三个人物的时间前后相差了12年，但彼此却有相似性：他们有一番抱负，遭遇了两次婚变，渴望为农村的发展贡献自我，可见他们身上所带有的"礼仪"文化。第一次婚变预示着传统文化遭受到现代文化的冲击；第二次婚变预示着他们依然在固守传统。但就整个陕西关中地区的文化性格而言，都有着淳朴、传统与保守的一面，加上冯积岐并未有意彰显整个岐周文化的个性，因此这一文化资源在冯积岐的创作中并不明显。

实际上，除了这三个资源。笔者认为还应该提到的文学资源，是冯积岐不断阅读的经典作品。如果说生活资源与文化资源给了他创作的根基，那文学资源就给了他飞翔的翅膀。冯积岐在多篇文章中提到他对经典，尤其是欧美文学的阅读给他"打开了天窗"[①]，他读契诃夫、莫泊桑，了解了短篇小说结尾的重要性；读梅里美、欧·亨利、乔伊斯，懂得了每篇小说应各有各的滋味……不断地阅读，让他逐渐开阔了视野，提高了文学品位。阅读也强化了他的写作技巧，他的每一篇短篇小说都有自己的风格就得益于此；阅读又使他逐渐形成了自己的文学观，即"文学是心灵史"，因此他的长篇小说并不重在展示一个民族的发展史，而是追溯人的心灵史，具体来说，就是揭示人性中最隐秘的地方，也即人性的弱点。

纵观冯积岐30余年的小说，最让人刻骨铭心的是苦难。冯积岐的

[①] 冯积岐：《读书》，《延河》2010年第7期。

作品中总有一种无法排遣的忧愁，这种忧愁与苦难相连，有时甚至是由一系列苦难组成，这些苦难把人压得喘不过气来，只有无奈地叹息；读得多了，即便有快乐的场面，也总让人提心吊胆，因为短暂的快乐之后往往是更深的苦难。这种苦难有农民因衣食住行而来的生的艰难，也有文化人渴望自我而不得的活的艰难。苦难不是源于农民的愚昧、懦弱，而是出于权力者的压迫，因此文化人面对苦难的农民已经不再是启蒙者，而是与苦难的农民同呼吸共命运的苦难的承受者。不过农民所承受的更多是肉体之痛，而文化人却是精神之痛。面对他作品中的苦难，有时也不免要问，冯积岐究竟为何要如此固执地撕开生活中那些美丽的薄纱，露出惨不忍睹的滴血伤疤？在消费时代，各种娱乐方式铺天盖地，时下的读者已经习惯了在哈哈一笑中酣然入睡，有谁愿意被压抑得喘不过气的世界纠缠住原本就已脆弱、经不起半点风吹草动的神经？不如就迎合大众，互相消费，人生不过一场戏。可是，不，冯积岐说我们太习惯了遗忘，看见了镀金的天空，就忘记了死者的倒影。鲁迅当年也曾指出民众的健忘，但是今天的冯积岐已没有当年鲁迅的启蒙者姿态。鲁迅尚且渴望做一个振臂一呼应者云集的英雄，而在众声喧哗的今天，人人都在毫无秩序地振臂呼喊，呼喊的声音似乎也在为这个世界添乱，那索性挖掘苦难，亮出伤疤，为了"让大家看个明白以便于治疗"[①]，这也足见冯积岐面对苦难的勇气与无奈。

最让人拍案叫绝的是批判。冯积岐小说的批判力度力透纸背，这种批判多伴随着苦难叙述展开，批判所指为权力、专制。在思想专制的年代，拥有政治权力就拥有了对他人的生杀予夺之权，人性、人道主义被彻底抛弃；在"改革"年代，一些基层领导者同样滥用权职，肆无忌惮地践踏他人的生命，底层民众却无从反抗。在权力的极度压制下，底层农民只有卑微地生活着。批判力度在他的短篇小说可能表现得更突出，有的一开篇不着痕迹，故事在絮絮叨叨中展开，带点魔幻色彩，加上突兀的情节，看到似懂非懂之处，突然在悲剧氛围中结

---

① 冯积岐：《自序》，载《小说三十篇》，东方出版社1998年版，第3页。

束，让人莫名其妙，思考再三，感觉在批判什么，但那究竟是什么，却又说不透，因为说不透，批判的意味反而更浓。比如《曾经失明过的唢呐王三》《故乡来了一位陌生人》《目睹过的或未了却的事情》《革命年代里的排练和演出》，批判的是特殊的年代、集权的体制，也是大众的麻木。关于小说的批判力度，冯积岐是有意并极力为之的。与书写苦难一样，批判的目的同样是在揭示真相，他曾说："在一个被扭曲的时代，尤其是当浊流滚滚而来时候，有良知的作家要明白自己手中的那支笔的分量有多重"，要"坚守人民立场，坚守艺术立场，坚守批判立场，这是一个好的作家最起码要遵循的原则""一个清醒的作家必须和时代保持距离，用批判的眼光去审视，这是最低的起点"[1]。冯积岐的创作坚守了知识分子的批判立场，这一立场增添了他小说的思想深度。

　　读来最耐人寻味的是技巧。以创作先锋小说起步的冯积岐把小说当作一种艺术，"怎么写"自然是他极为在意的事，他的小说多从故事结构、叙述角度、叙述语言等方面来彰显个性。有研究者认为他的小说有"小说味"，有"味"的小说则应该在写作技巧与写作内容上高度契合，且使小说具有鲜明的个性。"写什么"与"怎么写"的"和谐整一使冯积岐的小说味纯正耐嚼"[2]，因为他把写作视为生活，因此下笔才小心翼翼。即便是一个短篇，有了题材他也不会轻易下笔，而是要先找一个合适的叙事角度。乡间祈子有"撵香头"的习俗，《去年今日》写的就是与这一习俗相关的简单故事，一个叫列列的女子因"撵香头"得了儿子，第二年去还愿时，她却突然想找到去年与她夜宿窑洞的陌生男人，等她终于看到时，那人正跟着另一个女人进了窑洞。冯积岐将这篇小说写得极为耐读，开头部分写得像一首优美的诗，结尾则像一首哀怨的歌。今年与去年穿插进行，故事背景并不说透，一开篇列列内心的渴求还不明朗，等她要求再逛一次庙会时，便逐渐清晰，到最后她失望地流泪走开时，她隐秘的内心世界才被完

---

[1] 吴妍妍：《写作是一种生存方式——冯积岐访谈录》，《小说评论》2012年第4期。
[2] 夏子：《午后之死——冯积岐和他的小说》，《小说评论》1994年第5期。

全揭开。除了叙事角度之多样，阅读冯积岐的小说，还容易被他的语言所吸引，冯积岐所用的是一种极富有诗意、感性与理性杂糅，并融合多种修辞手法的文学语言，像一条河流，平静处诗意灵性，激烈处犀利悲愤，艺术感染力不言自明。

冯积岐是一位自我意识较强的倾诉型作家，他大部分作品都绕不开个人经历。他的人生经历了三个阶段："地主娃"、农民、作家，他的作品也选取"地主娃"与文化人的视角，主要关注"文化大革命"时期的"地主娃"，"改革"时期的农民以及文化人，写他们的爱恨苦累。他的大部分小说都在揭示苦难、批判权力、彰显人性之丑。2011年以《逃离》为标志，他的小说由对历史的批判转向对人性的关注，语言较之前期平实许多，开始发掘人性之善；而在《粉碎》中，人性之善被张扬到一个难以企及的高度，一方面可以将此作为一个可喜的信号，那就是冯积岐已挣脱束缚他多年的"文化大革命"情结，也许多年之后，他再次书写"文化大革命"故事，会抛弃他以往"文化大革命"书写中的"个人情绪"，更多地站在民族发展的立场上，客观、全面地审视这一段历史；另一方面又不免令人担忧，他的"批判立场"是用多年的创作积累起来的带有个性特色的写作姿态，一旦放弃这一姿态，他将以何种方式彰显自我？此外，从人性之恶到人性向善，都不过是选择了人性的两极，也许更需要揭示的还是人性中既恶又善的错综复杂的矛盾。

第一章　永远的苦难之旅

冯积岐的小说具有苦难、忧郁的气质，似乎这些人类永恒情感的种子埋在了他的心里，长在了他的身体里，与生俱来，如影随形，挥之不散。这种苦难、忧郁的感情种子一旦碰到适合生长的土壤，就会生根发芽，快速成长。不知幸运与否的是这种子真的碰到了合适的土壤，在作者身上、在他的小说中生根发芽，最终长成了参天大树。说其幸运是因为正是这种子成为作者的气质，成就了其小说的独特品质；说其不幸是因为这种子碰到的土壤的养分却是酸涩、苦难的，作者的气质、其小说的特质都是在这种养分中成长和获得的。

苦难在冯积岐的笔下呈现为多种形式。从苦难承受者角度来看，苦难是个体的，也是群体的。当然就冯积岐的小说写作历程来看，苦难最初表现在个体或者几个人身上，最后表现在群体身上，这表现出了作者把握生活的能力和观察主体的能力，也是作者主体创作意识由自发到自觉的过程的显现。从苦难的内容来看，冯积岐小说中的苦难表现为多种形式，或者以饥饿、疾病、金钱匮乏等物质形式表现，或者以性欲不满、权力戕害等精神形式表现。这表现出作者敏锐的观察能力和对生活体验的敏感性。从苦难所表现的内质来看，在冯积岐小说中，大多表现出的是人类物质生活和精神生活的一个方面，即人类苦难和困顿性的一面，生活中欢乐和幸福的一面似乎遥不可及，总被这些苦难遮蔽着。总之，冯积岐的小说总是在诉说着人类的苦难，而且这种苦难呈现出不能完结性——成为永远的苦难之旅。

在冯积岐的小说中，主人公一直都是敏感、忧郁的，似乎在他身上人性中欢乐和幸福的一面都被生活的苦难所遮蔽，生活呈现给他的永远是忧伤和艰难，这成为其小说主人公生活的主基调和主色彩。他或者被时代所压迫，或者被同时代的人所压抑，在这种大小环境的双重压制下，主人公注定不能摆脱其苦难的生活与苦难的人生。另外，这种苦难的特质不仅表现在主人公身上，也表现在主人公所代表的特定群体身上。当然这种苦难并非是一开始就以群像的形式出现，在冯积岐的小说中，苦难的内容是双重的，物质的和精神的都有，但最终都以精神的痛苦为主，这其中渗透进作者多重的观察视角，也有其在这一方面写作的路数，那就是物质上的痛苦最终将转变为精神性的痛苦，苦难总以精神痛苦的形式向读者展示，相比较而言，物质上的困顿和苦难似乎成了精神苦难的对比物，物质上的苦难最终似乎变得微不足道，而精神的困顿和苦难似乎总也逾越不了，它像个幽灵一样总徘徊在冯积岐的小说中。在冯积岐的小说中，苦难是人类生活的内质，似乎人类除了苦难还是苦难，这种苦难以其不可完结性在冯积岐的小说中表现出来，不仅表现在其众多的短篇小说中，还在他大多数的长篇小说中。

冯积岐的小说与其个人对生活的体验分不开，在他的少年时期，"文化大革命"开始了，他就在苦难中汲取生存的养分；他讲述了自己在1979年被纠正成分后，积极投入工作，加入中国共产党，然后开始写作。他的青年时期是在写作中证明自己的，他认为如果"一个人把自己的'证明'建立在他人的肯定和承认之上是很痛苦的事情"[①]。他对自己的创作也是如此认为，他说："我不可能像我的祖母一样，把自己在文学上的创造和价值建立在当代的某些人的认同或褒奖上。我顽固地相信，只有时间才是最好的证明。"[②] 在他看来，真正的证明不是为了"向世人'证明'自己能干什么、干不成什么"[③]，而

---

① 吴妍妍：《写作是一种生存方式——冯积岐访谈录》，《小说评论》2012年第4期。
② 同上。
③ 同上。

是对"自己没有达到自己所理想的高峰"[①]的迈进。所以他在青年时期的写作正如他一再强调的：写得很苦。这种苦，除了身体上的，从家到办公室，从办公室到医院的身体之苦外，还有自身对于写作的绝望、对于人性复杂性和宽广性的不断探寻所产生的精神痛苦。这些在冯积岐的小说中都有着不同程度的体现。

在冯积岐的小说中，苦难表现在人最应该幸福、最应该欢乐、最应该对未来生活抱有美好想象的少年时期；表现在人最应该奋斗、最应该积极、最应该对未来激情澎湃、最具有冲击力的青年时期。苦难表现在这样一个时期是有原因的，这与冯积岐的自身经历有关。冯积岐在其访谈录里讲道："在我十多岁的时候，'文化大革命'开始了，我的脸上被刻上了'红字'。最使我痛苦的是，我被剥夺了继续读书的权利，一个'狗崽子'的艰难人生我就不细说了。我开始了不是人的人生。我的生活状态如同卡夫卡的短篇小说《地洞》中的老鼠，即使在地洞中也是惴惴不安。在以后的青年和中年的前半期，我左冲右突，总是冲不出心理上的囹圄。"[②]他还在接受采访时说："在'文化大革命'中，我们村和我年龄相仿的地主'狗崽子'有三个自杀了。我也曾自杀过——用两颗钉子系住一根绳子去上吊，结果，钉子抽脱了，自己跌在了地上。"[③]这可以看出，他的少年时期过得极其压抑，这些话给了我们分析冯积岐小说的入口，正是由于"文化大革命"，使得本应幸福、欢乐、对未来抱有美好幻想的少年成了一个惴惴不安、毫无安全感的病态孩子。这种状态并不只是来自于物质上的压力，更多是来源于精神，在冯积岐的访谈中，他甚少谈到物质生活的困顿和匮乏，谈得最多的反而是对于知识探求的不可得所带来的痛苦，最使他痛苦的是他被剥夺了继续读书的权利。从这句话我们可以得知，冯积岐所认为的苦难是一种心灵上的，也就是他后来所讲的"我确实历

[①] 吴妍妍：《写作是一种生存方式——冯积岐访谈录》，《小说评论》2012年第4期。
[②] 同上。
[③] 李继凯：《复杂人性的探寻和文学生命的建构——关于冯积岐小说创作的对话》，载李继凯主编、苏敏选编《冯积岐评论集》，文化艺术出版社2013年版，第453页。

经了其他和我同龄的作家很少历经的苦难,这不仅是饿过肚子,要过饭。创伤主要来自人格的凌辱,自尊心的伤害,尊严的被践踏。心灵的苦难才是苦难的真正块垒"[1]。这直接导致了他认为的"不是人的人生",而这种不是人的人生使他的心理状态即使在安全的物质环境下,仍然惴惴不安。这种苦难比物质上的苦难更能折磨人,也更能消弭人的精神。在冯积岐的小说中,描写了很多人,每个人都性格不同,面貌各异,但都具有一个共同的特征就是生活悲惨,大多都经历过苦难的生活,身体和精神在苦难的生活中都受到磨炼。在他的小说中,身体的苦难大多来自于饥饿、病痛、性压抑;精神性的苦难大多来自于权力;小说中所呈现出的苦难以身体苦难为基础,继而上升为精神苦难。总之,这些苦难以饥饿、性、病、死亡等形式表现。

第一节 饥饿

在冯积岐的小说中描写了众多的饥饿图景,但大多都是对于饥饿感的描写,这种描写大多都是主人公少年时期的感受。他在《敲门》中描写了十三四岁的母亲在"文化大革命"中的饥饿景象,"母亲给丁小春说……母亲实在走不动了,就撅坡地里的野草吃。不要说那野草是什么味儿,只要能撅得动只要能咽得下,母女俩就吃,哪怕那野草含有毒汁毒素,哪怕那野草吃下去当即毙命,只要当时能把肠胃填一填。母女俩大嚼大咽,以致嘴角里绿水长淌,口腔里发涩发苦发麻,直到失去味觉。母女俩像牛一样贪婪地吃着野草,边吃边走"。而丁小春的母亲在叙述饥饿感时说:"人一旦饿极了,不要说吃草,看见石头都想吃。饥饿不但折磨人的肉体,也折磨人的心性。母亲说,外婆为了要一把面,把比自己小一辈的小媳妇叫姨叫婆。母亲说,假如有人把刀给她架在脖子上,她也不会跪下求生的,但在饥饿面前,她

---

[1] 吴妍妍:《写作是一种生存方式——冯积岐访谈录》,载《小说评论》2012年第4期。

不屈服是不可能的。"① 而这并非作者众多小说中的独一场景，在他的《关中》中，他描写了三年困难时期一群沦落为叫花子的"甘肃客"的饥饿景象。"甘肃客"都聚集在村子东边的地窖里，为了活命，大多女性和孩子就跟村里的光棍汉们生活在了一起，不问年龄，不问美丑，只要能活命。而忍受饥饿的孩子被人收留后，当"我问朋友，想不想他的亲生父母？朋友说，不想。我说，为啥？朋友说，亲生父母没有养活我长大成人。对朋友的这种感情，我很难过……饥饿改变个人的感情和性格"。饥饿让19岁的少女与村里40多岁的中年人生活在一起，而村里偷苜蓿的三个年轻女人，顾不得廉耻也要留住偷来的苜蓿，甚至有一个女性把裤子脱下来装苜蓿，当村里人要抢苜蓿时，她更是死命抱着不放。《沉默的季节》中宁巧仙为了200斤粮食，被六指占有，周雨言也讲："饥饿是一种饱胀的感觉，是对食物强烈的难以抑制的欲念撑破肚皮的饱胀，欲念使你惶惶不安使你无可奈何使你丢弃了所有的标准规则而不顾，只想去满足你的欲念，即使你当即死去，欲念也不会随着死亡而咽气，它还在跳跃，在撺掇你去制服它或克服它。饥饿像一个打手，将我的意识越挠越清晰。"② 周雨言的母亲因为饥饿难耐，"将手伸进了主人家的猪食槽里去抓吃一块被主人丢弃的高粱面搅团，主人发觉之后，以为她是一个明目张胆偷人的贼，就将她的头颅硬向猪食槽里按"③。在冯积岐的笔下，饥饿不仅给人的身体带来不可抗拒的伤害，人的精神也受到了极大摧残，人变得没有尊严，没有羞耻感，以至于人的亲情也会因为饥饿而消失殆尽。正如作者所言："现在回想起来，我才觉得，饥饿确实会扭曲人性，使人变得像狼一样凶。饥饿太神圣了，饥饿太残酷了。"④ 饥饿的感觉不仅来自于肠胃，来自于身体，它还会上升为精神内容，改变情感，扭曲性格，让人顾不得尊严，使人性扭曲，这成为冯积岐小说中探寻人性

---

① 冯积岐：《敲门》，山东文艺出版社2005年版，第69页。
② 冯积岐：《沉默的年代》，中国社会出版社2008年版，第68页。
③ 同上书，第126页。
④ 冯积岐：《关中》，江苏凤凰文艺出版社2015年版，第154页。

复杂性的一个入口。

第二节 病

在冯积岐的笔下，还描写了一群异于正常人的有疾病的人群，在冯积岐的小说中表现为在外界政治压力下，正常人变得眼瞎、痴呆和疯癫，而这些眼瞎、痴呆和疯癫的人却是当时社会环境中最清醒的人。

冯积岐认为他最好的作品有"短篇小说《曾经失明过的唢呐王三》《刀子》《故乡来了一位陌生人》《逃》等，长篇小说《村子》《沉默的季节》……《逃离》等"。[①] 在他的这些小说中，基本上都有异于一般人的病态的人存在，但这些人又是最正常的。

在冯积岐的长篇小说《大树底下》里，有一幅篇幅不小的诡异描述，罗大虎在看到社教工作组组长卫明哲和组员许芳莲在田地里行苟且之事后，卫明哲说："你是个瞎子，从现在起，你眼睛瞎了。"从此以后，罗大虎变成了一个奇特的瞎子，他晚上什么都能看到，白天却什么都看不到。而最为荒诞的是，当卫明哲想让罗大虎看罗世俊被批斗的惨状时，说："我说你不瞎，能看见，什么都能看见。"罗大虎眼睛就能看到了，多次看病吃药都无济于事的眼睛，在卫明哲一句命令之下就看见了。同样超逻辑的故事也在他的短篇小说《故乡来了一位陌生人》中再次呈现，天生是聋子的张三，也是在看到村里的官人和妇联主任的苟且之事后，官人说："你是瞎子，你啥也没看见，听见了没有？"张三说："我是瞎子，你说我是瞎子，我就是瞎子。"[②] 于是张三真成了瞎子，他什么都看不到，只能看到村里的官人一个人。这些人的失明都是政治强权摧残的结果，但是这些人却可以在看不见的时候真正体会自然，做到和天地的沟通，看到更本真的世界。冯积岐

[①] 《延河》杂志社：《恰当而完美的表达和揭示——冯积岐文学创作三十年》，载李继凯主编、苏敏选编《冯积岐评论集》，文化艺术出版社2013年版，第508页。
[②] 冯积岐：《冯积岐短篇小说自选集》，陕西人民出版社2012年版，第75页。

在这里一方面诉说着强权导致身体器官生病、对人的摧残；另一方面又通过高超的写作技巧，将这种失明状态化为一种精神境界呈现在世人面前。在这个世界中，人与自然、人与自己交流；人与自然、人与物、人与己融为一体，这个精神境界成为小说主人公逃离世俗世界的入口。这一点在《曾经失明过的唢呐王三》中有很好的表达。该短篇小说塑造了一个本能看见，却被门槛绊了一跤就失明的19岁青年，在失明后却能跟唢呐交谈，且嗅觉和味觉越来越敏感。当他沉浸在自身塑造的精神世界中时，他看这个世界更清明了，心灵得到了安稳；而他的眼睛突然好了以后，他很难适应，觉得一切都不是真的，又打瞎了自己的眼睛，但是却真的看不见了，连唢呐也看不见了，最终翻下沟死了。冯积岐塑造的王三是一个因为偶然因素失明，从而摆脱了感官欲望，达致更清明的、更真实的世界的人。虽然他异于常人，但是却知悉世界，他在自己的精神世界中获得了自身的圆满。在这里，一种形而上学的精神性层面在瞎子的世界中打开。这也是冯积岐作品的巧妙之处，人眼睛虽瞎，但却达致了人的最本真层面。

在冯积岐的小说中，除了描写眼瞎的人以外，还描写了一个个疯癫之人。他的长篇小说《敲门》《沉默的季节》、短篇小说《故乡来了一位陌生人》中都有有关疯子的描述。《敲门》中阶级身份被定为地主的马中朝被连续不断地审了七天后，终于招供了自己的罪行。紧接着全公社开批斗会，他被剃光头发、眉毛，在批斗台上，他脱下裤子"精屁股在舞台上乱跳，软塌塌的阳具毫不羞耻地裸露在众目睽睽之下。两个民兵按住了他。他一动不动，连屙带尿，嘴里喊着姐夫姐夫"[1]，马中朝从此以后在碾子上屙屎、烧麦垛，再被批斗时，嘴里乱喊着："姐夫姐夫，我姐叫你白日了。"[2] 丁解放也不得不承认"他有办法对付松陵村每一个神经健全的人，却无法对付一个

---

[1] 冯积岐：《敲门》，山东文艺出版社2005年版，第111页。
[2] 同上书，第112页。

疯子"①。《沉默的季节》中的周雨人因为是地主身份，政审不合格被美术学院拒之门外，他是一个有绘画天赋的青年，也具有某种哲人气质，接二连三的批斗使得他更为疯狂。在冯积岐的笔下，他是一个见到美好事物就会追寻的年轻人，他看到漂亮女性就会追着搂抱，对女性有着强烈的性冲动，以至于屡次被当作流氓毒打，最后村民用大剂量的泻药来医治他的精神病，"他的那个玩意儿再也无法勃起了。这种古老的医治精神病的办法将他撂倒在房间里，他神情呆滞木然，意识中的那块顽固的存在物并未随着药物排泄掉：'我无依无靠，我无依无靠。'周雨人躺在土炕上看着布满蛛网的屋顶喃喃自语"②。而最后，他只能自己玩自己的"那个玩意"。同时，作者还在此篇小说中描写了一个因为父亲是历史反革命而未被大学录取的疯子，情形也如周雨人一样。《故乡来了一位陌生人》中的王五也是一个癫狂的形象。疯癫的王五年轻时是个土匪，后被游击队收编，攻打了自己拜把子兄弟的山寨，后面又被委以任务枪杀三个恶霸，他在不知情的情况下，杀了两个拜把子兄弟和自己的老婆，最后在处理土匪的陪杀时疯了，"跪着的王五猛地蹿起来到一对青年夫妇跟前去夺那漂亮小巧的女人，他不停地说你把她还给我，你把她还给我……"③此后，他"一见村里的女人就傻笑，目光中不怀好意。邻村唱大戏或逢集，他总爱钻女人堆，搂住人家女人大呼小叫。……从此，王五疯得不可收拾了"④。

此外，冯积岐的小说中还描写了痴呆之人，《故乡来了一位陌生人》中的李四，从小聪慧过人，且可以判断出谁是坏人、找寻失物，但就因为警察要铐狗，他认为狗是"好人"，也咬了警察一口，被警察用手打了脑袋，从此后就只会说"手"，逐渐变得痴呆了。

冯积岐笔下的生病之人，都不是由身体的生理机能的变化而自然引起的病症，而是因为社会环境因素导致的，这些病症大都是由严酷

---

① 冯积岐：《敲门》，山东文艺出版社2005年版，第112页。
② 冯积岐：《沉默的年代》，中国社会出版社2008年版，第43页。
③ 冯积岐：《冯积岐短篇小说自选集》，陕西人民出版社2012年版，第77页。
④ 同上。

的生活环境引起的,由权力导致的。因此,在这种权力之下,人被异化,这种异化通过身体的病症表现了出来,但作者通过生病之人和造成人生病的人的对比,将问题指向了荒诞的权力以及权力的虚假性,指出人的感官虽然在权力的规制下被损害了,但是人的心却更接近真实,因此,作者隐喻了一群身体有病,但却更接近人性的、更真实的人,这一点在作者描写疯子疯掉之后对性的追寻中表现得淋漓尽致。

第三节 死亡

在冯积岐的长短篇小说中描写了众多死亡景象,在这些死亡景象中,几乎没有一位死者是安详的,他们都是经历了千疮百孔的人生而最后走向了死亡。在冯积岐的小说中,大多对死亡的描述都是他者视角,大多描写了主角看到的死亡及主角的感受。

在他的《大树底下》中,周雨言的奶奶白玫的死充满了凄惨感。作者通过周志伟、秦改香以及吴小凤的心理活动讲述了白玫隐忍、善良的个性,而周雨言则更是从白玫的身上体会到了爱,这"爱是一点一滴的积累"出来的,包含在一蔬一饭中,包含在精神里。同时,他也从白玫身上体会到了人的存在:"他的肉身子从儿时就在祖母的怀抱中,他从祖母那里感受到了人的存在本身,感受到肉体的温暖,肉体的奥秘以至成年后的破译和肉体的获取都离不开祖母的启示。"[1] 就是这样一个温暖、善良、隐忍的女性死得格外凄楚:"她连一口好棺材也装不起,没有钱买木料,周志伟拆了几块木板楼上的木板,卸了灶房门上的门板,东拼西凑,再从锅底上刷下来一些锅墨涂抹一下,凑合了一副棺材,棺材看起来还不如像样的蜂箱。"[2] 不仅如此,白玫还不许被埋到公坟里,因为白玫是地主婆,所以要让她"死无葬身之地"。[3] 这个一生给予家人温暖,具有精神温度的女性,一生求爱而不

---

[1] 冯积岐:《沉默的年代》,中国社会出版社 2008 年版,第 146 页。
[2] 同上书,第 144 页。
[3] 同上书,第 148 页。

得，没有孩子，最后更是死无葬身之地，可谓凄惨异常。

在他的短篇小说《目睹过的或未了却的事情》中描写了少年山子对死亡的恐惧，他只是看了一眼死亡的肖伯的样子，就一直念念有词地说："我没看见，我啥也没看见。"① 并且神情倦怠，躺在炕上昏睡不醒。少年看到了死亡，看到了生命的消逝，见证了肖伯从一个年富力强的青年人到死亡的景象。而肖伯的死则是被政治围堵而死，以至于死后还害怕工作组，在山子妈妈说："肖伯，你听，好像是工作组在叫你哩。"② 他的鬼魂很快就消失了。父亲说："肖伯这人也真是……是那几个人扭在一块要给他戴帽子的，他该是明白的。"③ 最后，山子看到"在路的旁边的地里有一座很胆怯很瘦小的新坟"，这是肖伯的坟，山子觉得山在晃，地在晃，坟在晃，"随即扑倒在地"，呓语地说："我没看见，啥也没看见。"④ 在作者所著的《关中》中有一篇《闹鬼》小文，可以看作是对《目睹过的或未了却的事情》的一个补充，该文更为详尽地记述了自杀前和自杀时的场景，叙述了一个身强力健、不知忧愁为何物的青年在被戴上"地主"的帽子后，如何从一个英俊清秀的青年迅速地变为"两腮陷下去，一双眼睛显得尤其大、目光麻木、冷漠无神"的精神被压垮的人。他的身体急速枯萎，变成了"他似乎瘫在那儿，身体全要靠那面土墙支撑；他的脸上没有一丝光彩，颜色灰暗，那简直不是人的脸庞，只是一个毫无生机的器皿或者只是一块颜色枯萎的泥土"⑤。在作者的笔下还描述了很多因为阶级身份是"黑五类"而死亡的例子。在他的《敲门》中，因为是"黑五类"疯掉的马中朝最后凄惨地死于村里的井中；马巧霞被轮奸后，最后喝农药而死。

在冯积岐的笔下，除了政治因素导致的死亡外，还有因为性冲动与伦理道德间的冲突无法平衡而死亡的。如《刀子》中杀猪的马长义，是用刀子的好手，凭借着用刀子的高超技巧和与老婆相濡以

---

① 冯积岐：《冯积岐短篇小说自选集》，陕西人民出版社2012年版，第28页。
② 同上书，第30页。
③ 同上书，第31页。
④ 同上书，第32页。
⑤ 冯积岐：《关中》，江苏凤凰文艺出版社2015年版，第168页。

沫的爱获得了幸福的生活，而当老婆去世之后，他在性冲动的欲望和为老婆守爱的伦理道德观念之间久久不能平衡，于是割断了自己的血管自杀了。

冯积岐还描写了一群经历生活艰辛最后死于疾病的妇女。如《沉默的年代》中的周雨言的母亲秦改香，经历过饥饿、羞辱、政治运动，一辈子任劳任怨，最后由于县医院的不作为，也没诊断出到底是什么病而死；充满生命力的宁巧仙被六指陷害、丈夫抛弃，最终被枪毙；在经济大潮中为了挣钱被拉去黑砖窑的丁小青，在黑砖窑经过非人的虐待，"皮包骨头，两眼无神……身上伤痕累累，几乎没有一处好皮肉，脊背上的冻疮比鸡蛋还大，肩胛下面的骨头都露出来了。他的一双脚踝正在腐烂，两条腿肿得很厉害"①。最后在过完16岁生日后，"将裤袋绑在窗框上，勒死了自己"。② 还有为了追求自身的性冲动和身体觉醒的女性的死亡，其长篇小说《重生》中，写到李盈悦在44岁时的死亡，"躺在殡仪馆里的那具面容冰冷、形体枯萎对这个世界失去了感觉的尸体就是二十年前我搂抱在怀里的激情饱满的如同汁液漫流的李盈悦？就是曾经给我带来无尽的愉悦、难言的痛苦的李盈悦？充满欲望的肉体像河流一样干涸了，想象力丰富的思维停止了转动"③。"癌症已将她折磨得面目全非，日光灯聚拢在她塌陷下去的脸庞上，离去时的痛苦依然活生生地写在她的眉宇间。"④ 死亡将一个生命力饱满的年轻人变为了一具冰冷的尸体。

总体来看，在冯积岐的笔下，人的苦难样态呈现为饥饿、性本能的压抑以及性侵、疾病和死亡。而这几种样态都离不开权力的规制，或者是政治权力，或者是经济，或者是伦理道德。在冯积岐的笔下，这些苦难的样态其实都指向了一个问题，即不断地拷问人性，拷问在多种权力的规制下，人性到底会被异化到什么程度，这也是作家自身

---

① 冯积岐：《敲门》，山东文艺出版社2005年版，第161页。
② 同上书，第163页。
③ 冯积岐：《重生》，湖南文艺出版社2015年版，第2页。
④ 同上书，第18页。

的体验，冯积岐自己经历了"社教"运动、"文化大革命"，并被冠以"地主娃"的身份，他亲眼看到了他的长篇小说《大树底下》、短篇小说《目睹了或未了却的事情》中的事情，这是他亲身的体验。他也亲身经历了不能入团、入党，不能进步的经历，这在他的小说中都有所体现。可以说，冯积岐小说中所写的苦难事实，大多都或是他亲身经历或亲眼所见或有所耳闻的，但是，苦难并没有压垮他，而是使他的精神和情感更为丰富、文学敏锐性更强，可以说，他的小说是在苦难中成长出的鲜艳之花。

第二章 "松陵村"

——一个被周文化浸染的文学世界

第一节 作品中的松陵村世界

"冯积岐的许多部小说中的故事都发生在叫作凤山县'松陵村'的地方。这个'松陵村'是他给自己的小说人物搭建的舞台，是他创作的'背靠点'。他的人生苦难就是在这块土地上滋生、成长的，对他来说，'松陵村'无疑是一块饱蘸着苦难的'苦地'。就像福克纳笔下的约克纳帕塔法县，沈从文一唱三叹的湘西，莫言极尽渲染的高密东北乡一样，'松陵村'是性格独特的'那个村'。"[①] 的确，冯积岐的小说中出现最多的地方就是松陵村，是他多数小说故事情节展开的重要场域，如《村子》《沉默的季节》《敲门》《大树底下》《关中》等。冯积岐小说中松陵村仅仅是一个隐喻，或者作者并无意将松陵村具象化，他可能努力将它看成是古老中国的一个缩影，因而在松陵村的叙述中，这个村子的形象是模糊的，唯一让人记忆深刻的是松陵村中的白皮松，尤其是祖母救树的那个场景令人荡气回肠，一棵树、一个勇气可嘉的女人，以及充满野性的宋连长，充满了传奇色彩，让读者记住了松陵村的那棵白皮松，或许只有在《关中》，这篇以散文笔法写成的小说中，我们才可能接近真正的松陵村，一个鲜活的、有生

---

① 郑金侠：《用苦难铸成文字——冯积岐评传》，《传记文学》2014年第1期。

第二章 "松陵村"

命的村子。

松陵村最突出的标志是白皮松、周公庙，这是冯积岐小说频繁出现的形象，这一形象的寓意非常深刻，在某种意义上说，他是冯积岐小说中的最高审判官。关于"白皮松"，他的《关中》叙述得非常详细，作者详细叙述了松陵村的白皮松是岐山县的八大景观之一，是村子的图腾，"它是村之宝，它是村之魂。这棵松树也是我们村里人的思想图腾和情感图腾，村里人心甘情愿地匍匐在树下，承认它的权威性和'神性'"。[①] 这个松树的神性和权威来自于它的历史，它与周王朝有渊源，或许是周贵族墓葬群上的一棵松树，或许是唐末秦王李茂贞的儿子和儿媳陵地的一棵松树，总之，它的历史悠久。周公庙，距离松陵村一公里半的距离，也是松陵村的象征，作者认为松陵村的人继承和发展了周文化的小传统，"至今，我们岐山人，我们陵头村人仍然保持着周公遗风，说话办事，很讲礼数，很讲规矩，为人忠厚老实，做事真诚周到，极其自尊，很爱面子，尤其把面子看得很重"[②]。

除了白皮松与周公庙之外，松陵村的面目是什么，作者在《关中》中也有交代，松陵村名字的由来是与"陵墓"有关的，可能与周天子有关，最可靠的是唐末李茂贞的儿子与儿媳之墓，然而无论是谁的墓，作者认为这个墓都是与死亡、白骨、悲痛、忧伤等不幸联系在一起的；在《城堡》中我们可以想象松陵村的形象，它是一个城堡，还有城墙，"晚上，城堡外的人休想进来，城堡内的人要去赶夜路必须征得族长的同意才能打开城门。……一座城堡，就是一番天地。一座城堡，就是一个王国。尽管，城堡外刀光剑影，鸡鸣狗吠，人哭马啸，城堡内却相安无事，一派祥和，该做什么，仍旧做什么"[③]。这是一个城堡，封闭起来的城堡，里外两重天，这就是冯积岐小说中松陵村的形象。

[①] 冯积岐：《关中》，江苏凤凰文艺出版社2015年版，第4页。
[②] 同上书，第122页。
[③] 同上书，第22页。

第二节 "德"与"因果"

  岐山是西周王朝肇基之地，是古老璀璨的周文化的发祥地，岐周文化是孔子儒家学说产生的直接思想源头，足见其重要性。岐周文化最重要的特征就是"以德服人"，即"仁政德治、亲民至善"，这是西周得以强大的最重要的政治经验，《史记·周本纪》中说："公叔祖类卒，子古公亶父立，古公亶父复修后稷、公刘之业，积德行义，国人皆戴之。薰育戎狄攻之，欲得财物，予之。已复攻，欲得地与民。民皆怒，欲战。古公曰：'有民立君，将以利之，今戎狄所为攻战，以吾地与民，民之在我，与其在彼，何异？民欲以我故战，杀人父子而君之，予不忍为。'乃与私属遂去豳，度漆、沮，逾梁山，止于岐下。豳人举国扶老携弱，尽复归古公于岐下，及他旁国闻古公仁，亦多归之。于是古公乃贬戎狄之俗，而营筑城郭室屋，而邑别居之。"可见，古公亶父迁徙之时，豳地人民因为他是"仁人之君"，才乐于跟随他迁徙，周人由此开始强大，最终成就大业。"德政"从古公亶父始，经周文王、周武王至周公姬旦不断发扬光大，孔子曾说："周监于二代（夏、商），郁郁乎文哉！吾从周。"孔子克己复礼，复的礼即是周礼，可见岐周文化在中华文明史上的地位。

  冯积岐的松陵村深受周文化的浸润，虽然是民间的小传统，然而周文化的影响在此是不可忽视的存在，冯积岐在《关中》中写道："村里人能容忍人的愚笨，能容忍人的迟钝，能容忍贫穷，能容忍富贵，但绝不宽容德行不好的人。我从小就是在十分注重德行的氛围中长大的。……德行不好，导致的是断子绝孙，村里人常常用冯老爷生前的事训诫后一代。陵头村人最讲因果报应了。"[①] 这显然就是周文化的遗存，这种周文化的小传统潜移默化地影响着生活在那片土地上的人们，在冯积岐的小说中，"德行"是人的首要标准，也是他努力经

---

① 冯积岐：《关中》，江苏凤凰文艺出版社2015年版，第32页。

营、不忍丢失的文化瑰宝,是他文学的思想根基。冯积岐的小说中处处可以看出作者对德行的推崇与认可,首先是道德化的评价随处可见,《沉默的季节》中白玫受辱的那一段,叙述者忍不住发出了声音:"白玫用她裸露的胴体直逼冬日的残酷,直逼人们的目光,直逼人们的心:难堪吧! 羞耻吧! 为自己,为我们是人!"① 叙述者始终以饱满的热情,从道德的视角去审视人物、去评价事件。另外是那些缺少德行的人物,其最终都遭受了因果报应,就像作者在《关中》中所说的那样,"陵头村的人最讲因果报应了",他对小说中人物命运的设计也体现出了这一点。《村子》中的田广荣坏事做尽,最终落得个中风的下场。《大树底下》的卫明哲,在社教运动中颐指气使、出尽了风头,连老人、小孩子也不放过,这样缺少德行的人,其结局也不好,"文化大革命"中被揪了出来,将他和许芳莲私通画成漫画,在1966年冬天,他自杀了。《敲门》中的丁解放,在"文化大革命"期间担任松陵村的党支部书记,组织民兵小分队充当他的打手,残酷地批斗四类分子,批斗幼年时的朋友马汉朝,还将马中朝逼疯,纵容民兵小分队的罪恶,间接害死了马巧霞,这些所作所为都与周文化的"德行"背道而驰,最终他也遭到了因果报应,分产到户后日子每况愈下,后因病去世,他的后事因家里没有钱料理,是妻子和儿子借钱才得以安葬;而他的后代,儿子丁小春四次考大学最终都未能成行,其妻子和女儿被田拴狗和马明辉强奸,对此,儿子丁小春也怀疑"是不是父亲做下的瞎事把恶果留给了他的女人和女儿?"② 《重生》中的曹小妹在李盈悦死后说了这样一段话:"人活在世上,是不能放纵自己的,不然,迟早会得到惩罚的。我们年轻时都对自己太放纵了。"③ 在冯积岐的小说中,这种因果报应是非常普遍的现象,作家深受周文化中"德行"与因果报应的熏陶,设计这样的小说情节是文化使然。

在乡村的政治秩序中,作家显然还是推崇"德治",他的这一思

---

① 冯积岐:《沉默的季节》,文化艺术出版社2013年版,第123页。
② 冯积岐:《敲门》,文化艺术出版社2013年版,第255页。
③ 冯积岐:《重生》,湖南文艺出版社2015年版,第214页。

想集中反映在小说《村子》中，作家所着力塑造的祝永达便是他心目中理想的领导干部。但是在《村子》这部小说中，我们可以看到作者对当下社会的迷茫、谴责与无奈，"村子需要好人还是强人"这个问题困扰着作者，也是他写作这部小说的初衷，田广荣是一个强人，村里人将他描绘成梁山好汉，是一个土匪式的人物，他看重权力，通过权力满足个人的私欲，薛翠芳母子、马润绪乃至盖楼的石灰池淹死了别人家的孩子都反映出他人性中恶的一面，他显然与周文化中"仁政德治"的政治美德相去甚远，然而他却能在松陵村的时代变迁中牢牢地抓紧权力，掌控着松陵村人的命脉，这样的人让作者感到困惑，这与他理想中的"德治"完全背离。与之相反的人物形象则是祝永达，在家庭中，他能善待有心脏病的妻子黄菊芬，并且能够妥当地处理他和赵烈梅的关系；在他担任松陵村的支部书记时，他处处为大家着想，真心实意地想为村民做事；在收提留款的事件中，松陵村的人受到当权派的欺辱，他坚持要为大家讨个说法，为了村民敢于和上级领导对着干；他在西水市也是如此，在工地上维护运水泥的年轻人，在餐馆里保护端盘子的年轻人，祝永达显然是一个道德上的君子。然而，这个道德君子，在现实中却处处碰壁，在松陵村，他在田广荣的排挤下辞去了村支书的职务，在西水市也需要马秀萍的保护，这也是让作者与读者感到困惑之处，或者这个时代与周文化中的"德"是背道而驰的，而且仅仅通过人物形象来看，祝永达这个道德理想主义人物远不如田广荣塑造得成功，祝永达的形象不丰满、略显单调，不过，小说中祝永达第二次出任松陵村支部书记的情节设置说明了作者仍然对周文化寄予了厚望，或许祝永达最终能够实现作者理想中的"仁政德治"。

第三节　封闭与保守

周文王姬昌的祖父古公亶父时期，因不堪戎狄侵扰，迁至岐山周原，这里宽阔平坦，土地富饶，非常适合农业生产，是农耕文明的理想的栖息地。然而，从另一个角度看，这里是一个封闭的场域，松陵

第二章 "松陵村"

村更是如此，松陵村的原型陵头村三面环山，倚山向原，是风水先生眼里的好地方，而且松陵村是一座城堡，城堡显然更为封闭与闭塞，城墙将城堡里面的人与外面完全隔开了。在冯积岐的小说中，这种封闭与保守随处可见，环境与文化造就的文学样态是难以改变的，封闭、保守既是作家笔下人与事的重要特征，也是作家写作中所呈现出来的特殊风格，这一切都同地域与生长在这地域之上的岐周文化密切相关。

冯积岐笔下的松陵村故事是缓慢而凝重的，故事里的人似乎与松陵村之间有着神秘的、不可割舍的联系。首先，回归是冯积岐小说中一个普遍的主题，《村子》里的祝永达，曾经辞去松陵村的支部书记，远走西水市，在西水市找到了自己的爱情，然而，他又毅然决然地返回松陵村，"离开了马秀萍，回到松陵村以后，祝永达猛然感觉到，他的舞台没有在西水市，而在松陵村。他虽然生活在城市，自己却融不进城市里去。他给马秀萍帮不上什么忙，反而把她的生活搅乱了。在松陵村的这块土地上，他才能施展自己"。[①] 祝永达始终未能走出松陵村，虽然他在西水市收获了爱情，然而他最终还是回归了松陵村，而且对于这次的回归，他是信心满满的，他要带领村民治穷致富。马秀萍也和祝永达一样，虽然她在松陵村受到了无法弥补的伤痛而离开了松陵村，然而她的爱情与婚姻让她与松陵村仍然有千丝万缕的联系，在小说的结尾，她又回到了松陵村。再如《敲门》中的丁小春，四次高考依然走不出松陵村，为了妹妹和母亲，他走上了告状之路，他最终能否走出松陵村，仍然是一个谜。另外，小说的场景主要以松陵村为中心，跃出松陵村的城市叙述缺少真实性。《村子》中祝永达到城市的遭遇就略显单薄，经一路的卖扯面的老板、建筑工地的工头、幸福路餐馆的老板乃至信访局门口告状的人都让他痛心疾首乃至愤愤不平。马秀萍初到城市的遭遇，与祝永达有着惊人的相似，她住进一家招待所，招待所的女主管和她的丈夫竟然想把她卖给人贩子，谁知她中了煤气毒，他们夫妻为了自保将她扔到了西郊的麦地，而醒来后的

---

① 冯积岐：《村子》，太白文艺出版社2007年版，第324页。

她又中了客运车司机的圈套。祝永丽也曾经在省城流浪两个月，而这两个月的经历也令人唏嘘不已，老板不把她当人看，还随意霸占女服务员。《沉默的季节》中的周雨梅，通过周雨言的艰难找寻，我们依稀可以感知周雨梅到城市从事不体面的工作，也可以感受到作者对于城市的认识。再如《重生》中李盈悦的人生好像将复杂、饱满的人生简化为一系列极端的黑暗，作者将这一系列的负面事件安插在城市叙事中显然是有些突兀，然而这一切如果从岐周文化的"德行"去理解又都合情合理，"德行"的世界对城市表现出了天然的排斥，一种出于德行的城市想象只能如此，回归与城市的否定显示出岐周文化的封闭性特质。

  岐周文化除了封闭性的一面之外，还有一个重要的特征，即保守与轮回的宿命色彩较为浓重，这也表现在冯积岐的文学世界中，《村子》里的祝义和的一段内心独白极具代表性，"庄稼人到了什么时候都是庄稼人，就是有了钱的庄稼人也还是庄稼人，要改变他们的地位不是一件容易的事"①。这是典型的宿命论思想，对于世界、对于人生，生活在松陵村的人普遍认为生活其实是一种轮回与重复，就是宁巧仙说的活人过日子，他们在政治、权力与文化之网中无法挣脱，因而生活仅仅是时间的推演而无本质的区别，他们也缺少改变现状、改变命运的勇气，在他们身上，更多地体现出底层人民乃至中国人的奴性意识与奴性思想。

---

① 冯积岐：《村子》，太白文艺出版社2007年版，第228页。

第三章 焦虑:创作的主导心态

现代性进程伴随着对主体问题的探讨,"从休谟到尼采批判'主体'纯属虚构,到阿尔都塞把主体视为由意识形态创造,存在于意识形态之中,再到福柯的主体是权力关系的产物,和利奥塔的主体是交往网络中的'节点',始终贯穿着一种看法,即对人能否具有潜在的统一性或物质性提出系统的质疑,过去认为这一统一性或物质性决定着人的知识和实践。这样,对主体的怀疑论从刚一开始就伴随着现代性一起发展"[①]。因此,在现代社会中,"主体性危机必然会被当作身份的危机和自我感的危机来感受和体验"[②]。

在冯积岐的小说中,无论是短篇还是长篇都明显地表现出对主体性危机的体验,这种体验集中表现为身份的危机体验。他的小说中有许多身份标识,在他的《沉默的季节》《大树底下》《遍地温柔》《村子》《我的农民父亲和母亲》《敲门》等小说中总是出现一些代表身份的高频词,如"党员""村长""乡镇干部""社员";"贫下中农""地主""地主狗崽子""富农""黑五类";"父亲""叔叔""弟弟""母亲""舅舅""弟媳";"告状人""包工头""农民工""老板""记者""作家"等。这些高频词的出现,说明他的小说指涉了很多不同的身份,而从他的小说整体来看,这种不同的身份以及身份间的关系及其变化,化为了小说主人公对身份的体验,以及由此而生的身份

[①] [英]拉雷恩:《意识形态与文化身份:现代性和第三世界的在场》,戴从容译,上海教育出版社2005年版,第204页。

[②] 同上书,第205页。

认同上的焦虑感。从这种焦虑感的表达中，我们可以看到冯积岐的小说创作一直都有焦虑伴随其左右。这种焦虑感，或者说身份体验不仅表现在传统身份内部，而且还表现在传统身份与现代身份之间的冲突上。冯积岐的小说大都是乡土小说，其间，乡村中身份变化的体验、城乡身份之间差异的体验构成了其小说窥视乡村变迁的主要视角。这种身份体验表现为三种形式：一是身份的混杂性和不稳定性所带来身份的摆荡性，这造成主体认同上的焦虑感。二是当这种焦虑感变为一种常态体验时，所产生的对于身份的质疑，这种质疑是双向的，一方面是对于自身的身份的质疑；另一方面是对于他者身份的质疑。三是当质疑产生时，就会出现两种情形，第一种是急切寻找新的身份，以获得自身的归属感和对自我的理解，这集中表现在两个方面，一方面是对于传统身份进行招魂；另一方面是将他者纳入自身视野，寻求一种更为积极的身份认同。第二种是以一种悲剧性的形式将自我与他者之间的身份冲突剧烈化，造成他者和自我的双重毁伤，这些在冯积岐的小说中都有所涉及和思考。

第一节　身份的摆荡性

在冯积岐的短篇和长篇小说中，小说中的主人公都表现出了对于自身身份的不确定感，这种不确定感来自于自身身份的混杂性，而这种混杂性又表现在两个方面：一是身份的单一性和不稳定性，这表现在传统的血缘身份与政治身份之间的混杂感；二是身份的多元性和不稳定性，这表现为由血缘身份、政治身份及现代性所带来的主体性身份三者带来的混杂感。

一　身份的单一性和不稳定性

第一个方面，即由传统的血缘身份与政治身份之间的摆荡所带来的混杂感，这种混杂感来自于以血缘为核心的宗族身份与以阶级为核心的政治身份之间的混杂性。中国传统社会以血缘关系为核心，形成了以家族为核心的宗族关系,这种关系是传统社会里人与人之间的主要关系,个人根据自身的血缘以及家族在整个关系中的等级序列被编码到这种关系中,获得自身稳定的和连续的身份。这种身份感无论从个人内部体验来讲,还是从客观事实来看,都具有稳定性和恒常性。在这样的宗族血缘关系框架内,个人一旦取得一定身份,那么他的身份就具有了合法性,如若个人不做出一些违反宗族规定的身份的事情,那么这种身份就不会发生任何变化,可以说这种身份从生到死都是这个人所特有的。相应地,个人会在这种关系中获得一种稳定感和归属感,对自我进行理解,给自己进行定位。这种关系往往会以相同的姓氏被组织起来,以同姓为表现形式。一旦这种关系被打破,这种框架就会显得不稳定,与此同时,个人首先感受到的就是自身身份的不稳定性,以及人与人之间关系的变化。中华人民共和国成立后,开展了很多经济上和精神上的改造和建设运动,这在冯积岐的小说中都有所涉及,如"大炼钢铁""社会主义教育运动""文化大革命",以及后来的"改革开放"等。在这些运动中,广大农村成为改造的对象,首先被改造的就是宗族关系,它被看作是封建残留物,被要求予以清除,从而获得一种政治上和精神上的进步。与此同时,国家以政治意识形态重新组织和树立了新的社会关系,这种关系以阶级身份为核心和标准,对人的身份进行了重新定位,此时的个体被编码进了一个以政治和阶级名义为标准的关系之中。在这种关系中,个体仍然能获得一定的位置,并对自身进行理解,这也同样是一个相对稳定的身份,也具有一种相对的恒常性,个人同样也能在这种关系中获得一种稳定感和归属感。这种关系以无产阶级和"黑五类"的表现形式被组织起来,在社会关系中,则以"社员"和"非社员"的形式予以组织。这种关系在冯积岐的小说中几乎都有所涉及,如他小说中的高频词"地主""地主狗崽子""富农""贫下中农""黑五类"等的出现,就是这种组织形式下的新的身份标识。

一种新的以阶级为标准的身份的确立,势必与以血缘为标准的宗族身份之间出现一种张力,但是,这种张力并不以一种单一的决然对立的方式出现，它在冯积岐的小说中表现出一种随处可见的暧昧性。当阶级成分一样时，就会出现政治身份和宗族身份的结盟，它们之间没有冲突，而是以一种互相团结的形式出现，而且往往政治身份的获得就是以宗族身份为基础的。如在其小说《村子》中，田广荣作为村里最高领导，其领导班子里大部分都是田姓人，就清晰地说明了这一点，而田姓人正是使其权力得以顺利实施的保证。相反，当阶级成分不同时，就会出现政治身份与宗族身份之间的剧烈冲突，而且往往以政治身份的压倒性胜利做了结，此时宗族身份不仅是个体急切需要抛弃的身份，而且也成为其获得政治身份的障碍，这在冯积岐的长篇小说《大树底下》有非常典型的体现。当要给罗世俊补订地主身份的时候，其"大哥"（虽然这个大哥并非亲生，但却是罗世俊父亲认的干儿子，可以说在宗族关系中，他们之间的兄弟之情是具有合法性的）做了伪证，指证了他家是地主成分，于是其大哥罗世堂成了"社教"运动的积极分子。在这个过程中，他否认了罗世俊父亲墓碑上的他的名字，这是他急切要脱离其宗族身份的一个隐喻，也标志着他跟地主阶级划清了界限。最能说明其要抛弃宗族身份的表现，是他告诉罗世俊，他不是他哥，他叫牛世堂。这里姓氏的变化意味着其对宗族身份的完全抛弃，转而投向了更高的权威身份，即政治身份。这种传统宗族身份和政治身份之间的紧张关系随处可见、随时可见，其间的暧昧性被作者敏锐地捕捉到了。

二　身份的多元性和不稳定性

传统宗族身份、政治身份和现代性所带来的主体性意识之间的更为复杂的张力，在冯积岐的小说中也随处可见。随着新中国的成立，政治身份成为压倒一切的身份标识，这种以阶级成分为核心的划分身份的方式，在1949—1979年成为当时中国最为主流的划分身份的方式，这种方式其实从某种程度上延续了传统宗族身份的单一性和稳定性，保证了政治的权威性和身份的稳定性，从某种意义上来看，这其实只是将宗族身份的神圣外衣脱下，从根本上并未对身份问题作出实质性的改变。所以，在传统宗族身份与政治身份之间可能产生一种暧昧性，个人或者群体不会感到过多的焦虑感和断裂感，因为其身份仍然是单一的，而且是稳定的，只要个体进入这种划分框架之内，他的身份就不会轻易改变，人依然能够获得一种归属感和稳定感。但是随着改革开放的到来，新的经济形势带来了现代性的问题，它不仅将农村纳入到了新的以科技为核心的现代化进程之中，使得物质极大丰富，同时也将农村中的精神生活纳入到了现代性的进程之中，迫使农民开始正视自身的新的生存环境，以及由这种生存环境所带来的新的身份问题。而此时的身份不会以一种稳定的、本质性和固定的形式出现，它会以经济人的身份、法律人的身份出现，总之，将个体抛入了一个自由选择、给予其理性以足够自由的境地，个体抓不住流变不息的客观世界，也没有一个固定的本质、自我以及身份供个体归属，于是个体在这种断裂感和碎片化的体验中，无法整合自我，也因此无法理解自我，于是会出现各种焦虑感。这种焦虑感的产生，在冯积岐的小说中，以两种方式被他敏锐地观察到了：一种是发生在农村内部，主要以传统身份和阶级身份这种单一的身份和多元化的主体身份之间的张力为表征。这种焦虑感可以在冯积岐的长篇小说《村子》中的田水祥身上看到。当1979年农村开始实行家庭联产承包责任制，以经济建设为中心，阶级斗争不再是主要中心时，村领导田广荣任命祝永达来管账，田水祥表示反对，当反对无效后，他到父亲的坟头上大哭了一场，此一场景，可以看作是阶级身份丧失之后的迷茫之哭；之后他的生活不断陷入拮据之中，他唯一可以做的就是不断地甩他的鞭子，鞭子恰恰表现的就是他的焦虑感，这是一种丧失掉单一身份之后，将自身无法投入到多元身份之中的焦虑感，也是一种无法整合自我的焦虑感。还有一种焦虑感发生在农村和城市的张力之中，这主要表现在传统宗族身份和多元化的主体身份之间，主要是宗族身份与以契约为基础的理性经济人之间的张力。这种情形我们依旧可以在冯积岐的小说《村子》中窥得。祝永达在村里当村干部失败，到了城市之后十分困惑，他不明白为什么工地上的人不团结起来反抗包工头，也不明白为什么老百姓告状如此之难。其实他无法给别人当雇工，就说明他本人是排斥这种现代的经济人的身份的，但是与此同时，他又认为老百姓应该运用法律武器来保护自身的权益，正如他在松陵村鼓励农民去告状一样，这种身份认同上的矛盾性，其实也就解释了为什么他会困惑，这种困惑不仅来自于外部，而且来自于其自身体验，那就是他一直想为自己做点事情，但是他最终也没有为自己做成自己想做的事情，且更为暧昧不明的是，冯积岐在其小说中，根本就没有告诉读者祝永达到底想做什么事情，即他想为自己做的事情到底是什么，读者最终也一无所知。这其实就是一种对于自身身份的寻求，也就是其困惑所在，更是他一直在寻找，一直在焦虑的事情。这也是《遍地温柔》中潘尚峰一直困惑的事情，他是来自农村的城市作家，但他依然无法理解乡村随着经济大潮而来的宗族身份、友情等的解体，而城市也无法让他找到自身的身份，于是他产生了众多的困惑和焦虑。其实这就是单一身份的丧失，而多元身份又处于流动变化之中，人无法在这种碎片感中找到自身的身份，也无法使自身投入到这种变动之中，由此产生了焦虑。

这种由单一身份和多元身份之间的紧张所引发的张力使得在此间的个体产生了焦虑感，这种个体的焦虑感同时扩展为群体的焦虑感，造成人在传统与现代身份之间的摆荡性：一方面，他们是传统身份的获得者，传统身份的单一性使其能够在一定时空内理解自身，理解周围世界；另一方面，外界或者说"他者"迫使其面对自身的新的不稳定、不连续的身份。这种多元性的身份，造成个体和群体的困惑或者说是焦虑。以上两方面的原因，势必使生活在其间的个体和群体在传统与现代的身份之间摆荡，与此同时，产生选择上的焦虑和困惑。

第二节　质疑身份

身份的摆荡性造成了主体的焦虑和困惑，马克思在《共产党宣言》中有这样一段话，他说："一切固定的僵化的关系以及与之相适应的素被尊崇的观念和见解都被消除了，一切新形成的关系等不到固定下来就陈旧了。一切等级的固定的东西都烟消云散了,一切神圣的东西都被亵渎了。"① 这体现了马克思对于现代性的深刻理解。神圣的氛围的消失,迫使人们面对自身的生活的真实情况以及人与人之间的关系,使得人们不得不面对困惑的、不在场的东西,否则就无法理解自我。冯积岐的小说表现出了这种坚固的东西和神圣的东西的烟消云散和被亵渎,表现在两个方面:一方面是对单一身份中的宗族身份和政治身份的质疑;另一方面是对多元化的身份,即由现代性所带来的身份的质疑。

一 质疑单一身份

对单一身份中的宗族身份和政治身份的质疑,其实是个人或群体在身份的变化中所产生的一种疑虑。

在冯积岐的小说中,对宗族身份的质疑,以多种形式出现,并且这种质疑扩展到了以宗族身份为核心所形成的乡村独有的对"熟人"和邻里、朋友等的质疑。对以血缘为核心的宗族身份的质疑,主要是对以下这几种身份之间的关系进行质疑。其一,是舅舅与外甥这两者身份的质疑。在其短篇小说《舅舅外甥》中,舅舅和外甥年龄相仿,舅舅用现代经济人的身份管理着自己的果园,他运用经济理性、契约关系寻求着经济利益的最大化,他的身份就是一个现代经济人的身份;而外甥用宗族伦理关系,用宗族血缘身份来看待舅舅的不讲情面和情谊,于是外甥晚上去破坏舅舅家烤辣椒的烤炉,酿出了一桩惨剧,最终外甥被逮捕,舅舅躺倒。其二,妯娌身份受到质疑。在其短篇小说《干旱的九月》中,妯娌之间的关系因为一起偷豆子事件而遭受了质疑,许改仙将救过她性命的嫂嫂诬告成了偷豆子的人。其三,堂兄弟之间的身份遭受了质疑,在《干旱的九月》中,该村的村委会主任孙正云怀疑其堂兄孙正有告发他是组织偷豆子的人。其四,由这种宗族身份扩展开来的乡村传统中所形成的特殊的"熟人"身份,也就是乡

---

① [德] 马克思、恩格斯:《共产党宣言》,中共中央马克思、恩格斯、列宁、斯大林中央编译局译,人民出版社1997年版,第30—31页。

党身份遭受了质疑。在短篇小说《我的农民父亲和母亲》中，在经济利益的推动下，父亲总是不得不给自己儿子的雇主说好话。在《这块土地》中，从小一起长大的朋友身份，在经济和权力面前也遭到了质疑。在中篇小说《种瓜得豆》中，友情、亲情同时遭受了质疑。在长篇小说《大树底下》《敲门》《村子》《遍地温柔》中也是到处可见的对于由血缘关系而来的宗族身份的质疑，对这个关系的质疑体现得最为集中和最为有力的则是其短篇小说《杂姓》。在《杂姓》中，作者从伦理角度出发，按照伦理上的父子关系讲述了上官和李、巴豆、江劳劳、马栓狗、华夏之间毫无血缘但是确是父子关系的故事，最终以华夏做结。最具讽刺性和戏剧性的是，华夏是位历史学家，当他研究自己的姓氏宗族关系时，却发现其祖先是以上诸多姓氏，当他以为自己可以和松陵村的华姓一类时，一位老者告诉他，"不能那样归类，这不是一类"，并告诉他："杂姓，你们算是杂姓。"[①] 由此可见，宗族血统之间所构成的伦理关系也是不可靠的，这种关系在现代性带来的由契约关系为核心的经济理性、由公平正义所带来的法律意识等的冲击下全面崩溃，与此同时，受到质疑的核心就是宗族身份，宗族身份面对这些多元化的身份的冲击显得毫无招架之力，且对这些身份的阐释力度不足，这也是中国传统儒家文化在面对中国传统崩溃的事实时，开不出任何良方的一个缩影，也就是说，即使中国走到了现代社会，儒家文化和传统对于现代性的阐释力度仍然是有限的，仍需对其进行现代转化。

相较于对宗族身份的质疑，冯积岐小说中对由阶级成分为核心而形成的政治身份的质疑也是随处可见，并且非常明显，这也是中国作家普遍的一种共识。对政治身份的质疑主要表现为以下几种形式：其一是对革命队伍中的身份的不稳定性的质疑。在其长篇小说《大树底下》中的孙锁娃身上可以看到这一点，他由最先的领导、革命团体中的一员，最后被划为土匪身份。其二是由非社员转变为社员身份，

[①] 冯积岐：《我的农民父亲和母亲》，北京燕山出版社1999年版，第349页。

《村子》一开始就讲述了祝永达由"黑五类"变为了社员，最终还入了党，成了党员，并且成为村子里的领导班子成员之一。其三是由社员转变为非社员的，如《大树底下》的罗世俊由社员变为了地主身份。本来这种转变是没有什么可以质疑的，因为人的身份总是在不断地变化的，但是在冯积岐的小说中，这种身份的变化却不是个人选择的结果，而是外界将其强行纳入其权力体制中进行编码的结果。孙锁娃是因为其革命同事要立功，对他有个人恩怨，所以检举了他，导致他被处决；祝永达身份的改变除了国家政策外，还是其村里干部田广荣一手操办的结果，田广荣也不是真正想帮祝永达，而是要把松陵村牢牢抓住，出于自己培养自己人的目的而帮助他；罗世俊身份的变化，则是因为社会主义教育运动中的领导要给自己揽政绩，继续往上做官而将地主的帽子强行地扣到了他头上。这些质疑使读者思考这样的问题，即身份划定的随意性和人为性成了政治身份不稳定的根本原因，相比较宗族身份而言，它显得更加不稳定和不可靠，这也就可以解释为什么在1979年之后，政治身份或者说是以阶级为核心来衡量人的一切的身份划定方式遭到了那么多的质疑，并且在这种质疑声中，这种划分身份的方式很快被人们抛弃，对普通大众来说，这种身份划定方式不再具有任何合法性，它崩溃和消失的速度比宗族身份更快，并且在现今社会中的影响力甚微。

二 质疑多元身份

对于多元身份的质疑要比对单一身份的质疑显得复杂得多，这种质疑的对象有两个，首先，单一身份对多元身份的质疑，也就是对多元身份到来的这个"他者"的质疑；另外，即使进入多元身份之中，也会对自身的多元身份进行质疑。在冯积岐的小说中，对以上两个方面都是有所涉及的。

第一个方面集中体现在他的小说《舅舅外甥》中，在该短篇小说中，舅舅的身份是一个现代的以契约关系为衡量标准的经济人的身份，他进入的是一个以契约关系（以个人的自由选择为先决条件）为基础的新的生产关系，此时舅舅与亲戚、舅舅与外甥的关系其实是雇佣与被雇佣的新型生产关系；而外甥则仍然处于一个象征性的农村经济关系之中（以自给自足和相互帮助为先决条件），并且误将舅舅与亲戚、舅舅与自己的关系放到了乡村宗族关系之中，以乡村固有的道德关系来看待舅舅。这两种错位的关系认知，很快演变为一场剧烈的惨剧，最终在这种互相错位的身份定位之下，产生了个体的毁亡，而个体的毁亡更深层次地揭示了中国农村中的象征性的生产关系与现代性所带来的都市生产关系之间的矛盾和冲突，更进一步说，就是前现代和现代之间的冲突。这种冲突在20世纪初就被我国很多小说家所揭示，这在现实主义文学传统中屡见不鲜，如茅盾、老舍等人的小说就对此进行过描述。

第二个方面的关系更为复杂，并且具有一定的暧昧性，这集中体现在他的长篇小说《村子》和《遍地温柔》中。《村子》中的祝永达和《遍地温柔》中的潘尚峰是对多元身份进行质疑的代表性人物。祝永达在松陵村当领导，鼓励挨了打的老百姓告官，这时的祝永达是一个以独立、平等意识来看待这件事情的人，他鼓励农民维护自身的权益。由这件事情，我们看到祝永达其实已经接受了现代性所带来的法律意识，这种意识的基础是个人自由选择，个人为自身的行为承担责任和后果，当他的劝说失败之后，他离开了村子，游走在城市底层。在城市底层，他的第一份工作是在工地上出卖劳动力。在这里，矛盾出现了，他一方面接受了现代性所带来的对于个人独立、劳动的尊严等观念；另一方面，他却又排斥现代性所带来的经济上的契约关系。他认为工头太黑，并且用乡村的、农民的身份来框定工头，其实工头在这里显然已经是一个现代的经济人的身份，而祝永达此时又是一个带有乡村性的、象征性的、以乡村伦理道德来衡量工头的人，可以说，此时他的身份是一个以宗族血缘为核心的宗族身份，即以一个相对宽泛的乡党的眼光来看待工头，这显然是不合适的。于是，我们看到祝永达最后离开了工地，而其最后的工作是给人拉煤挣钱，他最终病倒，无法维持生计。显然，祝永达在这里抛弃了契约关系，但是他仍然坚持现代性所带来的对于独立和个人自由的许诺。小说的戏剧性展开，正是他将自身的身体、劳力看作是获得自由和独立的许诺，将这一符号看作是自身掌握自身命运的武器，这里被奴役和剥削的身体其实被祝永达赋予了地方的/农民的特征。显然，他除了自己的身体，在城市里一无所有，于是他将自己的具有转换能力的身体投资了出去，这时身体就从所有者那里被异化了，作为投资手段以获得一种资产，但是最终只能屈服于更深的剥削。这也是冯积岐小说中经常出现的，农民靠出卖劳力却总也处于贫困的原因。这注定了祝永达不可能认同马秀萍的经营理念，两人最终的分手也是注定的。这种暧昧性同样也出现在冯积岐的另一篇小说《遍地温柔》中，该小说中的潘尚峰是作为乡裔城籍知识分子的形象出现的。他在城市中找不到心灵归属，认为城市缺乏农村中的朴实和温情，到了农村他又用城市文化所带来的自由、平等观念来看待农村的日益崩溃的伦理事实，这种矛盾性导致了他最后逃离城市、逃离农村，到山里生活的结果。从他身上，我们会看到另一个祝永达形象，即一方面接受了现代性所带来的有关个人自由、劳动尊严、平等等观念；另一方面却又排斥以理性为基础的契约关系，这种冲突导致了他们个人感受上的痛苦感和无所适从，最终只能困惑或逃离。

其实这种矛盾性正显示了这样的问题，即在现代性到来之时，中国人并不是只有一种模式，即刺激—反应模式，而是对现代性所带来的一些观念给予了自身的理解，并剔除掉了其中的以契约为核心的关系，其实这也是西方观念进入中国以来，中国人所惯用的思维模式。

第三节　寻找新的身份

对单一身份的质疑和对多元身份的质疑导致了以下情况，即急切寻找新的身份，以获得自身的归属感和对自我的理解，这集中表现在两个方面：一是对于传统身份进行招魂，以期对多元身份进行对抗，获得自身的归属感。更为极端的是会以一种悲剧性的形式将自我与他者之间的身份冲突剧烈化，造成他者和自我的双重毁伤。二是将他者纳入自身的视野，但对他者并不完全接受和赞同，而是对其有所接受也有所剔除，这些在冯积岐的小说中都有所涉及和思考。

一 对传统身份进行"招魂"

对传统身份进行"招魂"是在"他者"到来时，将"他者"看作是一种威胁，一种对自身传统和连续身份，也是归属感缺失的应激反应。因而从传统中寻找可以与之抗衡的东西，恪守传统，对行将消失的氛围和身份进行重新召唤，这极易导致民族主义的产生。而在乡村社会中，则表现为对于传统乡村伦理道德秩序和规范的重新召唤，以期通过这种召唤，重新确立业已失去的，如马克思所讲的坚固和神圣的东西。在冯积岐的小说中也屡次出现这种情况，这表现为两种方式：一种是小说中出现的招魂行为；另一种是作者本人执意要去追寻的根。

第一种方式，即小说中的人物面对日益快速到来的现代性和日益崩溃的乡村伦理现实，每个人都感到自身身份的稳定性遭到了一定的冲击，并且这种由身份带来的在群体中的归属感也变得摇摇欲坠，这种失落感可以在冯积岐小说《村子》中找到。《村子》中田广荣由于失去了政治上的身份，转而重修了田氏祠堂，并被推举为族长，这可以看作是用传统的宗族身份来对抗身份失落或者是现代性所带来的新型的身份的证明。值得注意的是，田氏宗祠的重新修建，并没有给田姓人带来任何身份上的归属感，在该小说中也没有再深入地将这个问题讲下去，其后则是田姓人面对现代性所带来的经济冲击时，感受到的贫困和不知所措，该小说中的田水祥就是典型，他的妻子在生病之后，他拿不出钱来治病。由此可见，以伦理道德秩序为基础的宗族身份是无法对抗以契约关系为核心的经济人身份的，也正因为如此，我们可以说田氏宗祠的重修，其实也只是一种形式上的招魂，它对乡村伦理道德秩序的重建，对生活于其间的农民来说作用非常有限，因此，这只能看作是一种招魂行为。如果这种招魂不能奏效，那么就会发展为一种更为激烈和极端的行为，即当我方认识到，我方并没有可以认识他者和与他者相抗衡的资源时,就会出现一种激烈的互相毁伤的结局,如《舅舅外甥》中,外甥对舅舅的经济人身份无法理解,并且也在自身的知识框架和生活经验里找不到可以为其舅舅行为做出合理解释的理由,因而导致了他用破坏经济人身份的形式来对其进行抵抗——外甥用火烧了舅舅烤辣椒的炉子,从而酿成了惨剧的发生。其实,这都是在面临"他者"的冲击时所采取的一种本能和应激反应,但是这种宗族身份的伦理核心和人情内容与现代性所带来的以契约关系为核心的理性经济,本身就不在一个框架之内,所以无论是招魂行为还是互相毁伤行为,对于现代性的进程来说都是毫无裨益的。

第二种方式,即作者一直强调的寻根问题。这一问题在作者的多篇小说中都涉及了,如在他小说中频繁出现的"松陵村"。几乎他的小说中的村子都叫"松陵村",且不说这个村子的真实性如何,就其不断提及这个村子,以及他在短篇说集《我的农民父亲和母亲》的自序中所提到的:"虽然,我现在生活在城市里,我写作的背靠点是我的故乡,是我在小说中虚构的凤山县南堡乡松陵村。……我只能在这个背靠点上开掘,它是我精神扎根的土壤,是我写作的源泉。"[①] 可知,这个村子从作者的角度来讲,是他的精神支柱,同时也是他获得归属感的可靠保证,而他通过描述这个村子,想要说明的是"我力图从这个背靠点上头透视我们的农民我们的文化我们的民族",也就是说在这里,他认为我们民族、文化的根就是他的根,根其实就在乡村。其长篇小说《遍地温柔》中,潘尚峰家乡的"石碑";《大树底下》中,罗二龙家乡村口的大树等都是这个根的明显的象征物,而这个象征物象征的就是乡村的根,也是生活于其间的农民的根,这种象征物通过"松陵村"向我们展示了出来。

如果说,作者小说中的故事情节,向我们展示的是乡村中的一群人对于乡村传统在现代性所带来的新的精神价值冲击下的崩溃和无能为力,那么作者本人的寻根意识也给了我们他之所以如此构架小说的

---

① 冯积岐:《我的农民父亲和母亲》,北京燕山出版社1999年版。

原因。其实无论其小说还是作者本人向我们展示的都是这样一个事实，即无论是招魂行为，还是互相毁伤行为，抑或是作者的写作意识，都无法对现代性进程中所带来的新的身份问题做出有效的解答和解释。

二　新身份的寻找

对新的身份的寻找，是面对"他者"到来之时的又一种反应。这一点主要以一种将"他者"纳入自身视野，对"他者"的到来感到困惑，但却怀着一种积极的态度和心态去认识它，但是在认识的过程中，会自动根据自身的知识框架和实践经验吸收其一些方面，而剔除其另外一些方面的行为。这种新身份的寻找包括两种情况：一种是现代性到来时，对它所携带的有关主体性的内容进行正确审视，即知道主体性到底为何，进而利用自身知识框架和实践经验对其进行创造性转化，以寻找到新的身份；另一种是对主体性内容只认识和接受了一部分，而对另外的部分审视和接受不足，但却急切地要从自身知识框架和实践经验中寻找与之相抗衡的资源，以期快速获得一种身份上的优越感。

在冯积岐的小说中，第一种形式似乎涉及甚少，其中的原因可能是作者本人执着的寻根的写作意识导致的。而第二种形式则表现在《村子》中的祝永达和《遍地温柔》中的潘尚峰身上，如果说祝永达代表的是未走出农村的农民群体对多元身份的认知的话，那么潘尚峰则表现出了走出农村、生活和工作在城市的知识分子群体对多元身份的认知。上文我们已经分析过祝永达对多元身份在认知上的暧昧性了，他对于现代性所带来的劳动的尊严、个人独立价值，以及公平、正义的认知与他对同样是现代性所带来的工具理性的认知发生着激烈的冲突，他同时还将前者用中国传统文化中的仁、义等观念来读解，这在一定程度上限制了他对于现代性所带来的工具理性的认知，他自然而然地选择了前者，抛弃了后者，这种在认知上的盲区导致了其在城市讨生活所面临的种种悲惨遭遇。潘尚峰作为一名从乡村走到城市的知识分子，同样也对现代性所带来的劳动的尊严、个人独立价值以及公平、正义等观念有所认识，并也接受了，但是当他回到农村看到村里百姓更多地接受了契约关系所带来的对经济上的认知时，这又与他本身的知识框架和生活实践脱离，他认为乡村仍然是以人情、伦理为核心的乡村，所以当他回到村里的时候，他期望用传统认知上的人情来对抗金钱对乡村的冲击。这种认识上的矛盾性即一方面接受现代性，另一方面又用传统认知来看待乡村的现代性进程的看法，导致了他最后在城市也不能待，在乡村也不能待，不得不到山里生活。

由此，我们看到即使是对多元身份有所认知，这种认知也是片面性的，当这种认知可以给予主人公稳定的身份感时，就被主人公拿出来作为合法性的东西加以利用，而当这种认知与主人公自身的知识框架和生活实践相冲突时，就会被小说中的主人公予以抛弃和拒绝。这从一个侧面也反映了作者本人对于其小说所使用的策略，也可以说其本人在认识上对于现代性所带来的主体性的认识是有盲区的。无论是招魂还是对于多元身份在认知上的盲区，都给予了我们这样的启示，那就是当用自身的知识框架和生活经验来看待现代性这个外来的"他者"时，我们自身的框架和生活经验的阐释力度是不够的，我们必须将自身投入这种现代性之中，在这种不断变化的、流动的、碎片化的身份中寻找自身的身份。

其实，焦虑、质疑都是在面对"他者"时非常正常的反应，最主要的是我们要对自身的知识框架和生活实践进行反思，如果作者能抛开一种本质论的身份观，即认为我们的身份是单一的，并且是固定不变的，那么作者的视野也许会更为宽广，思想力度也会更为锋利。其实冯积岐已经注意到了这样的本质性的身份的不可靠，比如他的短篇小说《杂姓》就是其对于本质性的、固定不变的单一身份的有力思考，但是在其后的小说中，他并未将此种思想的深度向下继续挖掘，如果他继续挖掘下去的话，可能就不会有其固执于"松陵村""石碑""大树"等象征物了。

由以上分析，我们可以得出这样的结论，那就是身份是被建构出来的，并非一成不变的，它一方面会在时间的维度上不断变化；另一方面，也会随着关系空间的拓展而不断变化。正如福柯所言"个体并不是给定的实体，而是权力运作的俘虏。个体，包括他的身份和特点，都是权力关系对身体施加作用的结果"①。另外，这种身份的建构过程也是身份建构者互相运用策略的过程，这其中必然会使一些建构力量消失，从而使得一种稳定的、连续性的身份感获得胜利，比如中国传统文化中的宗族血缘身份是将原始时期巫—神身份边缘化后所确立的。所以，对于处于现代性进程中的中国文化来说，必须要确立两个理念：一是认识到身份的确立不是本质性、一成不变的；二是身份的确立伴随着权力运作的过程。我们必须要谨慎地看待身份问题，一方面避免步入本质论的身份观；另一方面我们也要避免认为主体已经死亡、主体中心消解的身份观，避免认为主体没有能力行动，也没有能力改变世界和设计未来的身份观，即将一切看作是客观性的关系运作的结果的认知。如果我们的作家认识到这两点，也许就不会出现面对汹涌而来的现代大潮时，让小说主人公选择到山里生活来逃避，因而把山里看作是田园牧歌式的桃花源了，因为任何地方、任何地域都逃离不了现代性的冲击，最终他们将会发现，这种理想中的田园牧歌式的生活将是虚幻和不真实的，正如马克思所言："人们不得不冷静地直面他们生活的真实状况和他们的相互关系。"② 因此我们还是要冷静地面对我们的真实生活状况和我们的相互关系。

---

① 转引自［英］拉雷恩《意识形态与文化身份：现代性和第三世界的在场》，戴从容译，上海教育出版社 2005 年版，第 203 页。
② ［德］马克思、恩格斯：《共产党宣言》，中共中央马克思、恩格斯、列宁、斯大林中央编译局译，人民出版社 1997 年版，第 31 页。

第四章 为"底层"代言与权力批判

"底层"是一个较为复杂的概念。西方有社会学家将"底层"与"阶级"二字联系起来，以经济资源为其区分标准，认为底层是"生活水平明显低于社会中的大多数人口"的"以多重劣势为特征的群体"。[①] 我国的社会学家对此词语使用得相对谨慎，称之为阶层或群体并以职业划分为基础，以组织资源、经济资源和文化资源的占有状况为标准划分社会阶层，这里的底层主要指"生活处于贫困状态并缺乏就业保障的工人、农民和无业、失业、半失业者"[②]，其中组织资源包括行政组织资源与政治组织资源，主要指依据国家政权组织和党组织系统而拥有的支配社会资源的能力。也有社会学家认为，"底层"包括经济底层、政治底层，在政治时代，人民的生活水平普遍不高，"中国社会上确实存在着政治底层群体，比如'地、富、反、坏、右'就是中国社会的政治底层。每到运动一来，政治底层群体就成为批斗的对象"。[③] 而在经济时代，政治身份被淡化，文化身份似乎也无足轻重，经济身份实际上起着主导作用。尤其是20世纪90年代以来，社会矛盾日益尖锐，贫富分化愈加明显，产生了一批尤其在经济上处于劣势的群体，这一群体堪忧的生存状态引起了大家的关注，并被不断提出，底层问题逐渐进入人们的视野。21世纪初，底层文学成为一种文学创作现象被提出。有李云雷等评论家的理论主张，有陈应松等作

[①] [英]安东尼·吉登斯：《社会学》，李康译，北京大学出版社2009年版，第262页。
[②] 陆学艺主编：《当代中国社会阶层研究报告》，社会科学文献出版社2002年版，第9页。
[③] 李强：《转型时期的中国社会分层结构》，黑龙江人民出版社2002年版，第117页。

家的创作实践，底层写作逐渐吸引了更多作家的关注，出现了一批农民工、下岗工人、失业农民等文学形象。

厨川白村所言的"文学是苦闷的象征"让我们明晰了文学与苦难的关系，也让我们清楚了为何作家总喜欢书写苦难，尤其对于曾出身底层的作家，他们了解底层的苦难与渴求、无助与绝望，他们的作品中便充满了苦难与无奈，写底层，实际上是就在写自己，他们也自觉成为底层的代言人，在为底层鸣不平的同时，又表达着对社会环境、权力的批判。

第一节 "地主娃"视角与为"政治底层"代言

冯积岐是一个自发为底层写作的作家，这源于他的底层出身。他的人生经历了三个阶段：从"地主娃"到农民再到作家，少年时期目睹亲人批斗或自己陪斗的经历纠缠了他的灵魂，造成了他痛苦的"文化大革命"记忆。20世纪70年代末以来叙述"文化大革命"的作品实在太多，"1977年以后一直到九十年代，相当多的中国当代小说，都和'文化大革命'背景有关"[①]。不少作家因为叙述"文化大革命"经验而成名，较有代表性的是知青作家、"右派作家"，这些作家自身就是"文化大革命"的亲历者，"文化大革命"时期的身份不同，对"文化大革命"的讲述也就不同，但从"黑五类"子女的身份来反思"文化大革命"的却不多见。

冯积岐对"文化大革命"的叙述源于他"地主娃"的经历。"地主娃"是被漠视的局外人，因为政治批判并不针对他们自己，但用"血统论"的观点看，与其父辈祖辈一样都是"黑五类"，是社会压制的对象，被剥夺了为人的尊严，活着的全部意义似乎就是活着，可有时活命却极其困难。在《村子》中，冯积岐这样写道："在松陵村，像他（小说主人公祝永达，'黑五类'——作者注）这样的地主富农的娃死了五个疯了两个。"作为"人民公敌"，死伤自然是不被在意

---

① 许子东：《重读"文革"》，人民文学出版社2011年版，第1页。

的，苟且活着也仅仅是活着吗？冯积岐在《遭遇拒绝》中写道，1976年毛主席去世，他想参加吊唁被拒绝，因为人生而不平等，不管你曾如何改造自己，"头顶上的'黑五类'帽子就像刻在面部的红字一样，浸到血液中去了"①。如果这些"人民公敌"真曾杀人害命，受到惩罚也罪有应得，可这不过是"血统论"作怪，而历史又总是习惯开玩笑："只有一纸文件，或许只是某一个人的一句话，地主成分就没有了。一个人的命运的改变原来这么简单！简单得使他难以置信。成千上万人的命运可以被一纸文件或一句话左右几十年，这是多么可怕的事情呀！"(《村子》)对于能够重新获得"新生"的人来说，还是幸事，因为有不少人就因为一句话或一纸文件而失去了生命！对此，曾有过地主娃经历的冯积岐的感触应该是深刻的。

"地主娃"的生活经历使他用更深的目光观察生活、感悟命运，用"地主娃"视角反观历史，揭示政治底层生存的卑微以及命运、人生的无常。在记忆中打捞历史，祖父的身影逐渐浮现。在以往的文学作品中，"阶级敌人"多为与人民为敌的恶霸，而冯积岐笔下的"地主"却有他祖父的影子。冯积岐在许多文章中提到他的祖父，在《我的童年和少年》中，"祖父是一个和善而严厉的老人，他的个子并不高大，留着短短的胡子，额头的皱纹很深，身上的白粗布褂子浆洗得有些发灰了，用布条儿结的纽扣扣得很整齐，在燠热的夏天里他腰间的黑腰带也不下身"②。在《我的祖父是地主》中，他的祖父是木匠，是一个极度劳苦、节俭得近似吝啬、抠门儿、很能干的地主，对于土地、粮食看得似乎比孙子还重。这是冯积岐生活中遇见的"地主"，他用他"布满老茧的大手清清白白地书写了自己的人生史"③，与书本中剥削压迫他人的地主却如此不同。这种刻骨的体验不能被书本的套话所取代，冯积岐也不相信祖父不能代表一批被错划为"地主"的农民，他要表达这种"不相信"，因此，祖父就成了他笔下地主的模板：

---

① 冯积岐：《遭遇拒绝》，《中华散文》2004年第10期。
② 冯积岐：《我的童年和少年》，《牡丹》2001年第2期。
③ 冯积岐：《我的祖父是地主》，《中华散文》2003年第11期。

克己、仁慈、勤劳、节俭，在《我们村的最后一个地主》中得到极好地演绎，文章中这样记载祖父冯巩德的发家史："为了节约犁地时间，一天不吃不喝；宁愿将脚磨烂也不将鞋穿烂；看见牛粪用手掬进草帽端到地里去；一天割二亩八分麦子。"除了勤劳，还有抠门式的节约："祖父外出做木工活儿，临走时，他将十天或半月内家里人要吃的盐和醋用木勺子量好交给祖母，剩余的用铜锁锁起来。""辣椒数着角儿吃，一天留十个辣角。"就这样，"他将挣到手的钱一分一分地攒起来，一分一分地买回来土地，种上粮食，又将打到包里的粮食一口袋一口袋卖出去，用得来的钱再买地。祖父的土地就是这样由一亩变成五亩，由五亩变成十亩，由十亩变成了百亩"。

《祖父之死》中的祖父韩俊伯与冯巩德有些不同，前者是一个渴望从政最终失败的商人，但在对韩俊伯发迹史的讲述中，冯积岐儿时的经验同样发挥了作用。因为卖力肯干、有心眼使他成了一个油坊老板，小说中这样描写他的节俭："当了掌柜的祖父依然像伙计一样干活儿。依然挑着担子去卖油换油。祖父每天出去时把响午要吃的油、盐和醋，用勺子一勺一勺地舀出来，其他的封存好了，谁也不能动。辣椒买来几串，挂在厦房的房檐，不经祖父的手就不能吃；每隔几天，祖父数几个辣椒交给祖母，由祖母将它捣碎。"他的发家同样是"一块一块地攒着银圆，一分一分地买地"。

拼命的劳作与吝啬的节约使一个农民发了家，发家的农民并没有丢失农民的本分，也没有残酷的剥削。因为长工广顺地地道道、老老实实，一向吝啬的祖父冯巩德竟然拿出8石麦子给广顺操办了婚事。这些本分的农民如何能划为地主？《我们村的最后一个地主》中的祖父源于长工的"恩将仇报"，他得知广顺利用当地"撑香头"的习俗去睡别的女人时，认为广顺失去了农民本分，愤怒的他气得失手打破了长工的额头。作为地主的祖父脾气并不暴躁，不过因为后者违背了"存天理，灭人欲"的传统道德规范，他自觉承担了道德监护人的责任。与这个自律的"老财"相反的是，长工因为贫穷，在阶级斗争年代获得了权力，将祖父告成了"地主"。《大树底下》中也出现了被冤屈而成的敌对分子，小说中写了三个"四不清"分子：第一个是油坊主牛甫远，为人并不苛刻，土改前因为向自己以前的长工史天才打听成分，被打成地主分子；第二个是史耀祖，遭败家子弟弟史光祖报复，成为地主；第三个是祖父罗炳升，因"社教"组织者卫明哲对罗家的仇恨，被划为地主。为了找出罗家是地主的证据，史天才"伪造"证书，说服曾给罗家打过短工的张来娃伪造当过一年长工的证明，张以自己不能做损阴德的事为由拒绝，只出示了一张干过 36 天短工的证明，而史天才设法伪造了另一种证明，让张来娃重新签上大名。

《村子》中的"反革命"马子凯的遭遇也令人唏嘘，他曾参加了地下党组织，从政时选择了国民党。在他看来，无论参加什么党派，都是抗战，都是革命。1948 年当了乡长，期间也没有什么恶行，暗地里还配合过西府游击队，中华人民共和国成立后被划为"历史反革命"。这些"地主"或"反革命"，他们或者靠勤劳节俭致富，这是中华民族的优良传统；或者因为抉择时站"错"了队伍；或者因为诬告而最终被"扣帽子"。而一些阶级斗争的基层组织者们并不遵循实事求是的原则，更多考虑个人的革命成绩，即便这一成绩是建立在冤假错乱的基础上，他们也无视反革命的帽子会给无辜的生命带来的灾难。

幼时祖父的记忆使冯积岐笔下出现了一批政治上遭受不白之冤的老农形象，他塑造这一形象的目的是在揭示历史的真实性，为政治底层鸣不平。作为一个因祖辈、父辈受牵连的政治底层，对世界尚处于懵懂的认知过程，却要受到因出身而来的苦难遭遇，"地主娃"的内心更要痛苦难言。"'地主'像一件质地拙劣的裙钗拖在少年的身后，它使我回头一看就尴尬就羞涩就难过。"[1] 衣食住等生理需要满足之后才有安全与被尊重的需求，生理需要都无法得到满足，还奢谈活着的尊严？早在 20 世纪 80 年代，张贤亮笔下就曾感叹过这一话题，有过同样屈辱经历的冯积岐也感受深刻："当我被当作地主狗崽子和那些花白胡子满脸污垢的地主反革命站在一起接受批判的时候，人的意识

---

[1] 冯积岐：《我的童年和少年》，《牡丹》2001 年第 2 期。

在我的心中存留得很少了。那时候，我已经不能像人一样活了，自尊心的伤害，饥饿的煎熬以及和年龄不相称的沉重的体力劳动的折磨已经使我变成了一种是人又不是人，是动物又不是动物的东西了。我也弄不清我究竟是什么东西。劳动一天，昏睡一夜，爬起来又劳动又昏睡，只有我在穿衣服的时候才意识到人是需要穿衣服的，我吆着的犁地的牛和我一样地劳动却不需要穿衣服的。"① 在特殊岁月里，失去尊严的政治底层与动物之间的区别或许就是这一点本能——穿衣服，只是为了遮羞与御寒。

或因此，在冯积岐笔下，"地主娃"的苦难被不断书写，他们被压制到生存的极限，却还留有为人的尊严，因此死与疯成了常态。因为政治权利的被剥夺，他们在掌权者面前极度恐惧，甚至引发器官残疾。《大树底下》中，身为"地主娃"的哥哥无意中看到许芳莲与松陵村阶级斗争的领导者卫明哲在草地上野合，卫明哲说哥哥从现在开始是一个瞎子，哥哥的眼睛果然就瞎了，白天看不见，晚上却出奇地亮。对于哥哥来说，卫明哲比失明更可怕。而在针对父亲与祖母的批判大会上，卫明哲的一句"你不是瞎子，你能看见"，就让哥哥恢复了视力。哥哥的失明显然不是器官的问题，而是心理压力，它比肌体的损伤更严重。《故乡来了一位陌生人》中也有相同的叙述，张三因目睹了松陵村的官人和妇联主任野合，两位村干部为了不让张三把这件事张扬出去，用权力压迫他屈服，"你是瞎子，你啥也没看见，听见了没有？"张三果真瞎了，只看得见官人和妇联主任。权力压制张三，使他产生了心理障碍，继而导致了肌体障碍，在张三看来，官人和妇联主任是最令人唯恐不及的，除了这两位村干部，别的一切都可以视而不见。阶级斗争对人的"阉割"不仅在肉体上，更是在意识上，正如《沉默的季节》中周雨人感慨"地主娃"缺少人的生活："这还不是关键，最关键的是我们的思想被关闭，我们想到的只能是穿衣和吃饭，是苟且地活着，而不是生活，除此之外，我们什么也不敢想，也不叫我们

---

① 冯积岐：《我的童年和少年》，《牡丹》2001 年第 2 期。

想。再没有比思想的关闭更可怕的了,思想被压成了缺少水分的干硬板结的土壤,什么东西也难以生长。不仅缺少水分,更缺少阳光。"

这些被划为政治底层的卑微者,他们作为社会人,也有被政治认可的渴望。《革命年代里的排练和演出》中身为"黑五类"的"我"和"地富分子"吕莲芳,因为能参加万全组织的毛主席思想文艺宣传队而极为振奋。人的价值在集体、社会中得到了体现,任何人脱离了集体,被搁置在孤独的沙滩上,都会失去活着的意义。汉民的爹被批斗致死,他白天照料安葬父亲,晚上排练革命样板戏;贺直家断了顿,媳妇要了两天饭,儿子发高烧,在炕上昏迷了几天,他似乎不为所动,依然唱戏。生存都无法保障,还在拉着革命的调子,他们的投入也带有某种殉道的意味。人成为阶级的产物,女人与男人的爱情也带有阶级性,不同阶级的男女即便因爱情走在了一起,其结局不仅时代不容,被批判者本人也无法接受。

《沉默的季节》中的"地主娃"周雨言在身为贫农阶级的女人宁巧仙面前深感自卑,即便有宁巧仙的爱,因阶级身份而来的自卑感也使他不敢放肆。在他的意识里,贫农与狗崽子的密切关系一旦被人窥破,也许会使他的劳教期无限延长或带来难以想象的横祸,宁巧仙对他的"偏爱"让他害怕。在诱惑与恐惧之间,周雨言屈从了前者,但他与夏双太的妻子宁巧仙苟合的目的也是为了证实与肯定自己,因此带着对某个阶级报复的快感:"他心里在笑,笑夏双太,一堵脆弱的土墙将他和夏双太隔在了两个质地不同的境况中,假如夏双太有第三只眼,假如他看见我搂着宁巧仙,他大概不会在睡梦里胡支吾了。你还支吾什么?你应当爬起来睁开眼看看,是你凛然,还是我凛然?"周雨言在品味复仇得逞的快感,同时在践踏女人的激情,因此,这种胜利也不过是人性丑陋的另一次展演。但在某个时段,这种胜利对于屡次受挫的人来说或许是必要的。

因为社会身份的卑微,卑微的政治底层在阶级论年代,在"门当户对"择偶的标准下,也自然遭遇了婚姻、爱情的蔑视。冯积岐在《一双眼睛》中曾写到自己年轻时被一个女孩的眼睛吸引了,因为与对方身份一样而遭到拒绝。在"亲不亲，阶级分"的年代，在"对待同志要像春天般温暖，对待敌人要像严冬一样残酷无情"的思想指导下，自觉与敌对阶级划清界限，融入工农兵的阶级中是时代所倡导的，深切感受到"地主阶级"身份所带来折磨的冯积岐对她自然无法埋怨。

　　阶级身份于是成了爱的阻力，爱情对他们来说遥不可及，而婚姻的目的仅仅是传宗接代。因为阶级身份，《沉默的季节》中的周雨言通过妹妹换亲才得以娶妻小凤；《村子》中的祝永达只能娶身份相同且患有心脏病的黄菊芬。不是说"地主娃"不可能得到异性之爱，恰恰相反，他们身上不乏魅力。周雨言吸引了宁巧仙；祝永达吸引了赵烈梅，但很有意思的是，她们均是有夫之妇的贫农女性。仿佛有夫之妇才懂得爱情，而懵懂少女更有阶级觉悟。在冯积岐的作品中，异性之爱总是错位的，都是"隔代爱"，缺乏少男少女的懵懂之爱，这一点似乎也可以理解成冯积岐本人在青春时期缺乏异性之爱的一种文学表达，恋情的缺乏强化了阶级身份对爱情的负面影响。并且，这里的"隔代爱"未必纯洁，周雨言与宁巧仙之间存在的更应该是对彼此肉体的渴望。心灵挣扎强烈的是为"地主娃"的男性们，他们对女性的渴望也与自己"狗崽子"的身份产生冲突，偷情是需要勇气的，"没有疯子般的胆量和半吊子那样的狂热是不行的"，最终压制祝永达欲望的不是道德问题，而是卑微的身份以及一旦暴露的可怕后果。获得了情欲又如何？周雨言这种并不光明正大的成功，只能存在于暗处，当他看到宁巧仙在他躺过的炕上接待生产队长六指时，他才感到了自己成为情欲的牺牲品："你不仅是羞辱的，你也是没出息的，连你的胜利也是最没出息的胜利，你所谓的胜利充其量不过是对肉体贪婪的演绎，是色情的一种标签，是邪恶的另一种途径。"对这种畸形的爱的渴望与放弃都是因为感情的缺失。

　　政治身份被剥夺，社会身份极其卑微，死与疯都是常态，谈爱情终究有些奢侈。阶级斗争结束后，曾经被批斗的地主得以平反，恢复了政治身份。"平反"意味着早年阶级划分的错误，但除了一些钱，他们得不到任何补偿，即使是钱又能否补偿青春、健康与生命？冯积岐选择"地主娃"这一视角，用其青少年生活体验做注脚，用尖锐的文字将特定年代被侮辱、被损害的政治底层其卑微的真实生存状态展现出来，以政治底层代言人身份发出冲击权力的声音，尖锐而震撼。

第二节　文化人视角与为底层农民代言

在阶级斗争年代，"地主娃"成为政治底层，十一届三中全会后，被平反的"地主娃"获得了与他人平等的自由与权利，但其中一部分农民又成为社会底层，正如蔡翔所说："我终于发现革命并没有彻底抹去阶层的区别，相反，权力又制造并维持着一个所谓的特权阶层。"[1]与政治底层"地主娃"生命无保障不同，社会底层对于"食"的需求成为主导，无权无势导致他们在金钱至上的时代受到来自各方面的歧视。

与"地主娃"视角一样，"文化人"视角同样观照到底层农民的无奈。这里的"文化人"不是具有能"向公众"以及"为公众"来"代表、具现、表明、讯息、观点、态度、哲学或意见"[2]的知识分子，文化人并非不能成为知识分子，前提是他们有表达自己观点、态度、意见的语境。冯积岐笔下人物的"文化人"是记者、文人、大学文科教授，从社会身份来说，他们并不卑微，也非社会底层，但无钱无权无势，与权力之间少有平等对话的机会，在面对遭受苦难的亲人时，他们唯有暗自忧伤，精神上备受折磨。

与许多关注农民工的底层写作不同，冯积岐关注的是挣扎在土地上的弱势群体，他们是农村社会的"底层"。农民工或许能在进城与

---

[1] 蔡翔：《底层》，载薛毅编《乡土中国与文化研究》，上海世纪出版股份有限公司、上海书店出版社2008年版，第334页。

[2] [美]萨义德：《知识分子论》，单德兴译，生活·读书·新知三联书店2002年版，第16—17页。

留乡之间做出选择，毕竟城市能给他们带来更多的劳动收益，但或许不应忽视的还有为活命挣扎在土地上的农民，种地是他们普遍的谋生方式，有了土地才得以立足，得以生存。农民对于土地的挚爱在《风吹草不动》中体现得淋漓尽致：逃进深山的郑玉良竟然可以用随自己私奔的情人梅娟换王金斗的几亩土地。梅娟并非是郑玉良的私有财产，也并非是他不爱梅娟，只是在土地的诱惑下，女人就成了附属品。没有女人，他还是一个男人；没有土地，他就枉活为人。农民的生命是卑微的，他们把土地看作生命之源，在土地面前，爱情、婚姻甚至道德都显得单薄了。

"文化人"与底层农民为两个阶层，但当一个有良知的且出身为农民的"文化人"面对遭遇苦难的农民时，难免会为之感到不平而愤怒。说农民是底层，因为这些农民无钱无权无势，赖以存活的东西很容易被夺走，欲告无门。《这块土地》中的农民李宝成的四亩八分地被村里收回了，因为村干部马建兴的母亲、弟弟的死与李宝成有直接关系，作家冯秀坤找村干部通融，对方根本不买账，情急之下，李宝成把村支书牛荣告到乡里、县里，各级官员均相互推诿，官司一拖再拖。最后的结局是，李宝成不慎砍了自己的腿，进县医院截肢；村支书牛荣则荣升为凤山县乡镇企业局的副局长。相同的叙述出现在《村子》中，马润绪分了一亩六分一等地，响应乡政府号召种苹果，刚挂果一年，村委会就要把他的地收回去作为庄基地。马润绪告到乡里，乡干部互相推诿，马润绪就成了这些干部眼中的"球"，被生生"踢"疯了。而乡政府摊派给农民的税极高，农民无钱交，乡政府就派人搬东西，在争执中农民被打伤，猪被打死，农民只有忍声吞气。位居底层的农民在某些基层权力的压迫下，并没有挺直腰杆。

为之活命的土地被剥夺，底层农民不仅连生存都无法保障，尊严也被残酷地践踏。《我的农民父亲和母亲》中的父亲去收购站卖猪，父亲担心猪被退回来，就带上了一条烟。收购员在喝茶闲聊，因为孙女在医院住院急需钱，父亲想与收购员通融一下早点验猪，顺手就拿出了那条烟。没想到收购员根本看不上，抓起烟就往外撂，还指责父亲的品行，并拒绝收猪，引起其他农民对父亲的不满。小说中这样写："父亲一听，木然了，扑通一声，跪下去抱住了验等级的人的腿，作为人之父，年老的父亲跪在晚辈跟前一声一声地叫他老哥。"写到这里，冯积岐心在滴血，他的语言有些凌乱，压抑着愤怒与悲悯："父亲跪下了，父亲真的跪下去了。我没有想到十分自尊的父亲会这么轻而易举地跪在残酷的冬日。父亲说，我的孙女儿住医院，我求求你。父亲哭了，年迈的眼泪留在麻木的土地上，父亲的哭声苍老而软弱。"父亲的眼泪并没有感动"麻木"的工作人员，但父亲除了哭泣还能做什么？父亲苍老的哭声饱含着太多对于人生苦难的认识，这就是位居底层的农民，他们需要的仅仅就是活着，而活命却如此艰难。谁说坚韧地活着不是一种美德？活得越长，见到的公正自然就会越多。极富戏剧性的是，当收购员听说父亲的儿子在省城当记者，县长乡长都不敢得罪时，又给猪验了一等品。父亲的尊严与哭泣抵不上儿子的权力，崇尚钱权，都无须解释！

同样，在《村子》中，农民祝义和到收购站卖猪，收购员工作懒散，见祝义和拿了一包便宜的"大雁塔"，不屑地把烟给丢了出去，还拒绝收他的猪，无奈之下，祝义和竟向这个比他儿子还小的青年下了跪。当这个青年后来得知他是村支书的父亲，就立刻给猪验了二等品。基层工作人员稍有一点权力，就欺压农民的故事被不断叙述、不断强调以引起关注。"父亲"和祝义和之所以被收购员拒绝，关键在于农民的社会地位太过卑微；收购员态度的转变，也是权力隐性运作的结果。

"底层"因其在政治、文化、经济等方面获取的不足而引发其他阶层的挤压与歧视，如果仅仅是肉体与精神折磨，冯积岐对于社会底层生存状态的描写就属于温和派了，但从农村走出来的冯积岐对于弱势的农民有着这样的感慨，他们"没有一个人抱怨粮食价格低廉，没有一个人叹息命运不济；争权力，涨工资，买房子，炒股票，这些看似极其花哨极其繁复的生活和他们风马牛不相及；酒吧歌星情人舞伴在农民眼里只不过是城市人弄出来的人生点缀，他们想的是农民式的活人过日子，当紧的是收割，是挥汗如雨的劳作"。① 一分耕耘未必有一分收获！农民除了随时可能遭遇生存压力，还有可能令生命惨遭不测。

在《遍地温柔》中，历史系教授潘尚峰的农民二弟尚地被卡车撞死，侄女潘爱丽脑部受重伤，肇事者是村干部的亲戚，已逃匿。三弟尚天申诉无门，情急之下，带着一帮农民去派出所讨个说法，派出所的民警借口村民袭击竟开枪将他打死。潘尚峰并非懦弱之徒，他曾因意识形态问题被关押，也曾面对历史孜孜不倦以寻求真相并敢于揭示出来，启蒙大众的文化人面对至亲的死与伤，却只有低下头。他可能没有反抗的勇气，但反抗又能怎样，尚天的冤死就是答案，文化人与权力较量的结果永远是失败的。在《我的农民父亲和母亲》中，主人公身为作家，虽然他的报告文学在省城得了奖，但父亲被村里人欺负、侄女被误诊致死、兄弟遭村领导报复、姐妹婚姻不幸，他除了心酸，依然毫无办法。

20世纪80年代高晓声曾用幽默的笔画下了农民的肖像，陈奂生因为宾馆一夜5元的住宿费而赌气在房间里乱折腾，他心疼的自然是钱，5元等于7天的工钱，等于两顶帽子，自己"这副骨头能在那种床上躺尸"？农民的生命何等卑贱！萧红的《生死场》中也这样写过："母亲一向是这样，很爱护女儿，可是当女儿败坏了菜棵，母亲便去爱护菜棵了。农家无论是菜棵，或是一株茅草也要超过人的价值。"这一点冯积岐也有表述：《敲门》中的农家孩子丁小青为了给哥哥挣钱读大学，放弃学业，出门打工，不幸被拐到河南一个黑厂打工，双脚烂了，因为付不起30000元的住院费，丁小青自杀了。对于一个底层农民来说，金钱比生命更重要。在阶级斗争年代，农民存在等级差别，改革开放后，农民在某些人眼里依然存在等级差异，而钱、权就成为区分不同等级的标准。"有钱能使鬼推磨"，丁小丽和她妈妈被强奸，丁小春、史曼鼓励她们将坏蛋告到了法庭，因为有人替强奸犯打点，案子一拖再拖。经过丁小春的多方求助，两个强奸犯虽被判刑，

---

① 冯积岐：《你去读一读农民》，《三月风》1998年第11期。

但罪行都非常轻。

不仅掌权者无视底层农民的生存权利，医疗机关同样视农民的生命如草芥。在冯积岐的笔下，医院已经不以"救死扶伤"为职责，而是充满着对金钱与肉体的欲望。《我的农民父亲和母亲》中普通农民的孩子在县医院昏迷，值班医生却忙着与女同学温存，最后孩子因误诊为阑尾炎而死。《沉默的季节》中农民周雨言的母亲病重，被送到县医院，住了七天院，做了无数次化验，病情没有丝毫好转。一次竟被通知去其他医院做CT检查，结果请医生吃饭送礼后就免了。与此形成鲜明对照的是，县长的母亲病了，三个副院长每天轮流探视，主治医生最先检查她，两个护士彻夜护理，甚至各单位的局长、部长都被惊动了。

农民在组织资源、物质资源以及文化资源上的匮乏，使农民社会地位极其卑微，卑微的地位进一步影响了他们对组织资源、物质资源、文化资源的占有。土地被拿走，东西不让卖，大学上不起，这是一个被剥夺的群体，被压榨到极限，只知道下跪、容忍，说上一句"农民的命不值钱！"能责备他们的愚昧与麻木吗？农民不是已经当家做主了吗？"忍"是他们固有的生存状态，因为权力被不断滥用，生存资源被不断掠夺。

农民的"忍"与文化人的视角不无关系。这一代的文化人已经失去了启蒙呐喊的语境与激情，他们也习惯于在残酷的现实面前低下头去，《遍地温柔》中的尚地尚能带领一班村民冲进村派出所讨说法，潘尚峰只能选择逃避。如果说尚地是有勇无谋，那潘尚峰就是无勇亦无谋了。因为并未丧失良知，文化人唯有默默地抚摸农民的苦难，黯然神伤。这是冯积岐笔下的文化人面对底层的状态，也是冯积岐面对当下农民的一种状态。

冯积岐选择"地主娃"视角与"文化人"视角观照底层，呈现"文化大革命"时期到改革开放时期乡村底层的生存状态，展现底层的苦难，目的是以一种极其冷峻的笔调揭示权力对于底层的压制，同时又以怜悯的姿态描述底层对于权力的无奈妥协，强化底层的苦难、无奈乃至绝望，实现对于政治权力的批判。

第三节　权力批判

社会学家对于权力的看法各不相同，大致可以分为两派，或者强调社会冲突，或者突出社会合作。马克斯·韦伯将权力理解为，"一个人或一些人在社会行为中，甚至不顾参与该行为的其他人的反抗而实现自己意志的机会"。丹尼斯·朗参考了罗素的概念，认为"权力是某些人对他人产生预期效果的能力"。对于权力的形式，不同社会学家的看法不同，比如丹尼斯·朗认为，武力、操纵、说服和权威为权力的四种形式[①]。我国社会学家费孝通认为乡土中国的权力有四种类型：横暴权力、同意权力、教化权力、时势权力。横暴权力侧重社会冲突，"权力表现在社会不同团体或阶层间主从的形态里。在上的是握有权力的，他们利用权力去支配在下的，发号施令，以他们的意志去驱使被支配者的行为"[②]；同意权力侧重社会合作，认为社会分工使得每个人都不能不"求人"，这样人与人之间就存在一种权利与义务的契约关系；教化权力是社会继替过程中所发生的长老权力，主要表现在对社会新加入者文化上的强制；除此之外，还有一种就是时势权力，即时势造就的英雄支配跟从他的群众的一种权力[③]。

通常，横暴权力中包含暴力的因素，而同意权力、教化权力及时势权力更多包括的是对象的自愿服从，其中教化权力包含文化强制的内容。或许是源于冯积岐在"文化大革命"时所受到的"待遇"，他对于权力占有者强制性支配他人的行为感受强烈，因此他的作品中所关注的权力主要是存在阶级或阶层之间的横暴权力。作家毕竟不同于社会学家，他无法也无须抑制自己对于横暴权力的主观思考，他

[①] ［美］丹尼斯·朗：《权力论》，陆震纶、郑明哲译，中国社会科学出版社2001年版，第28页。
[②] 费孝通：《乡土中国　生育制度》，北京大学出版社1998年版，第59页。
[③] 同上书，第77页。

选择了批判的姿态。

由于有了影响与控制,权力关系就存在非对称与不平衡,"掌权者对权力对象的行为实施较大的控制,而不是相反"①。这就说明,权力分配不均,致使权力施行过程中双方并不平等,总是一部分人在对另一部分人发挥作用。冯积岐的作品中就充满了权力关系的不平等,掌权者完全占有了乡村的物质资源与精神资源,包括粮食、土地、女人、话语权等。

权力并不是能力的象征,权力获取的原因千差万别,但与主流意识形态有着千丝万缕的联系。在特定年代,权力与政治身份密切关联。《村子》中的马子凯在省城念过书,是松陵村的文化人,也是乡村绅士文化的最后代表。在乡土社会,他无疑是有教化权力的,但阶级斗争年代他被划为地主与反革命,就成了阶下囚,生存权利受到质疑,女人被活活打死,儿子自杀,他自然成了被权力压制的对象。但在十一届三中全会之后,他当了县政协委员,成了本县一位不同凡响的文化人物,县政协办的《文史资料》每期都要向他约稿,县上领导也常来村里看望他,马子凯仍旧拥有了教化权力。拥有教化权力的马子凯并未对文化底层推行自己的意志,新中国的乡村不再由宗族管理,而是基层行政组织掌权,祠堂对乡民已无约束力,村支书田广荣才是松陵村的核心。马子凯的死以及他后代的堕落证明了乡绅文化在乡村的衰亡以及乡绅教化权力的退位。

因此,在乡村真正拥有权力的是乡村基层领导——村干部。作为党组织的基层领导,村干部不乏一心为公的"人民公仆",但我们同样能在太多的作品中找到失职的村干部形象,一旦生存境况窘迫起来,这些干部的自私就表现出来了,毕竟拥有权力就拥有了粮食、特权等更多的资源,甚至女人也自甘奉献自己的身体。反过来,因为权力等于如此多的特权,拥有权力的村干部对于权力的渴望更为强烈。冯积岐的不少作品写到了村干部总与村里的漂亮女人有着说不清的关系,

---

① [美] 丹尼斯·朗:《权力论》,陆震纶、郑明哲译,中国社会科学出版社2001年版,第10页。

村干部利用他的权力占有了女人，而这些女人对于掌权者更是唯命是从，主要是献出身体，如《村子》中的田广荣、《沉默的季节》中的六指、《大树底下》中的卫明哲。村支书田广荣是土改时期的干部、老党员，一生有三个嗜好：粮食、女人、权力。最大的嗜好是权力，有了权力，就有了粮食和女人。薛翠芳并非放荡之人，她之所以看上田广荣，是因为"权力"让这个男人增色不少，因为权力，他把松陵村的各项事务处理得很出色，让她尊敬、佩服。在《沉默的季节》中，宁巧仙为了活命嫁给了夏双太；因为饥饿，找六指借粮食，把自己的身子给了六指。《这块土地》中主管村里"四清运动"的卫明哲获得了许芳莲的认可。同样，宁巧仙与许芳莲这两位漂亮女人并非不自重，她们或者因为活命，或者因为报复，无一例外都是因为权力。在特定年代，男人以拥有权力而高大，女人以依附有权力的男人而荣耀。罗素认为，"在人类无限的欲望中，居首位的是权力欲和荣誉欲"，而且"由于有权比无权更能使我们实现自己的欲望，而且权力还能使我们赢得他人的尊敬"。[①] 无权的人渴望拥有权力，掌权者渴望通过权力能够推行自己的主观意愿。

冯积岐小说中的人物并不排斥权力，相反还有一种向往，祝永达当上村支书、周雨言成为乡政府脱产干部就是证明。他们对于权力的欲望并非为达到控制他人并推行自己意志为目的，而是拥有与他人平等对话的权利。在社会缺乏相关制度约束掌权者的年代，滥用权力的事情时常发生。对于一个曾经的政治底层，在遭遇权力拥有者滥用职权时，在表现出对于权力的妥协或者反抗的同时，很容易产生对于权力的欲望。事实上，在冯积岐的作品中，无论是政治底层还是农村社会底层，都受着他人的管制。《我的农民父亲和母亲》中的父亲与《村子》中的祝义和就是如此。粮食、牲口是农民生存的物质保障，这些东西的获取或出卖却要受到"人民公仆"的左右，因为后者拥有权力且滥用权力。"为人民服务"本应是工作人员的宗旨，他们却尽

---

① 罗素：《权力论》，陆震纶、郑明哲译，中国社会科学出版社2001年版，第3、14页。

可能地操纵权力，榨取农民的血汗，甚至掠夺农民最基本的生存要素。即便是官职小如一个收购员，只要能在农民面前耀武扬威，无限放大他的权力，也是决不含糊。

在阶级斗争年代，权力拥有者用权力压制政治底层；改革初期，权力拥有者仍然用权力压制社会底层，时代在变，权力对于底层的压制却没有变，甚至钱与权也在进行着丑陋的交易。《敲门》中的丁小丽和妈妈均被强奸，两人将强奸犯告上了法庭，有钱人马汉朝帮了忙，于是案件不了了之。也许是冯积岐想给苦难的底层人一个希望，小说随后写到因为经过丁小青的多方求助，两个强奸犯被判刑，这种钱权交易在无情地伤害农民活命的尊严。可以说，冯积岐对于权力的批判首先指向的是农村基层干部的腐败与堕落，同时也在建构紧张的干群关系。

对于权力的批判也表现为对掌权者形象上的丑化。通常掌权者一旦对于权力充满欲望，其品行就值得商榷，即便他曾经是一个忠厚的雇农。《我们村的最后一个地主》中的广顺因为祖父对他的教训留下了"恶果"——疤而怀恨，一旦他掌了权，祖父就成了被批判的对象。恩将仇报的广顺，比鲁迅先生眼中的奴才更可怕，奴才做了主人，不过是摆架子比他的主人还十足、还可笑而已，但广顺不是奴才，他的东家并未压迫他，他成了"主人"，不仅摆上了架子，还要"革"东家的命。广顺之所以能生"革命"之心、举"革命"之行，源于他的权力。

有了权力的人高大威猛，丧失权力的人佝偻着身子，这种建构体现了冯积岐对于权力的思考，权力的背后折射出农民内部的多阶层性。《我的农民父亲和母亲》中的农民父亲在母亲面前是一个强者，他对于母亲的辱骂用尽了丑陋的字眼，这充分说明父亲是一个"大男人"。但在即便如指甲盖大的权力面前，他就成了弱者，长期与基层领导打交道，也让他学会了看眼色。村上的小会计来收提留款，父亲并不放在眼里；而当村委会主任孙正祥和小会计一起来收提留款，父亲抱怨几句就不吭声了。这是一个被权力压制到有些麻木的农民，除了冲着自己的家人撒气，竟然无可奈何。这就有些像阿Q，受了别人的气，就要欺负尼姑来发泄。

　　冯积岐站在底层立场，是他始终视自己为底层，体验底层的生活境遇，于是就有了不平。应该说，他批判权力并不批判权力本身，而是揭示权力拥有者对于权力的滥用。当祝永达当上村支书后，他一心想做的是带领全村致富，自然也想树立自己领头人的威信。这中间有的似乎更多的是舍我其谁的受苦精神，这种精神淡化了强制与操纵，权力逐渐摆脱武力，走向并无暴力的权威性。

第五章　暴力叙述与逃离情结

与冯积岐年幼时对于自由的渴望相关，冯积岐笔下的人物也在不断追求自由——肉体与灵魂甚至感受上彻底的自由，但充满理性的世界是一个禁锢的铁屋，里面的空气越憋闷，他们也就越渴望摆脱困境，甚至选择了完全丧失理性、道德的方式，只是搏命地挣扎，与对手同归于尽，于是有了暴力与死亡；有的身心皆疲，转过脸去，寻找精神的自由，于是有了逃离。弱者的反抗是值得同情的，但当这种反抗一旦超越了道德、法律底线，反抗者也成了施暴者；逃离是一种反抗，却又是一种无奈的妥协，毕竟恶还在，逃离者也就成了造恶者。直面反抗带上了罪恶，妥协也带上了罪恶，人物的暴力与逃离是矛盾与复杂的挣扎方式，展现出人性的脆弱与丑陋。

第一节　暴力的多重叙述及其内涵

暴力是一种激烈而强制性的力量。暴力叙述在新时期文学作品中不是一个新话题，有不少作家善写暴力，最具代表性的当属余华。余华的小说常常会冷静甚至有些冷漠地写到暴力，将暴力与鲜血、死亡相连，暴力是恶性循环，是强者对弱者的欺凌，多在矛盾双方之间展开，以此展现人性之丑。冯积岐的小说中也写到暴力，但其暴力更多的是一种反抗，是人物在面对某种压力或冲突时，选择的暴力式的反抗，这种暴力同样与死亡密切相连，但它并非在矛盾双方之间展开，以毁灭他人的同时毁灭自己的方式来解决矛盾，也就是说，受暴者并非是压力的制造者,因此制造"暴力"也就制造了罪恶;同时,冯积岐在叙述上又极力铺陈暴力发生的"前因",即施暴者受到极度压抑,如何挣扎在生存底线,由此淡化施暴者的罪恶,制造了一个道德上无法简单判断是非的难题。

一 情欲与暴力

弗洛伊德认为,人的历史就是人被压抑的历史,"人的首要目标是各种需要的完全满足,而文明则是以彻底抛弃这个目标为出发点的"①,这一段话可以作为冯积岐作品中部分人物施行暴力的一个很好的注脚。在他的笔下,情欲是引发暴力的一种原因,这些施暴者自身并非道德堕落者,他们的本能也或多或少地被长期压抑,压抑他们的是文明社会的道德判断标准,他们既无法容忍他人毫无节制地享受快乐,也无法容忍自己抛弃一切禁忌以追求情欲的满足,在极度的欲望渴求与痛苦的克制过程中,肉体的渴望战胜了理性,他们最后在动物性的原始本能的驱动下,疯狂地破坏一切,灵肉皆毁。

在这一类的小说中,读后最易让人产生痛感的是《红拖鞋》。8年前老大因为拿不出3000元,娶不上心爱的女孩娥,老大发誓不结婚。11年后他将自己辛辛苦苦攒的3000元给弟弟老二娶媳妇,但因为老二穿了媳妇的红拖鞋干活,老大与之拌嘴,最后劈死了老二。如果把8年前老大对于娥的追求看作一种自我欲望的追求,即渴望获得爱欲的满足;求婚失败则是追求的失败,并开始无奈地接受现实:有钱才能娶媳妇。他攒够了钱却不给自己娶媳妇,大概在他看来,爱与婚姻都有了价钱,这种沾满了铜臭味的婚姻他宁可不要。把钱给老二娶媳妇他是心甘情愿的,但当他看见老二穿着红拖鞋时,他"眉头皱了",他不能忍受这双红拖鞋,老二的媳妇就是穿着这双红拖鞋"装进老大的头脑里,向外撑,一撑,就把老大的头撑疼了"。红拖鞋毫无疑问是一个象征物,象征着老大沉睡多年的欲望被唤醒了。他几次要求老

---

① [美]马尔库塞:《爱欲与文明》,黄勇、薛民译,上海译文出版社1987年版,第3页。

二脱掉红拖鞋，让这个诱惑在他面前消失，但老二并没有意识到纠缠住老大灵魂的是什么，他为之付出了生命。从一个与婚姻无缘的老光棍转变为一个杀人犯，罪魁祸首是极度压抑的性欲。老大一次又一次地屈从现实，用道德、理性压抑自身的欲望，他自己完全没有意识到欲望并未消失，而是在无意识状态中蠢蠢欲动，一旦有诱因出现，这种欲望可能会爆发出毁灭性的力量。借用弗洛伊德的精神分析方法，把对于欲望的追求归为"快乐原则"，理性道德的约束归为"现实原则"，"快乐原则的完整力量，尽管遭到外部现实的挫折，或者尽管甚至压根儿不能实现，却仍不进行存于无意识中，而且还这样那样地影响着替代了快乐原则的现实本身"。[①] 但造成性欲极度压抑的现实原因，不是别的，正是金钱，是钱使老大独身；是钱使老大犯罪；也是钱使老二有了媳妇。压抑老大欲望的是钱，唤醒老大欲望的也是钱，一个贫困的底层农民面对畸形社会的主宰者——金钱——竟无所适从。

情欲与暴力的关系表现得极为紧张的是《刀子》。屠夫马长义在妻子过世后非常孤独，性欲被极度压抑。儿子开餐馆、舞厅，性生活极度淫乱。由于传统道德观念的束缚，马长义不可能和儿子一样放纵自己，但儿子的放纵对他显然是一种折磨，激发了他的性欲。不停玩弄刀子的马长义把一个颇有几分姿色的叫花子杀死后也自杀了。马长义用刀子乱抡宣泄性欲，"他杀死叫花子是一种渴望而不能得的心理在作祟，他的自杀是绝望的选择，也是'刀子'的失败，性的挫伤"[②]。马长义面对可望而不可得的性，苦闷亦虚伪，这种心态与《红拖鞋》中的老大是相似的。

老大与马长义欲望的压抑较为强烈，与之相比，《一双布鞋》中情欲就写得较为隐晦。王焕焕穿着父亲王科的布鞋去犁地，却被父亲狠狠地揍了一顿。这双布鞋是父亲的第二个女人做的，她与人私奔了，留给父亲的就是这双布鞋。在他的父亲看来，王焕焕拿走的不是布鞋，而是那个女人仅存的爱。这一点与王焕焕对现任继母存有一种莫名的

[①] [美]马尔库塞：《爱欲与文明》，黄勇、薛民译，上海译文出版社1987年版，第6页。
[②] 吴妍妍：《写作是一种生存方式——冯积岐访谈录》，《小说评论》2012年第4期。

爱意不谋而合。父亲对儿子的施暴源于情欲的被"侵略",也是某种意义上的被压抑。这样写父亲,也源于冯积岐小说中一贯的"审父"姿态。

把情欲表现得较为闪烁的还有《四百九十八棵洋槐树》,与前面几部小说所不同的是,实施暴力的是由一个有负于男性的女性。荞花与他人私奔17年之后回来找丈夫周成,饱受相思之苦的周成对她却没有动心,身心煎熬的荞花把周成推进了水库,理由是对周成的"恨"。"恨"是荞花对周成的情欲,荞花用17年并不幸福的生活证明了她最值得珍惜的是周成,因此"恨"包含有忏悔的成分,但周成并不"领情",他让她的忏悔无法完成。就像鲁迅的《风筝》中写的一样,"我"渴望得到弟弟的原谅,但弟弟已经忘记了,于是自责便无处安放。

《镜子》中暴力的实施者同样是一个弱者,实施暴力除了情欲的无法排遣之外,还有捍卫——捍卫自己正在失去的丈夫身份。丈夫张军瘫痪在床之后,目睹了妻子王彩玲与许多男人发生不正当关系,最后把妻子杀死了。遭受王彩玲背叛的张军是值得同情的,身体残废的他成了她的负担,他的欲望被极度压抑甚至被无情地嘲讽,张军用暴力捍卫了自己作为一个丈夫的权利。

这些施暴者用毁灭一切的方式抵制因情欲缺失而来的压抑感,之所以选择暴力是因为他们并不愿意与现实妥协,同时,他们所追求的并不是理性与道德,而是感性与欲望。冯积岐关注的也正是道德教化之下压抑的本我,本我一直在与自我进行殊死搏斗,一旦本我获胜,其破坏性的力量足以毁灭一切。

二 复仇与暴力

在那些因情欲的极度压抑的施暴者身上,清晰地展示着施暴者人性的脆弱。但对于复仇引发的暴力,却无法轻易做出判断。复仇是文学作品中较为常见的主题,"在中国的伦理社会,个体被要求无条件地融入社会一般准则和既定秩序中,所有的人都不过是社会伦常纲纪统一的符码。因此,中国复仇文学作品,基于人性'至善论'的道德诉求，主要着眼于正义与邪恶之争、锄奸与扶忠的伦理化构思以及传统的侠义精神上，其着力表现的是复仇主体在诉诸个人主观努力、突出个体自身求'善'意志与正义力量的同时，渴望通过复仇获得来自于社会的价值认可，并将这些复仇者的义举奉为社会教化淳良的正面例证和宣传楷模"。[1]

冯积岐小说中的"复仇"并非血亲、侠义、忠奸等传统模式，这些复仇者也非见义勇为的英雄，他们更多是走投无路、被生活压垮的底层，所报复的对象也不是恶的制造者。《杀人者》中一再受男性"压迫"的黄芩砍死了雇用她的主人乌头，杀乌头的原因是他像她的男人，那个男人折磨了她6年，使她对男人由恐惧转向了愤怒，她杀死他之后逃进了山里。

《牵马的女人》中写了两种暴力，其中之一是紫草"报复"丈夫长期凌辱而产生的暴力。紫草牵马时无意间把游客的腿摔伤了，以为自己闯了大祸，逃回家里，深深谴责于自己的过失，对生活绝望了。当丈夫又一次因赌博输钱要打她时，压抑太久的紫草用刀砍向丈夫，后带着瞎儿子骑马到了山崖，马驮着母子俩跳下悬崖。除了女性对男性的复仇，另一种暴力是丈夫对紫草的暴力。乡村被城市文化冲击后，部分农民开始产生享乐观念，紫草的丈夫也不再劳作，而是以赌博为生，输了钱就殴打紫草。改革以来，城市的物质文明侵入乡村，农民不断遭遇外来的诱惑，他们的内心经历一次次震荡，找不到发泄口，又无法漠视诱惑的存在，在冲突面前选择了暴力。可见，他们的内心还很懦弱，面对外力的冲击，他们无法超然物外，又无法改变自我，所以最终选择毁灭性地对抗。很难与暴力行为联系起来的苦命女人紫草，因摔伤城里的漂亮女孩而认为自己罪孽深重，感受到了无法承受的苦难，她杀丈夫的第一刀可以说是正当防卫，后面则是故意杀人，是弱者的施暴，其中也有对于自己人生苦难的发泄。从杀人到跳崖，整个过程她都非常冷静，无法面对生活，却能无畏地走向死亡。

---

[1] 杨经建、彭在钦：《复仇母题与中外叙事文学》，《外国文学评论》2003年第4期。

与此相类似的是《舅舅外甥》，写的是外甥对舅舅无视亲情的报复。舅舅年幼，外甥年长，因此舅舅年幼时外甥看护他，外甥成了舅舅，舅舅像外甥。舅舅长大了包了50亩地，年长的外甥给他帮工，这时舅舅长成了舅舅，他不顾及儿时外甥对他的照顾，随意克扣他的报酬，愤怒的外甥便去偷，被舅舅羞辱了一顿。第二天，外甥带了两个人夜袭了舅舅烤辣椒的烤炉房，杀死了一个工人，外甥也被抓获了。外甥报复的是舅舅的忘恩负义，把老实的外甥逼成杀人犯的是这个亲情观念丧失、金钱意识强烈的时代。外甥的暴力实施对象是一个无辜的工人，这与紫草一样均属故意杀人。

这些施暴者平时均保守而自律，他们与这个纵欲、金钱至上的时代多少存在着隔膜，他们的压力来自生存而非欲望，他们是时代的弱者，被疯狂的时代逼到角落，他们的报复是丧失理性的，弱者的疯狂是疯狂时代的产物。

三 变形与暴力

变形是对原有感性形象对象的重新配置和组合，它以感性形式呈现，基于作家一种强烈的艺术幻觉、幻想，带来一种陌生感、惊奇感。[①] 变形在小说中的运用极为常见，妖魔化而为人，人变形为动物。西方童话中就有许多故事写到人被巫婆施以魔法变成天鹅、癞蛤蟆；中国古代小说中亦有《西游记》《聊斋志异》等大量运用变形手法的作品，但这些作品展现更多的还是幻想世界。相比之下，卡夫卡的《变形记》揭示的还是现实生活，格里高利在巨大的压力下变成了大甲虫，但他的家庭和周围的一切均未变形。

新时期这样的作品也有，如贾平凹的《猎手》，猎人与狼在搏斗中一起跌落下山崖，醒来发现和他一起摔下来的是一个男人。猎人变成了狼，狼变成了猎人。人与狼在搏杀过程中都想置对方于死地，人的人性已然丧失，而兽性得以彰显，人与狼并无分别。冯积岐有小说

[①] 陈果安：《小说创作的艺术与智慧》，中南大学出版社2004年版，第254页。

采用变形手法，所揭示的并非人与自然的关系，而是加上暴力，揭示他一贯书写的人性之丑。在《谁是真正的元凶》中，李刚杀死了有外遇的妻子高艳，高艳死后变成了一条狗，狗把小孩咬了，又被一个农夫打死了。从坟里刨出来一看，竟然是高艳的尸体，尸体送到医院解剖，又变成了狗。高艳是人是狗，已经说不清了。

除了人的变形，冯积岐还有作品写到物的人化。《皮影，或局长之死》中马宝明按照已去世的英雄局长汤致和制作了皮影，这个皮影竟然复活了，成了局长。他贪恋女色，马宝明一怒之下把他戳死了。新闻报道中的汤局长是舍己救人的英雄，为了救一个落水学生而死。复活了的局长告知了他真相，竟是局长为了救相好，自己被撞与骑自行车的学生一起掉进了水库。不仅如此，小说还通过皮影的局长生涯展现了一个副局长的生活，贪财好色，不干正事。一个皮影，一旦变成了人，就有了人的欲望；成为官，还摆上了官的架子，行使官的权力，干尽坏事。

《影子》中的翠娘在王发财家当保姆，翠娘在墙上做了狼与兔子的影子，这些动物分别从墙上下来了，最后兔子咬死了小主人西西。这里有双重暴力，一是渴望控制兔子而不得的西西对兔子实施的暴力；二是被折磨的兔子对西西实施暴力。西西还是一个孩童，她对于兔子的控制出于天性；兔子在西西的折磨下兽性大发，人的天性与野兽的兽性却是如此一致，都带有强烈的攻击性。

选择变形手法、怪诞的叙述方式，充分调动一切想象力，所展现的仍是现实生活，无休止的欲望充斥的人性实则等同于兽性，甚至还不如兽性，在《影子》中，影子变成的狼对西西并无敌意，西西控制兔子的欲望却使她率先折磨兔子，过分的权力欲望也在使人性逐渐丧失，人性的丑陋与罪恶一览无遗。

四 精神暴力与权力

除了身体暴力之外，还有一种更具杀伤力的暴力，即精神暴力，这种暴力式通过非强制性的肉体伤害致使受害者精神上受到折磨与伤害，甚至导致肉体上的伤残。中国当代文学作品中也不乏精神暴力叙述，例如陈忠实《白鹿原》中黑娃带着田小娥回到白鹿原，白嘉轩拒绝让他们进祠堂。白嘉轩的行为显然是以传统道德为名对有悖于传统文化的行为方式进行批判，对传统文化的反叛者进行心理上的伤害。白嘉轩凭着他族长的身份行使族长的权力，这种"冷暴力"使田小娥饱受精神伤害。

冯积岐小说中也不乏精神暴力叙述。《故乡来了一位陌生人》通过陌生人的出场，写了村里三个人致残的过程。第一个是聋瞎子张三，原先聋而不瞎，因目睹了松陵村两个村干部野合，官人说他是瞎子，张三果真瞎了，只看得见那两位官人；第二个是傻子李四，自小聪明过人，8岁那年，县公安局来松陵村抓狗狗，李四说狗狗是好人，公安在李四头上狠拍了一下，李四就逐渐痴呆了；第三个是疯子王五，年轻时曾上山为寇，后被游击队收编，当了游击队中队长，一次政委设陷阱让他枪杀了对自己有救命之恩的拜把兄弟、一个手下以及自己的婆娘，他也被定为土匪，王五愤然离开游击队，两年后被抓获押赴刑场，当了陪杀，王五当即疯了。这三个荒诞故事说明了三个底层农民致残的原因是隐形暴力，也即精神暴力，官人、公安、政委的威慑力源于他们的权力。

《曾经失明过的唢呐王三》对于精神暴力写得极为隐晦。招了祸的王三失明了，只能看见黄铜唢呐，但他并不悲伤，在他看来，即便能看见世界，因为看不清本来面目，其实也如同瞎子。小说并未说明王三究竟招了什么祸，其实什么祸已经不重要了，重要的是他因祸失明，唯一能看见的是唢呐，唢呐是他与这个世界交流的唯一纽带。这又是一个因精神暴力导致肌体致残的弱者！精神暴力带来的伤害比肉体暴力更大，实施精神暴力的自然是权力，这个世界被权力主宰，底层在煎熬中面对掌权者实施的精神暴力，暴力超过其承受能力，就导致肌体的残疾。冯积岐笔下的精神暴力写得较为隐晦，并且选择荒诞手法，预示着整个时代的荒诞。

那些因情欲的无法满足、复仇等引发的肉体施暴者，他们大多挣扎在生活底层，实施暴力，置他人于死地；精神暴力的实施者，他们是权力的拥有者，但同时他们也是某种社会制度下的产物，只不过充当了一个执行者的角色，同样以暴力欲置他人于死地。对待这两种施暴者，作者的心态是不同的，前者以同情为主，后者以批判为主。不管是同情还是批判，作者进行暴力叙述的目的其实都是在揭示人性之丑，或者为情欲至上，或者为权欲至上。

第二节　无法摆脱的逃离情结

冯积岐笔下的人物多有一种逃离情结，他们不满足于现有的生存状态而选择各种方式的摆脱甚至离开，所逃离的对象也有很多，正如冯积岐在《逃》中所说的："逃离所处的环境，逃离世俗生活，逃离痛苦和不安。"冯积岐有过苦难经历，他曾经强烈地渴望摆脱艰难的生存状态，这种逃离意识植根于他的脑海中，以至于他选择了"逃离"作为他一部小说的名。

一　出走

"出走"是地理位置上的远离，是对一直生存的故乡不辞而别，走向异乡，带有某种反抗意识。当代文学中有不同形式的"出走"，有从城市出走，如贾平凹的《废都》中的庄子蝶，在"城废人亦废"之后选择离开城市；有从家庭出走，如方方的《出门寻死》中家庭主妇何汉晴，为摆脱平庸的家庭生活选择离家自杀等，他们或有目的或无目的，对抗的姿态却极为强烈。

冯积岐笔下也有不少人物在"出走"，他们同样无法面对现有的生活，其根源还是一种身份危机。在《沉默的季节》中，"地主娃"经历带给周雨言最大的焦虑就是卑微的政治身份，"平反"后，他仍然在定位自己的身份，当上乡政府的脱产干部，周雨言感觉自己获得了认同，不久却发现自己的生存甚至思考被乡政府领导操纵，这时候唯一能够让他有成就感的是秋月越轨的爱，在爱中，他获得了自我。

但秋月的离开又让他感觉到彻底的失败，周雨言重新陷入困境。"我是谁"这个问题始终纠缠着周雨言，哥哥周雨人靠"欺骗"而发迹，成了农民企业家，一个疯子竟然能够成功，这是他无法认同的；母亲住院、宁巧仙涉嫌投毒，周雨言为之奔波，得到的是他人的否定，因此他感到了自己的无力与无能。新时代的周雨言同样面临卑微的社会身份所带来的焦虑，因为害怕被人看见，他选择夜里出走，却并不知道"要去哪里""想去哪里"。

周雨言出走表明了"地主娃"面对社会的"逃离"心态，是人物无法正视残酷现实而选择的苍白的对抗方式。实际上，这种苍白的对抗是冯积岐笔下文人面对社会的通用方式。《遍地温柔》中的潘尚峰身为一个大学文科教授，有一个知识分子应有的良知，在面对乡村基层政权时，却表现出不该有的怯弱与容忍。并非彼此的矛盾不够尖锐，也并非这个时代失去了阳刚与血性，同一个人，面对不同的权力对象，竟然有"对抗"与容忍两种姿态，其中不难发现潘尚峰本人的身份焦虑。他认可自己的知识分子身份，坚守人文知识分子应有的批判品格，但同时，潘尚峰因为曾经坐过牢，导致妻子与他分手，因此对于自身价值的判断也存在不确定性，面对缺乏批判的语境，他表现出与周雨言一样的"怕"，无奈选择带着弟媳与侄女进山——逃离城市。

与周雨言有所不同的是，潘尚峰还有深山作为他的逃离之所，但事实上，深山并不纯洁。《逃离》中的牛天星带着南兰逃离喧嚣污浊的都市，躲进偏远、寂静的桃花山，寂寞的桃花山同样上演着一幕幕都市所有的欲望戏，牛天星也没有因此平静下来，他的内心在爱欲与道德间挣扎，身份在情人与教师间徘徊，爱欲最终战胜了道德，南兰怀上了他的孩子且难产。当几个束手无策的桃花山人冒着生命危险一夜跋山涉水把南兰送进了医院，南兰却最终大出血而死。"小隐隐于野，大隐隐于市"，地域上的逃离并不能解决心理问题，牛天星逃离了城市，却失去了精神上最后的依靠。

从周雨言的"出走"到潘尚峰的"逃往深山"再到牛天星的逃离悲剧，冯积岐笔下的人物经历了逃离的三部曲，最终却是无处可逃。

"逃离"的过程中包含两种心态：一是"怕"；二是"逃"。"怕"是因为缺乏正视现实的勇气，这其中揭示出知识分子的世俗化与批判意识的弱化，有冯积岐对于知识分子的审视。也隐约可见，他们曾在权力面前承担过责任，有过对抗，却一次次为专制社会所压制，其中的疼痛记忆刻骨铭心。"怕"之后，人物选择逃离而非迎合，逃离是在努力坚持自我。周雨言、潘尚峰、冯秀坤、牛天星，他们其实是一类人：文弱、敏感，因无法苟且于世俗，亦无力改变现实，最终抑郁不得志，他们都是新时期的"多余人"，焦虑于自己的身份，对自己缺乏足够的信心，同时并不愿放弃自我，逃离就是必然的归宿。

二 越 轨

与"出走者"相比，冯积岐笔下还有一批跟着感觉走的人物，他们已婚却被自己的情感控制着，不甘于平静寂寞的庸常生活，渴望发生一些不平常的事。与出走者相比，他们活得更猥琐，因为没有直面自己欲望的勇气，只能偷情；他们又活得更大胆，他们纵情玩火，但一旦真相被揭晓，就将面对道德的批判甚至法律上的制裁。

在新写实作家笔下，日常生活只能是庸碌庸俗的，人们陷入如此日常生活中无法自拔。冯积岐笔下的人物偏要超越世俗生活，越轨的人物中不少为女性。在传统文学中婚姻爱情关系中，女性一直是被男性"看"的对象，男性占据主动权与选择权，冯积岐却给女性以充分的主动权，让她们来选择男性，超越世俗的意思则更加强烈。如《沉默的季节》中的宁巧仙、《村子》中的薛翠芳、《两个冬天，两个女人》中的王萍、《下场》中的马菊香马菊芬姐妹、《梅草的婚姻》中的梅草、《丈夫》中的"女人"、《我想做点什么》中的卞悦、《你不想做什么》中的"你"、《西瓜地》中的王秋云、《镜子》中的王彩玲、《苗珍的故事》中的苗珍，这些女人是极为在意身体体验的感性动物，她们的越轨主要出于生存欲望的考虑。

《沉默的季节》中的宁巧仙为了生存找生产队长六指借粮食，把自己的身体给了六指，在这里，宁巧仙的出轨是出于生活的考虑。女性奉献自己的身体以满足自己的需要,这种叙述我们早已见过,不少作品中写到女知青为了回城把自己献给村干部,以换取进城指标,如王安忆《岗上的世纪》中的李小琴。但宁巧仙却又把自己给了周雨言,这就不再与物质有关,而是源于她对周雨言这个单纯、阶级地位卑下的年轻人的偏爱。自然,这其实也是作者对其小说主人公的一种偏爱。《村子》中的薛翠芳因为丈夫怀疑女儿马秀萍不是自己的种,千方百计地折磨她,因此不愿面对凶残的丈夫,最终她心甘情愿地把自己给了队长田广荣。在丈夫面前,她失去作为一个人的尊严,而田广荣这个与村里许多女人有关系的生产队长给了她尊严,让她尝到了受男人疼爱的滋味。我们可以站在道德法庭的角度评判薛翠芳的"背叛"行为,但薛翠芳对丈夫的背叛又何尝不是一种复仇,不过用的是一种极端行为。冯积岐小说中没有宗教意识,也无救赎思想,人物还仅停留在生存欲望的彰显过程中。《丈夫》中的"女人"一直过着没有爱情的平庸生活,却是被动地陷入了不正当的情感生活,感受到丈夫无法带给她的快乐。越轨给她带来的不是恐惧、不安,而是激动不已、无法摆脱。

　　细读不难发现,这些女性欲望的压抑源于她们家庭的夫妻关系,无一例外都是"阴盛阳衰"的模式——妻子性感、漂亮、感性;丈夫庸俗、无能、卑微。妻子在丈夫身上找不到爱情与欲望,这时候总有另一个男人进入她的生活,满足了她的欲望;她在追求欲望满足的同时,也献出了自己。冯积岐在塑造这些越轨的女性时,是拒绝理性法庭审判的,并非冯积岐的道德评判标准有问题,他也不是一味地张扬欲望,他一再地书写越轨的故事或者性,甚至带有某种偏执,其根源还是渴望展现人性的另一面。人的本能被压抑,它却总在蠢蠢欲动,怂恿人们打破既定的道德规范。道德退场、欲望登台,纵情犯下的错还得犯错者承担,这一点冯积岐应该是清楚的,因此,纵情者多少都受到了"惩罚",虽然这些惩罚未必是来自道德法庭的。《我想做点什么》中有了外遇的卞悦某次惹怒了丈夫,一贯温柔、体贴的丈夫揪住了她的头发,大发雷霆,卞悦无法忍受,她拿起了水果刀疯狂地划伤自己的左手。《西瓜地》中的王秋云在城里伺候有钱的老男人孟志贤，患精神病的儿子杀死丈夫后自杀了，王秋云也疯了。同样，《飞翔》中的田大凤与尚宏志产生了婚外恋情，尚宏志得了癌症之后，渴望与田大凤一起死去，他抱着田大凤滚向深沟，田大凤最先渴望挣脱，随后却是"不由得伸开了双臂，她向深沟下扑去的那个姿态确实是飞翔的样子"。田大凤扑向深沟选择与尚宏志一起死去，带有自我惩罚的意思，与王秋云的疯、卞悦的自残相似，这又不能不看作一种警示，越轨者也在接受自我的评判。

冯积岐笔下的婚姻越轨可以看作是对规范的一种反抗，是对规范的超越，这些越轨者极力摆脱某种压抑的精神状态，寻求自我的满足，视规范、道德于不顾，她们也受到了不同程度的"惩罚"，因为这"惩罚"，她们获得了同情。婚姻成了爱情的坟墓，在婚姻之外寻找爱情，也足见她们的浪漫了。她们极其渴望摆脱现实生存状态，甘愿接受悲惨的后果，这又何尝不是一种致命的飞翔？

三　自杀

冯积岐的多部作品中人物的结局都是死，死亡成为解决矛盾最直接、最简单的方式。因为他的小说在不断制造矛盾，于是死亡便如同家常便饭。人物在反常状态下，往往选择极端行为，同样也是死亡，死亡的姿势各式各样，有的被杀，有的自杀。杀人者坚定不移地提起了斧头，被杀的人并没有意识到危机的来临，他们毫不挣扎；自杀的人带着对生而非对死的恐惧，不顾一切。被杀多源自他人的暴力，自杀也是一种逃离。

自杀是人对自己生存权的剥夺。冯积岐作品中的人物的自杀，源于对生、对爱以及对"梦"感到绝望，"自杀"者多选择"飞翔"的姿势。"生的绝望"是对生活本身失去了兴趣，自觉选择了死亡。《目睹过的或未了却的事情》中用荒诞的手法写了一个很能干的农民肖伯被戴上了"帽子"，妻子离他而去，因欠钱还不了，身体又瘦削，穷困潦倒的他自杀了。肖伯从风光走到落魄源于他政治身份的改变，随之而来的是日常生活中遭受的打击，肖伯感受到生之绝望。《一双布鞋》中王焕焕穿上父亲的布鞋，被父亲痛打了一顿之后选择了自杀。王焕焕对父亲一直怀有恐惧感，父亲把当队长的架势带回了家里，对他蛮横无理、动辄施暴，在拳打脚踢的环境下成长的王焕焕对父亲逆来顺受。而继母田月秀对他的关照让他感激，他对继母产生了一种异性之爱，因此穿上继母买的皮鞋，他在父亲面前才"格外心虚，好像做了什么错事"，他无法理解父亲对他的粗暴无情，父亲的痛打让他彻底绝望了，他最终选择了自杀。另一篇表现生之绝望的是《拴在一根绳子上的孕妇和勋章》，小说写了两个故事，一是秋月的故事，无能的大井为了躲避秋月去了南方打工，他回来时秋月怀孕了，大井要求她交出人来，否则就要她死，公公和弟弟二井都说是自己的孩子，大井愤怒地走了，秋月上吊自杀了。与此对应的是秋月姑姑的故事，姑姑怀上岗库的孩子，岗库却将她杀死了。姑姑的悲剧加深了秋月故事的悲剧氛围，两个故事写的都是女性的悲剧，丈夫不能履行丈夫的义务，却要享受丈夫的权利。秋月渴望有自己的爱，却无法摆脱丈夫的阴影，绝望的秋月选择自杀，以摆脱丈夫的束缚。

因"爱之绝望"而来的自杀是人物对爱情的极度失望后，对生活产生了绝望感，从而选择自杀。《风吹草不动》中的梅娟与郑玉良私奔跑进了山，没想到被郑玉良作为私有财产转让给了王金斗，她一心追求爱情，这爱却被土地轻而易举地打败了。梅娟在绝望之下，跳下了悬崖，小说这样写道，"梅娟张开臂膀像一只蝴蝶似的向悬崖下飞去了。她最后留在人世间的是优美的舞蹈般的动作"，梅娟跳下悬崖那一刻带着对爱的绝望，对生活的逃离。与《风吹草不动》相比，《秀发缠身》在表达"爱"的绝望上要更唯美。桃子爱上了"我"，但"我"的成分不好，为了不伤害桃子，"我"拒绝了她，没想到桃子竟然撞车自杀了。桃子带着对"我"的爱走了，在桃子看来，"我"的爱就是一切，没有"我"的爱，人生毫无意义。

除了异性之爱，人与动物之间因为相依为命也会产生爱，这种爱在《黑有娃与白雪龙》中有描写。黑有娃与他的马白雪龙相依为命，虽然也有麦花相伴，但麦花的爱多少还带有杂色，白雪龙对他的付出却是唯一的。电网公司在五龙山架设输电线路，黑有娃赶着他的马白雪龙一趟一趟往山上运器材，受了伤的白雪龙被折磨得筋疲力尽，跳下了悬崖，黑有娃也跟着跳了下去。两人的姿势都是一个字——"飞"，"白雪龙飞起来了，它腾空而起，向悬崖下飞奔而去了""黑有娃张开了双臂，仿佛拥抱那白光似的也飞跃起来了"。"爱"的绝望带来了生之绝望。

还有一种追求的绝望也即"梦"的绝望。在《最后一个木匠》里的木匠不循规蹈矩，设计新亭子、棺材、房子，却一直不被人认同，在盖房子时他摔下来了，伤势严重，木匠选择了自杀。"他没有将最好的木匠活儿做出来，也不可能做出来了。他的崇尚只是一种幻想，是好多人不允许生存的，也是一些人所不齿的，也就荡然无存，他的悲哀就在于此。"木匠也有自己的理想，就是做木匠活的过程中展现他的美学观念，无奈不被人们接受，他为了这个理想碰得头破血流，最终感受到了生之绝望。

出走、婚姻越轨、自杀都是逃离的方式，是无法认可既定的规范而寻求的超越，并甘愿为之付出代价。人物的逃离情结折射出作者本人的逃离情结，逃离是一种结束与另一种开始，是永远的对抗状态，也是永不停止的追寻状态。

第六章　身体、欲望及其隐喻

"任何一种艺术都是直接或者间接地关涉人的身体的。没有对于身体的刻画，也就没有了关于人的艺术。艺术的一个重要特性就是身体自身的揭示。"① 在冯积岐的文学世界中，身体的呈现是频繁的、细腻的与全方位的，是其创作中最复杂的、最让人不解的地方，也是他的创作中无法回避的重要组成部分，在作家的笔下，描写了各式各样的身体，这些身体有自然的身体、政治的身体、权力的身体与女性的身体，本章重点解读这些身体呈现的价值与意义，发掘其深层的隐喻，以帮助我们真正进入冯积岐的文学世界。

第一节　自然的身体

在冯积岐的文学作品中，身体以自然的状态出现得较为少见，然而这些少量的自然身体却异常的清新活泼，比如在《关中》中对少男少女身体的修辞。在《关中》中的《春娟》《我们都是十三岁》《有花无果》等篇章，作家为我们展现了自然的身体，这些自然的身体主要表现在尚未成年的少男少女的世界中，春娟与山子是童年时期的玩伴，他们常常在春娟家的磨坊里玩，有一次，玩累了就躺在面柜上相拥相抱睡着了，后来被春娟的娘叫醒了，她娘的脸拉下来，说："男娃娃和女娃娃咋能那样睡呢？"单纯清澈的儿童世界出现了来自成人

---

①　彭富春：《身体美学的基本问题》，《中州学刊》2005 年第 3 期。

世界的文化的规训，这种规训并没有阻止儿时身体的自然成长，而是让主人公意识到春娟是一个女孩儿，意识到男女身体的差异。作者认为，春娟娘的教导，这种文化的规训是没有必要的，身体性别的觉醒是一个自然而然的过程，只是需要一段时间过程，山子与春娟后来因为自然的成长有了羞涩感和距离感。《沉默的季节》中也有类似的情节，周雨言与远房姑姑的懵懂试探，这是男女身体觉醒的一段奏鸣曲，很显然，这是一个自然的过程，没有受到外在的社会环境与文化环境规训的身体的自然成熟。冯积岐对少男少女身体的成熟过程的展现应该是他写作中的一大亮点，这是此前文学较少关注的地方，这是因为在中国传统的文化视域中，身体一直处于被压抑的状态，至宋代登峰造极，宋儒的"存天理，灭人欲"是对身体的全面压制与否定，具体到文学层面，则一直存在着一个压抑身体、蔑视身体的文学传统，然而冯积岐以非常自然的笔触描写了这一被文化、被社会所遮蔽的身体的最隐秘之处，这是值得肯定的。同时，这里自然身体的展现与他的其他小说如《沉默的季节》《大树底下》《敲门》《粉碎》中的身体形成了鲜明的对比，身体在这些小说中失去了自然的生机，身体不断地被政治与权力所规训，变得怪异和狰狞。

第二节　被压抑的身体

福柯曾指出："社会，它的各种各样的实践内容和组织形式，它的各种各样的权力技术，它的各种各样的历史悲喜剧，都围绕着身体而展开角逐，都将身体作为一个焦点，都对身体进行静心的规划、设计和表现。身体成为各种权力的追逐目标，权力在试探它，挑逗它，控制它，生产它。正是在对身体作的各种各样的规划过程中，权力的秘密，社会的秘密和历史的秘密昭然若揭。"[1] 这说明，人的身体不仅仅属于自己，自然的身体是敞开的，它必须接受权力的塑造与生产，

---

[1]　转引自汪安民《身体、空间与后现代性》，江苏人民出版社2006年版，第18页。

权力对身体的控制在特殊的政治环境中表现得更为极端,正如有些学者所言:"革命不仅是制度革命——用新的制度代替旧的制度,也不仅是思想改造——用新的思想代替旧的思想,革命也是身体改造——用新的身体代替旧的身体。革命的最终理想是要塑造'新人',这个'新人'除了要有新思想还必须有新的身体。"① 革命不仅是对思想的改造,更是对身体的塑造,在革命的名义下,人的身体重新洗牌,阶级出身决定你的身体,掌控你的身体,这种控制与塑造既是公开的,又是隐蔽的,公开的塑造最终会变成隐蔽的自我塑造来强化权力的威力。

冯积岐在他的文学作品中,以现代主义的神秘色彩为我们展现了这些被权力塑造与折磨的身体。《大树底下》中罗大虎无意撞见社教工作组组长卫明哲和组员许芳莲的私情,卫明哲只需要一句话,他说:"明白了没有?你是一个瞎子,从现在起,你的眼睛瞎了!"② 社教工作组组长的一句话,代表的是政治权力对身体的掌控与塑造,罗大虎的身体真真切切地发生了改变,他变成了一个非常奇特的瞎子,在白天是个瞎子,啥都看不见,走路时常踩在牛粪上,到晚上又恢复正常了,后来在斗争其父亲的大会上,为了让他目睹批斗父亲的过程,卫明哲又说:"我说你不瞎,能看见,什么都能看见。"③ 他果然又能看见了,身体竟然受控于工作组组长。《敲门》中的丁解放是一个瘸子,身体上的残疾让他在学校受尽了嘲笑与轻视,这些屈辱的经历导致他性格的孤僻、怪异,在"文化大革命"中,他成了松陵村的党支部书记,他的残疾的身体借助权力而变得无所不能,借助权力,他不断地给他人的身体带来伤害。马汉朝是丁解放少年时的朋友,因为一句无心的"瘸书记",让他记恨在心,进而批斗马汉朝,民兵们对马汉朝拳打脚踢,要打断他一条腿,而惩治马中朝更是惊心动魄,一天24小时审讯,300瓦的大灯泡,身体似乎被穿透了,使他如同被开了膛、剖了腹。权力赋予身体有残疾的丁解放以强大的力量,进而惩罚他人

---

① 陶东风、罗靖:《身体叙事:前先锋、先锋、后先锋》,《文艺研究》2005 年第 10 期。
② 冯积岐:《大树底下》,文化艺术出版社 2013 年版,第 70 页。
③ 同上书,第 212 页。

的身体，剥夺他人的生命。《沉默的季节》中的六指是私生子，在幼时饱受流言蜚语的折磨，后来成为生产队长后，借助手中的权力不断地报复亲生父亲马绪安，他通过各种各样的身体上的惩罚来发泄内心的不满，在斗争会上打掉马绪安的牙齿，用棉花秆劈头盖脸地死命地抽打他，这种肉体的折磨直至马绪安被枪毙才告终。

《村子》里的祝永达，他的妻子黄菊芬有心脏病，心脏病在小说中是一个隐喻，一方面心脏病是身体上的病症，地主"狗崽子"只能娶身体有问题的女性，这个心脏病的妻子象征着政治身份对祝永达正常的身体欲望的压抑；另一方面心脏病形象地表现出了地主"狗崽子"在"文化大革命"中的噤若寒蝉的心态，表明其身体已经不堪重负。因此，当支部书记田广荣宣布地主富农的第三代子女不再是"黑五类"之后，他的身体行为很有意味，他走出大队的院子站在路边痛快淋漓地尿了一泡，又走向田野"突然觉得很轻松……他要人模人样地做一回男人，大喊大叫地做一回男人。似乎这些年他等着的就是这一天。他不得不承认，他确实被'解放'了"①。这表明，祝永达的解放不仅仅是思想的解放，更是身体上的如释重负，他终于可以痛快淋漓地尿一回了，而且他想人模人样地做一回男人，祝永达式的一类人的生理压抑在《沉默的季节》中得到了全景式的呈现，这里的身体不再是公开的，而是隐蔽的自我的塑造，因为政治的身份，导致人对自我身体的否定与厌恶。《沉默的季节》是一部反思小说，是对那个阶级疯狂年代所造成的个人悲剧、家庭悲剧、人格悲剧、人性悲剧的深刻展示，以地主"狗崽子"周雨言和宁巧仙的情感纠葛为线索，非常细致地再现了特殊年代给身体所带来的耻辱与疼痛，让我们真实地感受到了来自身体上无声的挣扎与呐喊，表现出了反思的未完成性，虽然那个时代过去了，但是人的心灵与肉体的那一页并没有直接翻过去，非人的经历深深地植根在那代人的灵魂深处，他们生活中的不幸与变故、心灵上的胆小与怯懦，仍然在内心咀嚼着痛苦，冯积岐借助现代

---

① 冯积岐：《沉默的季节》，文化艺术出版社2013年版，第3页。

主义的表现手法将那一代人的心理与灵魂的伤痛以极其鲜明的姿态呈现出来，非常震撼人心。在这部小说中，周雨人、周雨言出身于地主家庭，因为这个身份，他们的人生遭遇了种种非人的待遇，他们的生活、学业、恋爱婚姻以及人际关系等都受到了巨大的影响，这令他们苦不堪言，小说重在表现他们在恋爱婚姻方面的不幸遭遇，他们在青春期遭遇"文化大革命"，地主"狗崽子"的身份影响到了他们的恋爱与婚姻，因为政治身份上的污点，没有姑娘愿意嫁给他们，他们身体正常的生理欲望被压抑，进而导致心理与身体的扭曲。叙述者更是通过内心独白的方式证明了这一切："我们真正被剥夺了的是什么？你想过没有？是不允许我们读书？是不允许我们作画？是不允许我们参加应该参加的会议？是不允许我们吃我们应该吃的那一份粮食、穿我们应该穿的衣服、睡我们应该睡的房子？是不允许我们有我们的人格和自尊？"① 政治身份钳制住了他的身体，周雨人最终选择结束自己的生命，以此扼杀来自身体的躁动与欲望。

与周雨人一样，周雨言也有同样的遭遇，小说重点展现周雨言的情感经历，他从6岁起，名字后面就有了地主两个字："当我在娘肚子里的时候，地主就黏附在一个胚胎上了，它穿透了思想穿透了肉体穿破了子宫给一个粉红色的肉团贴上了标签。你逃不脱，周雨言。你爷爷死了，地主没有死。"可见，地主成分是和身体是有关系的，政治的身份决定着人的身体，小说写到周雨言的遗精，这表明男性的、自然的、身体的成熟，然而这成熟的身体的欲望却被政治的身份所压抑，他与宁巧仙的感情除却他身体的自然欲望觉醒之外，还有更深层的目的，即身体的彻底地更新。身体具有阶级的属性，宁巧仙美丽的身体是阶级的象征，与她相比，"狗崽子"的身体是可耻的、是猥琐的，他希望通过宁巧仙的身体，使得地主"狗崽子"的身体得到彻底地改换，他渴望通过贫农宁巧仙的身体彻底更换自己的阶级身份，这或许是他和她交往的最隐蔽却真实的想法，周雨人为何讨厌母亲，到母亲

---

① 冯积岐：《沉默的季节》，文化艺术出版社2013年版，第85页。

死都无法原谅母亲？就是因为母亲只给了他受苦受难的身体，这也表现出他对他的阶级身体的否定与批判，他的身体是母亲给予的。阶级身份对周雨言的压迫亦表现在他与妻子吴小凤的关系上，他和吴小凤在相亲的时候，文静、秀气和漂亮的吴小凤符合他的理想，他希望婚事能成，但是宁巧仙的一句"睡你妹妹去"让他如梦初醒，他的妻子是通过妹妹周雨梅换来的，如果没有妹妹的牺牲，他只能打光棍，"睡你妹妹去"像一把利剑一样插在了他的心里，对妹妹的愧疚让他品尝到了人生的耻辱，他觉得人生的主要内容就是屈从，这种负罪的屈从来自阶级对人心理的钳制与压迫，进而表现在身体上，影响了他和妻子的关系，导致他在面对吴小凤时，对自己身体进行极端压制，进而通过逃跑来躲避一切。周雨言无法在心理上接纳宁巧仙与吴小凤，他喜欢秋月，原因极其简单，只是因为秋月是一个真正的纯粹的女人，不是贫农或者妇女队长或者贴着妹妹的标签，他们二人在心理与身体上是平等的，所以他觉得这才是爱情，最后秋月因为他的忧郁、沉重、害怕等阴暗的心理离开了他，而这些却是时代赋予他的。

第三节　女性的身体

与松陵村的那些不幸的男性相比，权力对女性身体的控制与塑造更是让人触目惊心，在男性中心的社会中，那些掌控权力的男性凭借手中的权力，在婚恋市场、在两性关系上可以轻易地占上风，更容易赢得身体漂亮的女性。《村子》中的田广荣在松陵村是叱咤风云的人物，无论世事如何变幻，他都能牢牢地抓住手中的权力，他之所以能够轻易地占有薛翠芳、马秀萍母女，都是因为他手中握有权力。薛翠芳非常依赖田广荣，每次家庭冲突都请田广荣来调解，到最后她和马生奇离婚都需要征询他的意见，她和牛晓军本来可以幸福地结合，然而田广荣利用手中的权力略施小计便拆散了他们，而后田广荣便轻而易举地得到了薛翠芳。《沉默的季节》中马绪安之所以能够长期占有闹娃，就是因为他的保长身份赋予了他权力，他手中的权力可以让他用粮食以及钱和物换取闹娃的身体，换取闹娃老公刘长庆的容忍。六指与宁巧仙的关系也是一种权力的交易，女性用身体来换取活人过日子，夏双太去向六指借储备粮空手而回，六指指名道姓叫她去，她去了之后才发现，自己要用身体换取储备粮，宁巧仙对周雨言说："你知道不知道，我们在他手里借了生产队里的两百多斤储备粮，以后还得借着吃。他是队长，我们在他手下活人，你知道活人过日子吗？你就不知道。"① 因为要活人过日子，她便轻易地屈服于六指手中的权力，六指当了农场的场长兼劳教队的队长之后，用工分对她的身体的占有更是充满了权力的味道，"他像给社员派活一样只说了一声：今天晚上。一进房间，他依然只说一个字：脱。那口气和派活没有两样"②，可见权力对女性身体的掌控，她主宰不了自己的身体，她的身体必须服从权力的安排。《大树底下》的许芳莲为何委身于卫明哲？就是因为他手中的权力，他向她许诺，社教结束，就让她成为国家干部，在这里，身体不仅仅向权力屈服，并且身体也成为能够和权力置换的物品与资本。

　　权力不仅可以肆意侵占女性的身体，也可以随意毁灭女性的身体，尤其是阶级成分不好的女性，她们的身体是可以被随意践踏的，她们的生命也不值一提。《沉默的季节》中的白玫在松陵村是一个独特的存在，她是资本家的小姐、官太太，最后又成了地主婆，她通身的气质不能被松陵村的人所接纳，对他们而言，她是异样的，她的气派、她的性格、她的素养以及说话走路完全是白玫式的，这让松陵村的人无法容忍，"文化大革命"刚好给了他们一个机会，一个惩罚"异样"的机会。再如《大树底下》的杨碧霞，家里在"四清"运动中被补定为地主，她不能再做民办教师，她的身体可以被肆意地践踏，最后她跳入周公水库自杀。《敲门》中的马巧霞，个子高高的，眼睛大大的，鼻梁挺直，嘴唇丰满，脸蛋儿呈鸭蛋形，是一个非常漂亮的青年女性，然而因为地主出身，她轻而易举地被民兵小分队的人糟蹋了，后喝农

---

① 冯积岐：《沉默的季节》，文化艺术出版社 2013 年版，第 240 页。
② 同上书，第 174 页。

药自杀，作为地主家庭出身的女性，她们从人格到身体都低人一等，她们只能以死来结束身体上的屈辱。

除却这些被权力支配的女性身体，冯积岐的文学世界也为我们展现了欲望的女性身体，这些女性都不是传统意义上的贤妻良母，她们的行为超越了伦理的界限。《沉默的季节》中的宁巧仙，虽然她对丈夫夏双太很不满意，她不喜欢他特别凸出的眼睛、光头、麻秆一样的身材，然而她因为三斗粮食无奈地嫁给了夏双太，她的身体从一开始就是一种交易，粮食与女性的身体是等同的。在婚姻中，由于夏双太的无能，她的生理欲望得不到满足，这一切都无声无息地吞噬着她，小说很细致地描写了她身体的空洞与空虚，在生理欲望的驱使下，她跳脱了伦理的制约，投身于一个又一个男性的怀抱。《拴在一根绳子上的孕妇和勋章》中的秋月同宁巧仙一样，丈夫大井由于身体上的无能逃离了她去南方挣钱，自然的身体欲望让她无比地仇视光秃秃的杨树干，按照弗洛伊德的观点，这些杨树是男性生殖器的象征，作者在这里借用这些意象来表现秋月难以遏制的身体欲望，随后她与过去的朋友、丈夫的弟弟发生了关系，并怀孕了，丈夫大井归来，按照男性中心社会的惯例，大井要处置对他不忠的秋月，却遭到弟弟和父亲的阻拦，秋月的行为难以用伦理道德来衡量，伦理不能凌驾于人最真实的身体欲望之上。同样，《大树底下》中的马闹娃，丈夫罗炳升比马闹娃整整大20岁，是典型的老夫少妻，在罗炳升45岁的时候，小说描写了他的老态："他的衰老挂在一撮灰白的山羊胡子上，挂在松弛的眼睑下。他用右手的三个指头撮起烟丝向水烟锅里按时，这只手好像不太灵活了，显得机械而生硬。"[1] 衰老的他在县城开诊所，把马闹娃留在家里，叙述者猜测他可能有一种恶毒的想法，即让年轻漂亮的马闹娃守活寡，不管是什么原因，她的确是在守活寡，宋连长与孙锁娃的介入是顺理成章的，是她身体欲望的觉醒与释放。马闹娃与宋连长的相遇颇有戏剧性，马闹娃上演了"美人救树"的壮举，她用身体

---

[1] 冯积岐：《大树底下》，文化艺术出版社2013年版，第21页。

直白地诱惑了宋连长。如果说马闹娃一开始的目的是保护白皮松,然而他们后来肆无忌惮、频频幽会则是她身体欲望的使然,后来她与孙锁娃的交往亦是如此。《粉碎》中的叶小娟和景解放也是老夫少妻,他们之间的虐恋并没有一个好的结局,叶小娟背叛了他,和年龄相仿的景文祥走在了一起。从景解放这个角度看,叶小娟的背叛似乎是不道德的,他为了治好生病的叶小娟,不惜倾家荡产,甚至亲手毁灭了儿子的幸福,毁灭了自己的家庭;然而从叶小娟一方来看,童年的经历让她对父爱有着强烈的需求,景解放正好满足了她对父亲的渴望,她想当然地将父爱看作了爱情,真实地经历了婚姻之后,她才发现这不是她想要的爱情,她无法忍受年老的景解放,她的身体欲望看穿了这一切,随后她投入了景文祥的怀抱。这些欲望的女性身体的书写表现了作家对女性命运的关注,虽然这些女性的行为不符合伦理规范,成为普通庄稼汉眼中的异类,然而作者却写出了她们的无奈,这是一种正常的身体欲望的发泄,这些欲望的身体是最真实与最自然的身体,是不受社会文化束缚的自由自在的身体。

第七章　乡村独特的人物形象

冯积岐的小说顽强地体现了陕西地域文学的重要特征,即乡土性,他的主要创作都是围绕乡村展开的,其塑造的人物也都是现实乡村中孕育出来的带有浓厚泥土气息的人物形象,本章重点探讨冯积岐建构的乡土世界中的人物谱系,考察其在乡村人物塑造上的独特性。

第一节　乡村干部形象系列

冯积岐小说中塑造最成功的形象当属于乡村干部,这些乡村干部大致有以下几种类型:第一种是热衷于权力的当权派,诸如田广荣、卫明哲、丁解放、六指等人,其中田广荣是一个典型人物,《村子》从1979年开始写起,反映了在土地联产承包责任制下,农民的生活与命运的发展与变化历程,田广荣是《村子》着力塑造的乡村干部形象。田广荣是村里的强人,从斗地主到合作化,从分田到户到乡镇企业化,他始终都是村里的核心人物,陈忠实非常欣赏这个人物,他说:"这是一个年岁不是太老却资深的村子的主事人,在乡村体制发生重大改变的颠覆性过程中,以及之后乡村社会以一种相对宽松散漫的秩序运行的较为漫长的过程中,这个人都能轻而易举地作出适应性变化,一如既往地处于村子权力的核心。"[①] 的确无论政治如何波诡云谲,他都能牢牢地握紧手中的权力,小说写道:"这一生,他只有三个嗜好:

[①] 陈忠实:《村子,乡村的浓缩和结构——读冯积岐长篇小说〈村子〉》,《长篇小说选刊》2007年第5期。

爱粮食，爱女人，爱权力。这三样他都爱，都舍不得丢弃。如果说，要在这三者中叫他只选择一样，他只能选择权力了。不是因为有了权就有了女人，就有了一切；不是因为权力会给他带来好处，他才爱。这是对他的嗜好的浅层次理解，他的嗜好是一种瘾，就像抽鸦片的人上了瘾一样，你要问他抽那玩意儿有什么好处，真正的瘾君子概括不出来。田广荣对权力产生的'瘾'也处于这种状态。他对自己那点权力不仅是使用，而是在把玩。对他来说，玩弄权力比玩弄女人更有味儿。"① 叙述者毫不隐藏地暴露了田广荣的像抽鸦片一样的权力瘾，对权力的热衷来源于权力所带来的一切，首先是女人，薛翠芳母女是权力的牺牲品，她和田广荣之间不是纯粹的男女感情，小说中插入了她和半脱产干部牛晓军之间的一段感情，这样的情节设置有两重寓意：其一，表明了她和田广荣的感情并不是稳固的纯粹的男女情感，可能在感情上她更倾向于那个半脱产干部，如果没有田广荣的介入，或许他们就走到一起了；其二，在对这种三角关系的处理上，显示了权力的力量，田广荣借助手中的权力，不费吹灰之力，就将对手踢出局，并让对方失去工作，断了后路，其手腕异常老辣，薛翠芳则乖乖地束手就擒，在情感上更依赖他。田广荣与马秀萍之间的关系更为复杂，他的身份、权力吸引了马秀萍，权力带来的一切在某种程度上满足了她的虚荣心，满足了她儿童期所缺失的父爱，在别人的嫉妒与艳羡中，马秀萍在懵懂的年纪便委身于权力化的继父，小说写到马秀萍的手轻轻一揽，这一揽极有深意，在某种意义上，消解了田广荣的罪恶，让这出乱伦的情感变得更加扑朔迷离、耐人寻味。另外，田广荣能够敏锐地把握时代的方向，在关键时候能够做出适应性的决定，比如他在1979年松陵村唱大戏时不顾他人的反对让祝永达当会长，当田水祥反对时，他说："水祥，你刚才是睡着了，还是灵醒着？现在张口闭口地主富农？人家娃是社员了，这是1979年，不是1969年，你没睡灵醒，把眼皮上的虮子捋干净，回家睡觉去。"② 他之所以这样做，其意

---

① 冯积岐：《村子》，太白文艺出版社2007年版，第80页。
② 同上书，第39页。

图很明显,就是要笼络人心,就是做给松陵村的地主、富农出身的人看,将他们拉拢过来,这说明他已经认清了时代社会的变迁才做出这样的举动,这也是他在历史巨变中总能牢牢地掌控权力掌控松陵村的根本所在。最后,他的确有能力,他能为松陵村的人弄来粮食,三年自然灾害之后,人们对他充满了感激,村子里搞农村合作化,公社派人挨家挨户搜粮食,他知情得早,就将生产队长召集起来,让大家把多余的粮食藏起来,他有胆有识,像一个梁山英雄一样保护本村的调粮车辆,也和大家一起吃苦劳作,在"文化大革命"期间,平整了一千多亩梯田,打了三十几眼水井,这些事情都被村民记在心里,说他为大家干了好事,因此,田广荣这个人物是非常复杂的一个当权派,正如有论者说:"小说中的田广荣是一个有深度的人物,性格复杂,并非简单意义上的坏人。"[1] 田广荣无疑是冯积岐小说中塑造得最为成功的一个乡村干部形象,他有能力为大家做事,能够获得大家的认同,但是他也以权压人,滥施淫威,马润绪为了要回他的责任田,求告无门被逼疯,疯了之后他才给解决,还趁机反咬一口,责问下属为何不办;他家盖楼,石灰池淹死了别人家的孩子,他拒绝承担任何责任,态度极其蛮横,冷漠而自私;他与薛翠芳母女的关系等一系列的事情也折射出他人性中丑恶的一面。在这个人物身上,反映出了作家的困惑,"在现实生活中,祝永达是一个道德比较完善的人,但并非一个'强者',而田广荣不是道德上的完人,但他是生活中的'强者'。当下的村子里,究竟需要什么人去治理呢?这也是我思考的一个问题"[2]。

而《大树底下》描写的卫明哲是一个凭借着权力极度夸张变态的人物,他是矮而胖的,作者赋予他丑陋的外表,在审讯杨开儿那一场,小说如此描写:"老卫摘下来眼镜,将眼镜腿子放在嘴里,眨着眼睛嚼,嚼着眨眼。老卫两腮间的肌肉像涝池里的青蛙一样,翕动着,他

---

[1] 邢小利:《乡村人物和乡村命运——读冯积岐的长篇小说〈村子〉》,见李继凯主编《冯积岐评论集》,文化艺术出版社2013年版,第229页。

[2] 冯积岐:《村子》,太白文艺出版社2007年版,第330页。

大概嚼的有滋有味，牙齿和金属相互磨砺而发出的响声如刀子一般。"① 在情人许芳莲看来："使她不可忍受的还有他身上的肉，他浑身肉滚滚的，哪儿也不缺肉，那酱色的肉乱七八糟地堆积在身上不说，脸蛋儿上垂着的那两坨肉似乎横长着，仿佛是他父亲铸造他时心生烦躁随便抓起两团淤泥扔在了他的面部。"② 这样一个其貌不扬的人物，在当时却是掌握别人生死大权的人，工作组组长这一职位让他成为一个无所不能、能力超强的人物，甚至左右他人的自然身体，这种夸张的权力集中体现在他和儿童罗大虎的关系中。卫明哲与许芳莲幽会，被罗大虎发现，他愤怒地踢了罗大虎一脚，并对他的身体发出命令，让他变成一个瞎子，等到批斗他的新补定的地主父亲罗世俊时，卫明哲又轻而易举地通过命令让他复明了，后来罗大虎想去看清楚那个威胁罗家人的卫明哲，卫明哲将他抓起来，捆到白皮松上，"我要叫他生不如死。这个小狗崽子"③，这种带有神话色彩的叙述反衬出卫明哲对权力的认识，拥有权力即拥有了全部，权力让他泯灭了良知，将成人世界的权力延伸到儿童世界。小说写道："难道他卫明哲是神是鬼？是主宰人生死的阎王爷？叫谁瞎了就瞎了？"④ 在这里，叙述者难以保持冷静，迫不及待、毫不避讳地表明了自己态度，拥有权力的卫明哲就是神是鬼，可以主宰他人的生死，而且这不是一个独特个体的现象，这是普遍意义上由权力欲望滋生的人性中恶的成分的展现，正如小说中所言："可哥哥没有想到，不要说是卫明哲，就是换上王明哲、李明哲照样会整人，会打人，会把农民平静的生活搅乱的。"⑤ 卫明哲的疯狂也是有原因的，他的父亲身上有很多坏毛病，在两年多的时间里，他目睹了母亲和许多男人的交往，这些都是促使他日后肆无忌惮的重要原因。

《敲门》与《沉默的季节中》中的丁解放与六指这种类型的村干部与其他干部略有不同，他们在儿童期都有创伤性的经历，这一经历

---

① 冯积岐：《大树底下》，文化艺术出版社2013年版，第13页。
② 同上书，第117页。
③ 同上书，第166页。
④ 同上书，第71页。
⑤ 同上。

决定了他们肆无忌惮地利用手中的权力为所欲为。《敲门》中的丁解放也是一个异常热衷权力的乡村干部，他对权力的热衷与他身体、心理的不平衡有莫大的关系，他对权力世界的熟稔与执着是常人难以想象的。儿时的丁解放意外地成了瘸子，1969年，他担任了松陵村的党支部书记，村里人便说出了不堪入耳的"瘸子能当支书"之类的言论，他很精明，小说写道："他是村支书，让支书——权威说话，比他站出来说话更有力。"① 为了确立自己的权威地位，他不惜对昔日的保护者下毒手，马汉朝是他的少年朋友，同学们欺负他，马汉朝就以老大哥的身份保护他，在他不堪受辱想跳井自杀的时候，是马汉朝抱住了他，但是他因马汉朝的一句"瘸书记"就批斗他，并且暗示刘宽宽打断马汉朝的一条腿，虽然他有强烈的思想斗争——父亲的警告、儿时的友谊最终都被阶级斗争所替代，通过批斗马汉朝的大会，他在松陵村树立了自己的威信，这树立起来的权威让他容不下任何挑衅，即使是疯了之后的马中朝的胡言乱语，丁解放是这样做的："抬起那条好腿将马中朝一蹬，蹬倒在地。他顺手抓起一把笤帚在马中朝身上乱打，笤帚把儿都打烂了，马中朝还是不停地喊。他举起了椅子，当他要向马中朝砸下去的当儿，大队长刘生太进来了，刘生太一把夺下了他手中的椅子，刘生太责备他：你咋能和一个疯子较量呢？他骂了一句：日他娘的狗崽子，死了去！丁解放跌坐在凳子上，气得只喘粗气。"② 他的嚣张气焰都源自他手中的权力，甚至希望通过权力去约束疯子。丁解放暗恋马巧霞，因为自己是贫农，他压抑住自己的爱情，后来马巧霞被民兵小分队轮奸，虽然他非常痛心，狠狠地整治了刘宽宽他们，然而为了自己在松陵村的政治地位，他宽恕了他们，小说中这样写："他们是他的左右手，是松陵村的中坚力量，如果叫全公社的人都知道他的民兵小分队里的民兵轮奸了马巧霞，民兵小分队将臭不可闻，将成为全公社群众咒骂的对象；如果惩罚了他们，他不仅失去了依靠，而且，松陵村固有的秩序他就无法维持，他将在松陵村无法

---

① 冯积岐：《敲门》，文化艺术出版社2013年版，第88页。
② 同上书，第131页。

站住脚。"① 可见，权力是丁解放的一切，为了维护自己的地位，他可以舍弃爱情、友情乃至普遍的人性。他之所以将权力看得如此重要，其一是与当时的政治环境有关；其二是与自身的经历有关，瘸腿的经历让他变得极度自私与敏感，"瘸子！瘸子！同学们这么一喊，他才猛然意识到，这喊叫声比父亲的鞭子还厉害，鞭子抽打的是他稚嫩的肉体，而这喊叫抽打的是他幼小的心灵"②。这成了他人生耻辱的标记，心理学研究表明，童年是人生中一个重要的发展阶段，不仅仅是知识的累积，更是人心理发展不可逾越的开端，为整个人生定下基调，影响后来的人生，丁解放儿童期的创伤性经历已经为他阴险毒辣的政治生涯埋下了伏笔，他的狠毒只不过是将他儿童时期被压抑的人性中的阴影释放与暴露出来而已。

《沉默的季节》中的六指也和丁解放一样，不幸的人生经历让他在获得权力之后变得疯狂而凶狠，六指的父亲是保长马绪安，马绪安和刘长庆的老婆闹娃有长达6年的婚外情，刘长庆知道后也无能为力，因为马绪安能给他们一家人提供不可或缺的粮食、钱与物，即使闹娃生下了马绪安的儿子六指，刘长庆也无可奈何。六指却无法容忍村里人的辱骂，"在一个淫雨连绵的日子里六指对闹娃说，我长大了就把他杀了。年幼的六指将牙咬得如同炒豆子一般"③，六指担任生产队长，他果真实现了自己儿时的理想，先是借助斗争会百般折磨亲生父亲马绪安，打掉了他的6颗牙齿，用棉花秆恶狠狠地抽打他，最终枪毙了他，并且借助权力随意占有乡村漂亮的女性，"六指当了生产队长，六指开始像支配生产队里的牲畜和农具一样支配她的肉体"④，后来六指又担任农场的场长兼劳教队队长，点名让宁巧仙同去，虽然宁巧仙不想去，她觉得六指只是把她当作泄欲的工具，但最终六指借助权力轻而易举地让宁巧仙屈服了，分产到户后，他失去了权力，他和

---

① 冯积岐：《敲门》，文化艺术出版社2013年版，第162页。
② 同上书，第20页。
③ 冯积岐：《沉默的季节》，文化艺术出版社2013年版，第70页。
④ 同上书，第527页。

宁巧仙之间的关系也随之结束了。

第二是当权派的帮凶,如田水祥、刘宽宽的民兵小分队、夏双太、史云科之类的人物,没有这些人物的存在,那些当权派的工作就难以展开,其权威地位也难以确立,对乡村权力的审视与批判,这些人物是无法逾越的。冯积岐对这类人物的塑造,能够帮助我们更好地认清乡村权力关系及其实现过程。《村子》中的田水祥参与促成了田广荣的诸多事情,是田广荣的一个非常得力的助手,小说写道:"田广荣之所以叫田水祥当生产队长并不是因为他对庄稼活儿很内行,而是因为他是一条瞎眼狗,田广荣叫他去咬谁,他就咬谁去。田广荣心里明白,这样的人被他掌握在手中,就等于他有了一件得心应手的工具,他怎么使唤都行。……田广荣叫他去收拾一下马子凯,他就在批斗会上对马子凯的女人大打出手,以致好多人起哄,把这个女人打死;田广荣叫他给马生奇一点颜色看看,他就跑到县卫生局把马生奇糟蹋了一顿。"① 田水祥缺乏自己的立场和主见,完全成了当权派利用的帮凶,田广荣对他的掌控张弛有度,在处理薛翠芳的事情上,田水祥为田广荣出了大力,他冲进薛翠芳的家里,将牛晓军抓了一个正着,然后带到田广荣那里,帮助田广荣除去了情敌牛晓军。还有,村里要实行生产责任制,即解散生产队,分产到户,田广荣通过几天的信息搜集,发现不少庄稼人对集体的情感很深,不愿意分田到户,然后他就策划了游行示威,带头的就是田水祥等几个生产队长,他们冲进公社大院,将矛头指向江涛,田水祥逼着江涛答应,松陵村不搞资本主义,搞得公社大院乱成一锅粥,田广荣给江涛施加压力的目的最终达到了。可见,田水祥是田广荣权力生涯中不可或缺的一个重要人物,因为有这些帮凶的存在,田广荣才能确立自己在松陵村的地位与威信。再如《敲门》中的以刘宽宽为代表的民兵小分队,丁解放被任命为松陵村的村支书,他很清楚要在松陵村站稳当,手下必须有几个或几十个为他真心效力的人,于是他成立了民兵小分队,刘宽宽任队长——他生

---

① 冯积岐:《村子》,太白文艺出版社2007年版,第43页。

性顽劣，长相粗野；读不进去书，老师批评他，他就以各种方式报复老师；和堂嫂吵架，端起尿盆就泼了下去；"文化大革命"中他最能冲锋陷阵，打得最凶，这样的人是丁解放最得力的助手，丁解放第一次召开批斗会，有些顽固分子就是不来参加，在丁解放的授意下，刘宽宽领着几个民兵，提着斧头把人家院门劈开，将人家连拽带拉地弄到会场和"四类分子"一起接受批斗。丁解放斗争马汉朝，刘宽宽依然是打手，他将马汉朝叫到大队，当胸给了一拳，最终马汉朝承认了自己的罪行，即无意称呼丁解放为"瘸书记"，之后召开了批斗大会，他将马汉朝的腿打断，"他举起一条板凳，狠劲地向马汉朝的腿上砸去，马汉朝惨叫一声，扑倒在舞台上"①。这一切都是在丁解放的授意下，丁解放借助斗争马汉朝杀鸡儆猴。之后斗争马中朝的原因更是令人啼笑皆非，是因为刘宽宽喊了他一声，他没有回答，刘宽宽认为马中朝很嚣张，最终导致马中朝发疯。借助刘宽宽，丁解放在松陵村确立了自己的地位，丁解放这样的当权派离不开刘宽宽这样的打手，即使刘宽宽等人强奸了他暗恋的对象马巧霞，原本无论是从理智上还是情感上，丁解放都不能容忍这样的事情，然而，他并没有替马巧霞伸张正义，而是包容放纵了刘宽宽等人，因为他需要他们，刘宽宽是他的左右手。刘宽宽这个人物形象模糊，不是很清晰，是一个典型的扁平人物，只表现了人性中恶的一面。

　　相比而言，《沉默的季节》中的夏双太则鲜明得多，他有一双特别凸出的眼睛，很彻底的光头，麻秆一样的身材，无法估清的年龄等，这一切都让宁巧仙很忧伤，然而最忧伤的却是夏双太在夫妻之事上的无能，因此，夏双太在宁巧仙面前垂头丧气，失去了应有的力量，然而却在政治斗争中精力充沛，敢说敢骂，或者说，他将他内心压抑得狂躁且不可遏制的欲望通过革命的通道升华了。夏双太对白玫和周雨言的惩罚颇有意味，祖母白玫用车拉青泥，由于用力过猛，车辕掉了下来，白玫摔倒后下半身被青泥糊了，周雨言去扶起祖母，夏双太猛

---

① 冯积岐：《敲门》，文化艺术出版社2013年版，第103页。

地一下就将周雨言推进青泥之中,接下来夏双太对白玫实施了更加有力的惩罚,由两个年轻人驾着跑,最后裤带掉了,长裤短裤一起褪到了脚踝上,接下来夏双太的行为很有意味,他用脚踢了白玫裸露的臀部,"然后将脏手在白玫裸露的白腿上擦了擦"①,惩罚白玫是因为白玫的"另类",而夏双太的一系列动作则带有情欲的意味,他将他的无能毫无保留地发泄到了白玫身上,情欲在对他人的折磨与女性身体的侮辱中被消磨,并且再次确认了夏双太男人的本色。

第三种类型是作者心目中理想的干部形象。《村子》中的祝永达是这样的干部形象,他是一个正直而善良的青年人,作为乡村干部,他与田广荣等人的处事风格完全不同,他始终为大家着想,在他负责人畜饮水工程时,祝万良的父亲因为一棵中国槐不让管道通过,最后祝永达将自己家的中国槐赔给了他;铺设管道时丢了一根水管,祝永达主动承担了责任,从自己补贴里出买管子的钱;他筹办乡村小学,和大家一起进了雍山,辛苦地大干了20多天,这三件事情都足以说明祝永达是一个好干部,他勇于承担责任,能够为大家着想,他觉得对庄稼人有利的事情,他就干到底。祝永达最终答应江涛出任松陵村的党支部书记,是因为他认定生产责任制是好事,为了把这件事干好,就必须有权,因而才答应担任支部书记,他深知有了权力才能为老百姓办实事。然而在实际的工作中,他无法招架一心想出政绩却不顾人民死活的乡党委书记李同舟,以及中饱私囊、和他明争暗斗的田广荣,在三个人的战场中,群众成了牺牲品,祝永达最终也清醒地看清楚了这一切:"李同周固然有热情,可他的目的很明确:用他的'政绩'将乡党委书记换成县长或县委副书记,他弄虚作假也罢,制造'泡沫'繁荣也罢,只要南堡乡名下的各种数字在膨胀,他就有可能晋升。到时候,他尻子一拧就走了,至于说松陵村的庄稼人背了多少债受了多大的损失,他才不管呢。而田广荣正是利用了李同舟的弱点给自己谋利益,实惠是他田广荣的,灾难是松陵村老百姓的,追究责任,

---

① 冯积岐:《沉默的季节》,文化艺术出版社2013年版,第124页。

将会追到他祝永达身上,因为他是支部书记。不是他怕担责任,他觉得,这样做,他良心上过不去,他是在跟着田广荣一起把松陵村人向灾难中推,等于助纣为虐。"① 他开始觉得自己当支书真的是一件荒唐的事情,之后,在提留款的事情上,他和李同舟产生了更大的矛盾,他如实地将困难摆出来,激怒了李同舟,李同舟派人进了松陵村收提留款、夺粮要款,稍有反抗就要打人,一连打倒了八个人,祝永达非常气愤,站在弱势的群体农民这一方,他对沉重的摊派采取抵制的态度,他要为这些被打者告状,然而真正要签名的时候,却没有一个人敢签,没有一个人认为上告会有好的结果。祝永达也看清楚了这些庄稼人之所以不能硬气做人是有诸多原因的,他们一旦挺直就要挨打,最后他不想成为祸害农民的帮凶,就辞去了村支书的职位,离开村子到城里打工,从这一系列的事件中可以看出,祝永达与李同舟、田广荣等人的不同,祝永达有他的抱负,有他的理想,他发自内心地想为松陵村的人做实事,然而在现实面前,他选择了妥协,离开了他想驰骋的舞台。这样的一个好人,到了城里,他依然能够坚持正义,为了维护农民工的利益,拼命同工头抗争,然而这些被帮助者不但不感激,反而齐声反对他,他成了众矢之的,他心里清楚,不是民工们害怕,而是假如工头不叫他们干活,他们就把饭碗砸了,他们担心的是没活可干,后来他也离开了建筑工地。经过与马秀萍在城市的兜兜转转,祝永达最终发现自己的舞台还是在松陵村,于是他第二次出任松陵村的党委书记,田广荣因为中风也退出了松陵村的政治舞台,而祝永达将目标放在了治穷致富上,一心要帮助松陵村人挣钱过上好日子,为此他发展石灰厂、扩建水泥厂,并且宣布松陵村人不再交各种提留款,给松陵村人勾画了一幅蓝图,祝永达无疑是作者理想中的道德典型与乡村干部想象。

再如《大树底下》中的赵兴劳,在关键时刻,他能够主持公道,坚持正义,敢于和卫明哲对着干,在他身上,我们还能感受到人性的

---

① 冯积岐:《村子》,太白文艺出版社2007年版,第189页。

光辉,是一个让人敬佩的大队贫协主席的形象。

第二节 卑微而伟大的乡村女性形象

在冯积岐的文学世界中,女性多属于乡村社会的底层,是被侮辱与被损害者,然而这些沉默的女性不仅是小说中一道靓丽的风景线,也是拯救男性的救世主。她们的无私与博爱让这个充满沉郁的世界多了一些温情与色彩,让这些生活在乡村权力摆弄的封闭的、狭隘逼仄的生活空间中的男人感受到了母性的伟大与女性的真诚,从某种意义上看,这可能是作家本人预设的拯救男性世界与人的世界的重要途径,即女性本身所固有的无私的爱。

冯积岐小说中的女性有以下几种类型,第一种类型是慈爱坚强的祖母形象。"在冯积岐的'松陵村'系列故事中塑造的最成功的形象不是父亲和母亲,而是祖母。这和冯积岐的人生经历、个人体验分不开。"[①] 他刚过满月就被抱到祖母的炕上,由她照管,他和祖母一直睡到结婚前的一个晚上。他和祖母之间的感情远远大于他和父母的感情,他小说中有审父审母倾向,但对于祖母却是饱含深情地叙述,不断地凸显其慈爱母性的一面。《沉默的季节》中的白玫,这位女性的一生富有传奇色彩,从资本家的小姐到国民党的官太太再到地主的小老婆,她的童年是花园洋房和小汽车,父亲的纺纱厂是天津实力最雄厚的纺纱厂之一,她还曾经到洋学堂学习,到教会学校读书,并且以优异的成绩考进了京华师范学院学习,最后嫁给了陈松,陈松死后嫁给了大她23岁的周景堂,周景堂死后,她成了孩子们的祖母,最终受尽时代的磨难孤独地死去。这个传奇女子的一生颠沛流离,受尽生活的磨难,然而她却将自己的爱给予了没有血缘关系的孙子,在那个困难的年代,她的爱是难能可贵的东西,是周雨言的精神支柱。周雨言从出生后的第三天就睡进了祖母的怀里,一直到19岁,周雨人与周雨言将红太阳

---

① 郑金侠:《用苦难铸成文字——冯积岐评传》(一),《传记文学》2014年第1期。

画扁了，村里召开了批斗会，白玫替周雨言接受了惩罚："后来，周雨言才明白，是祖母故意将石磨扇给她争取去的，祖母知道，太阳是她的孙子弄扁的，那石磨扇非压在她的孙子背上不可，他就故意惹夏全华发脾气。夏全华一发脾气就将石磨扇压在了白玫的脊背。"① 饥饿年代，祖母把最好的东西留给了周雨言，小说非常详细地描写了祖母不顾母亲的反对，为周雨言烙了一个麦糁饼，这些事情都能看出祖母对孙子最深沉的爱，用身体去温暖周雨言冻僵的小手，给他用各色棉布拼在一起做"耳帘子"，给懵懂的孙子讲解人体的结构，缓解他成长的烦恼，这一切都让周雨言感到生命的温暖，也给予了周雨言勇气和力量，在斗争会上他一点也不胆怯，小说这样写道："祖母毫不保留地将祖母的爱和超出祖母以外的爱全部给了我，尽管她不是我的亲祖母和我的父亲缺少血缘关系，但她对我的爱是没有水分的干货，是一个女人对一个晚辈的爱，祖母在爱我的内容中注入了对少年的孤独和忧郁的排解，融进了对少年的不安和恐惧的抚慰。"②

《大树底下》中的马闹娃，在小说一开始就演绎了一段美人救树的动人心魄的悲壮的故事，国民党陆军学校第八分校官兵进驻周公庙，因为经常饿肚子，所以常常伐树拆庙，他们看中了松陵村的白皮松，是马闹娃以美色守护了白皮松，征服了宋连长，成了松陵村的英雄，祖母一个柔弱的女性成了保护松陵村的守护神，这是一个女性战胜男性、充当保护神的角色。而祖母也是罗大虎的保护神，罗大虎因为卫明哲瞎掉后，是祖母带着他去找大夫上医院看病，甚至去找麦禾营村的神医，砸锅卖铁也要给孙子治好眼睛，罗大虎得罪卫明哲被捆绑在白皮松上，他的父母狠心地回去了，祖母却一直陪伴他到天亮，给他做饭，虽然史云科百般阻挠，打翻了饭碗，扔了玉米面粑粑，但是祖母仍然坚持给孙子喂馍吃，而且她也做好了准备，如果天亮了卫明哲再不放人，她就用砍刀把绳索砍断，祖母的爱与父亲的无情形成了鲜明的对比，祖母成了罗大虎人生中最温暖最重要的人物。这样的祖母

---

① 冯积岐：《沉默的季节》，文化艺术出版社2013年版，第92页。
② 同上书，第31页。

不但是孙子的保护神,也是家庭的支柱,当罗世俊被补丁为地主,家里的财产被瓜分,家里被洗劫一空,父亲瘫坐在墙根下面时,是祖母撑起来这个家,祖母以她特有的韧性和母性维护着家里的男人们,在与懦弱的罗世俊的对比下,祖母的形象是光辉的伟大的,或许只有这种伟大才能帮助人类走出历史的悲剧与时代悲剧,恢复人之所为人的本性。

第二种类型是那些被生活吞没的甘于沉沦的女性,在冯积岐的小说中,为我们展现了农村女性的群像,其中,那些甘于沉沦、为了生活能够随意出卖自己的女性是最难以让人理解的,她们在生活面前,缺少对抗生活的勇气,而是选择屈服于权力、男性以换取更好的生活,如宁巧仙、许芳莲、李盈悦等人。在《沉默的季节》中,宁巧仙和六指的关系乃至其和他男性的关系让人匪夷所思,一开始,她对六指是有期待的,毕竟她贪婪的欲念在夏双太那里得不到满足,她被六指大胆的野蛮劲和男人的粗鲁所征服,然而"六指不分场合地点对宁巧仙的随意指使将女人仅有的那点羞辱感撕得鲜血淋淋,他像给社员派活一样只说一声:'今天晚上。'一进房间,他依然只说一个字:脱"①。最终她和六指之间纯粹成为一种互相利用的关系,六指只是把她当作泄欲的工具,而她通过六指让自己生活过得更容易一些,她的妇女队长、她和丈夫的工分、他们吃的储备粮,都是从六指那里得到的实惠,六指当了农场的场主兼劳教队的队长之后要求宁巧仙去农场做饭,她开始说"不",然而六指说:"你在劳教队做一天饭给你记一个男劳力的工分,一个月还给6块钱的津贴,就是有人抹下裤子来求我,我还不叫她来。"② 她最终没有抵挡住一天10工分的诱惑,贫穷征服了她。不仅如此,六指还给夏双太实惠,给他派轻松又挣工分的活,以此来霸占宁巧仙,当宁巧仙拒绝时,他说:"你忸怩啥?不是我,夏双太今晚上能去看场?一滴汗也不流挣一天的工分就那么容易?我咋不派

---

① 冯积岐:《沉默的季节》,文化艺术出版社2013年版,第174页。
② 同上。

别人去?"① 宁巧仙用沉默表示了顺从。之后宁巧仙和安克仁的关系也是如此,她到安克仁的工地上去拉土方,她非常努力,利用别人吃饭的时间也要拉一方土,然而,她发现别人仍然比她多,后来她发现了其中的奥秘,随后她献出了自己,得到的是"从明天起,你不用再拉土了,我在账本上每天给你写几方,到时候你写一个领条领钱就是了"②。这就是宁巧仙说的"活人过日子",在活人过日子的前提下,她屈服于六指,屈服于安克仁,将自己的身体放逐了。宁巧仙这个女性身上有她的闪光点,她吃苦耐劳,顶着毒辣辣的日头,挥汗如雨,一天能给生产队里割两亩六分麦子,别的妇女摘五斤棉花,她非摘八斤不可,她不甘于贫穷,极度爱面子,希望事事都干好,都走在人前头,然而时代却辜负了她的满腔热情,因为粮食,她嫁给了丑陋无能的夏双太,她的人生其实早就注定了,只等着她走一遍而已。

和宁巧仙一样的还有《大树底下》的许芳莲,许芳莲是许家湾的第一美人,曾经和一小伙子恋爱被父亲活生生拆散,嫁给了她不喜欢的庄稼人,这桩不满意的婚姻改变了她的人生,她为了离开丈夫,去参加"社教",进而认识了卫明哲,她和卫明哲之间的关系,在她看来有两重意义:首先通过这种变态的关系,她以为她报复了古怪、暴躁的父亲,报复了老实麻木的丈夫,也报复了自己的命运;另外,她希望通过卫明哲成为国家的正式干部,当卫明哲允诺"社教"一结束,他就将她转为国家正式干部后,她感激卫明哲,感激他看得起她这个农民,感激他帮助自己成为国家干部,在感激中她献出了自己。后来,在卫明哲的帮助下,她被安排到县联社当了一名营业员,也与她的农民丈夫离了婚,和卫明哲在县城闹得沸沸扬扬,最终"文化大革命"一开始,卫明哲被揪了出来,她也被牵连了进去,还是做了农民。许芳莲将自己的人生搭在了卫明哲身上,她的结局是注定的,但是这样一位难以掌控自己命运的女性内心仍然有柔软之处,她和罗大虎之间的姐弟情分、朦胧的爱情让她的形象变得不那么暗淡,当罗大

---

① 冯积岐:《沉默的季节》,文化艺术出版社2013年版,第237页。
② 同上书,第477页。

虎看到卫明哲和许芳莲苟且的一幕时，是她替罗大虎开脱，说罗大虎还是个孩子，算了吧，在那一刻，让罗大虎以为这女人就是祖母的翻版，他想偎在她的怀里诉说自己的委屈。后来，罗大虎被卫明哲绑到白皮松上，也是许芳莲威逼史云科放了罗大虎，并且将罗大虎抱在怀里，叫着他的名字。在批斗会上，罗大虎看到父亲被人打，想上前阻止，是许芳莲将他拉了下来，叮嘱他不要跟着搅和，那天夜里，她又亲自去找罗大虎将钢笔赠给他，罗大虎紧紧地抱着许芳莲，"是儿子抱住母亲的模样，是弟弟抱住姐姐的模样，是亲人抱住亲人的模样"[1]。两个人最后一次见面是一次偶然的机会，小说写道："是的，哥哥一辈子也不会忘记许芳莲的，这个女人就像冬天夜里的一把火，悄无声息地温暖了哥哥，使哥哥在艰难的日子里对生活有了希望。"[2] 或许没有人留意他们的故事，一个少年和姐姐的温情故事，但是这些往事却是当事人无法忘记的，那是人性中最温柔的部分，在许芳莲的身上，我们看到了人性的复杂，更看到了女性光辉的一面。

再如《重生》中的李盈悦，这个女性为了生活不断地周旋在几个男人之间，最终得了癌症死去。

第三种类型是为了爱情奋不顾身的痴情女子。在冯积岐的笔下，这类女性最能打动人心，她们为了自己的爱人无所顾忌，敢作敢当，表现出了北方女性泼辣爽直的一面。《沉默的季节》中的宁巧仙，虽然她的身上有不光彩的一面，然而我们无法否认她对周雨言的真情。六指只能满足宁巧仙身体的欲望，却无法获得真正情感上的满足，"贪婪的女人虽然犹如一头牛需要不停地反刍快乐，她同样需要男人柔情的爱抚，在她的男人夏双太那里没有得到，在六指那儿还是没有得到她所要得到的情感"[3]。周雨言则是她情感上的全部，虽然周雨言在贫农宁巧仙那里由于"狗崽子"的身份导致身体上是无能的，就像夏双太一样，但是宁巧仙对周雨言是有爱情的，这爱情是无关乎性的，

---

[1] 冯积岐：《大树底下》，文化艺术出版社2013年版，第218页。
[2] 同上书，第264页。
[3] 冯积岐：《沉默的季节》，文化艺术出版社2013年版，第174页。

在农场的那一段时间，她无微不至地照顾他，每次都多给他打饭，留馒头给他，在他想自杀的时候救了他，随时随地地保护他，给予他最无私的爱。周雨言的祖母死后，夏全华不让进公坟，是她通过六指解决了难题，周雨言说："她的身上仿佛携带着一种不懈的却又是顽强的满足能力，不仅满足了他的饥饿感，而且流淌进他的心田中，使他心中的枯树开始发芽。阴郁的天上有了一方蔚蓝。"① 对周雨言的真情，让宁巧仙低到尘埃里，甚至容忍他和女儿秋月的私情，在死之前，她将她的内心袒露无遗："我谁也不想见，我只想见见周雨言。我一定要见到他，我要对他说，我对谁也没爱过，我爱过你，死心塌地地爱过你，无论你怎么看待我的爱，我是爱过你的。"② 可以说，宁巧仙爱周雨言爱得荡气回肠，爱得真真切切，为他付出了自己的一切，虽然她的结局并不完美，然而爱过周雨言，也得到周雨言的回应，应该是她人生历程中最浓墨重彩的一笔。

《村子》中的赵烈梅也是这样的女子，在和祝永达的关系中，她异常主动，在田水祥不在的晚上，她主动邀请祝永达；在松陵村唱大戏的晚上，她努力地给自己和祝永达创造机会，"她佯装找开关绳子，身子偎住了祝永达，将祝永达向墙根前挤，祝永达向后退"③；在帮助祝永达给猪和鸡打防疫针的时候，她又主动地表示她的爱，当祝永达亵渎她纯真的感情时，她表现得很激动，去厨房拿出切面刀要剁掉一根手指头，愤怒地让祝永达滚出去，这是一位烈女子，她爱得很深沉很热烈，她的爱不容半点玷污；借助给牛拌草的机会，她无所顾忌地在祝永达的炕上等他，后来在祝永达的几次拒绝之后，赵烈梅也想通了，"喜欢一个人，是自己的事，和所爱的对象有干系，也没有干系；只要自己爱就够了。自己一厢情愿地爱着祝永达也是很幸福的，这爱是她精神的支撑点，给了她力量"④。祝永达第一次落魄地离开松陵

---

① 冯积岐：《沉默的季节》，文化艺术出版社2013年版，第193页。
② 同上书，第546页。
③ 冯积岐：《村子》，太白文艺出版社2007年版，第41页。
④ 同上书，第145页。

村,她送他,还给他带了一件毛背心,临死之前,也要去看看曾经和祝永达一起留下美好回忆的麦地,这可以看出赵烈梅对爱的执着与真诚,她的这份爱实际上已经感动了祝永达,"这女人对他太好了,确实是太好了。她这种不求回报的爱,使他一辈子都会负疚,她对他的痴情使他觉得活着无比美好,人生无比美好"①。与赵烈梅一样的还有黄菊芬,这是一个有先天心脏病的女子,她不能和祝永达同房,不能替他生儿育女,然而,在爱情中她依然是决绝的,奋不顾身的,不顾生命和祝永达同房,虽然一连在床上睡了 10 多天,然而她内心是高兴的,最终她还是在和祝永达同房之后死了,然而这一切在她看来都是值得的,"不,我不等。我就是今晚死在你身底下,也是活得最好的一个,一点儿也不冤枉"②。临死前还说自己是松陵村最有福气的女人,她是《村子》中一个最不起眼的小的角色,然而她的形象却是丰满的、立体的,耐人寻味,在她身上,我们能看到人与命运的抗争,虽然最终失败,但是其精神与勇气可嘉,她对爱情的追求、对爱的奋不顾身都是值得肯定的,她以她弱小的生命谱写了自己人生最美的曲子。

在冯积岐的小说中,大部分的女性都是缺少自我意识的,依附性是她们性格中非常鲜明的特征。然而,虽然缺乏自我意识,但她们只是深陷在传统与生活旋涡中的女性,她们身上的母性与神性却是光辉而伟大的,作家批判那个时代,批判那个人性异化的时代,却独独忽视了那个时代女性的悲哀与不幸,只是将她们看作那个时代男性的救命稻草,像白玟、马闹娃、宁巧仙、赵烈梅、黄菊芬等人都是时代的牺牲品,她们永远是被生活牵着走,在男性的世界中寻找可能的生活方式,她们人生的悲欢离合都沾染上了男性的色彩,比如白玟,资本家的小姐,却糊里糊涂接受了新的思想,她开始为自己的出身感到遗憾,因为这些新的思想,她和激进的军官陈松结婚,这改变了她一生的命运,战争又将她推向谷底,为了婆婆和妹妹,下嫁给了大她 23 岁的周景堂,她和周景堂的结合完全是由于婆婆使然,她个人只能屈从。

---

① 冯积岐:《村子》,太白文艺出版社 2007 年版,第 226 页。
② 同上书,第 21 页。

宁巧仙，在缺粮的年代，父亲将她推向了她不喜欢的夏双太，为了储备粮，她又委身于六指。作家将这些底层的、不幸的女性看作是拯救时代的伟大的母性，她们的命运是不公平的，她们也是时代的牺牲品，她们的命运比男性更悲惨，她们拯救不了自己，也拯救不了男性，更拯救不了时代。在这些女性群像中，有一位女性是值得肯定的，那就是马秀萍，她是这些女性中唯一具有自我意识、具有独立性的现代女性，儿童期的不幸遭遇、青春期的懵懂，这一切都没有将她压垮，反而让她愈加坚强，成为新时代的女性，她和祝永达看似美满的婚姻，却因为田广荣而产生了无法弥补的间隙与隔阂，这一切都源于祝永达传统的男权思想在作祟，他无法忍受不是处女的马秀萍，无法忍受在工作中不讲情面的马秀萍，还怀疑在外面应酬的马秀萍，可见，即使是作为新女性的马秀萍，也只能接受男性世界的游戏规则。

第三节　胆小懦弱的乡村男性形象

在冯积岐的小说中，除却当权派的男性以及光鲜亮丽的女性形象，还有一大批底层的男性形象，我们在这些男性身上丝毫看不到男子的阳刚之气，他们都是唯唯诺诺、小心翼翼地在政治权力的空间中讨生活，有的无法背负沉重的生活以及时代的苦难，最终选择结束自己的生命，在这些矮化的男性身上，我们可以感受到厚重的、无法抹去的时代的悲哀。

这些懦弱的男性主要分为两大类，第一类是软弱、胆小的父亲形象，如罗世俊、祝义和等人，《大树底下》中罗世俊是非常典型的胆小、软弱的父亲形象，他小时候没有得到父亲的关爱，得了伤寒差点死掉，被家里的长工救活了，童年与少年的阴郁注定了父亲胆小、懦弱的性格，他非常爱抱怨——抱怨命运，抱怨祖先，抱怨天，抱怨地，脆弱得难以承受任何事情。卫明哲和史天才要给他补订地主的时候，父亲异常恐惧，小说写道："父亲对卫明哲的恐惧，对地主成分的恐惧，对在他周围活动着的人的恐惧，是赤裸裸的。摆在父亲面前的生活不是一只乖觉温顺的小狗，可以由他牵着走，而是一口深不可测的黑洞，他唯恐掉进洞里去。"① 儿子罗大虎被卫明哲绑到白皮松上时，父亲边走边勾鞋，由于惊恐勾了两次才勾上，当看到被抽打的是自己的儿子时，他却回去了，他的心里搁不下豆粒大的事情，回到家双手抱头，一声不吭，后来去找卫明哲理论，然而他的怯懦与胆小都表现在了他的身体上，他的身体奴颜婢膝、低三下四，软得跟面条一样，头垂在两膝之间，身子蜷成一团，他的胆小懦弱可见一斑。补订地主之后，家里的财产也被抢劫一空，父亲瘫坐在了地上，后来在自杀未遂后平静地接受了这一切。

再如《村子》里的祝义和，成分解禁以后，他依然是胆小慎微地过日子，当田广荣要祝永达当会长时，他既高兴又疑惑，田广荣突然的友善，反而使他心里不实在。马子凯大张旗鼓地过生日，祝义和却觉得不合适，他认为没有必要那么铺张，"有人就想收拾你。树大招风哩。人都怕别人的烟囱冒烟，一冒烟，就想给堵住。虽然现在不讲成分了，有些人还把你当地主看，恨不得把你压到水底里去"②。只有祝永达知道，父亲心中的阴影一时间抹不掉，这是因为多年来，父亲一直生活在"害怕"中，村里落实政策，要将房子等财物退回来，祝义和高兴之余又开始担心起来，担心这事情未必是好事，最典型的事件就是到公社收购站交猪，他刻意带着一条"大雁塔"香烟，没想到验猪的人看不上反而将他羞辱一番，让他成为众矢之的，最终轮到他的时候不让他通过，虽然他的猪成色很好，万般哀求无果的祝义和"跪倒在稠人广众之中，跪倒在蓝天白云底下，跪倒在一个无赖面前。他抱住了年轻人的腿，头颅低下去了"③。然而验等级的年轻人却无动于衷，最终获知他是松陵村村支书的爹，才立刻通过，验了个二等品。这一事件集中体现了祝义和胆小、懦弱的一面，他在怕什么？怕权力，他清楚地知道面对一个有权的人，他毫无办法，尽管他的猪成色好，

---

① 冯积岐：《大树底下》，文化艺术出版社2013年版，第145页。
② 冯积岐：《村子》，太白文艺出版社2007年版，第55页。
③ 同上书，第152页。

他也想用香烟讨好人家，可是这一切都没有用，因而下跪成了中国下层农民懦弱的标志，虽然封建帝制早已解体，但是农民骨子里的封建思想并没有解禁，它依然存在，流淌在血液里，不管是罗世俊还是祝义和都是如此，他们的胆小、懦弱表现出他们从未能正视自己，从未从心里把自己当成现代意义上的"人"。

第二类是悲观绝望的地主"狗崽子"，如《沉默的季节》中夏雨人、夏雨言，《大树底下》中的罗大虎，《敲门》中的马中朝，这些人都因为地主家庭出身而备受屈辱，夏雨人因为地主的出身娶不上媳妇，进而在公共场所做出夸张出格的事情，在自己的房里亦收集着种种与女性有关的物品，最后成为众人眼中的疯子。《敲门》中的马中朝只因为没有答应民兵队长刘宽宽的喊叫而被折磨得发疯，最终跳井自杀。在那样的年代，他们的人生只能如此，身份将他们与他人完全隔开了，成了别人可以随意欺辱的对象。

第八章 艺术技巧与技法的不懈追求

冯积岐是当代陕西文坛一位有着自己独特文学追求和文学品格的作家。一方面，冯积岐对自己的写作有着清醒认识，对于各种文学创作手法的使用，以及作品采用的结构模式都有明确的规划；另一方面，作为一个严肃而有操守的作家，他无法忍受作品的凭空捏造和空洞无物。因此，他选择了自己熟悉的生活，积极地思考着他最为关切的人生困惑。这两个方面共同塑造了冯积岐作品的风格，也深刻地表达了作家关于社会和人的思考。

第一节 冯积岐小说中的圆形叙事模式及其内涵

冯积岐的很多小说作品都存在一个值得关注的现象，即对圆形叙事模式的运用。在小说的叙述层面，作家有意无意地构造了一个个以前后呼应、循环往复为特征的圆形故事架构，而这一叙事特点是和作家所思考的农村社会变迁以及农民命运这一严肃主体密切相关的。

一 冯积岐小说中的圆形叙事

冯积岐的小说中，圆形叙事模式是一个经常运用的创作模式，无论是在纯粹的结构层面，还是在小说的故事层面均可见这种叙事模式的使用。在冯积岐的成名作《沉默的年代》中便有一个结构上的圆形叙述，作品第一章采用了传统第三人称叙事和意识流的技法交叉叙述的方式，描写了主人公周雨言轧完棉花在回村路上的经历及其意识的流动，很好地完成了故事的讲述和人物心理的真实呈现。在纷繁复杂的场景交替和意念闪现中，整体的叙述却并不凌乱，原因是所有的内容都被囊括进了一个圆形的叙事结构当中。这一章开头的一句话是："走出轧花机房，周雨言站在薄如白纸般的电灯光影里很自如地连咳了几声……"而最后一句是："现在的周雨言正坐在装着棉花包子的手扶拖拉机上凝视着天穹上的星群，沉默不语。"两个高度相似的前后呼应的描写使叙述单元的首尾精确咬合，仿佛两个巨大的半圆括号，使叙事恰好形成一个封闭的圆。

除此之外，我们在冯积岐的其他小说中也能找到不少圆形的小说叙事模式。例如在长篇小说《敲门》中，小说始终贯穿了一个蛇的意象，小说中四次提到蛇，以蛇为线索，小说的结构形成了两个小型的圆形叙事。小说一开篇就写到一条蛇溜进了丁小春家的院子，这是在丁小春第一次高考之前，这一次丁小春因为家里没钱而无法去上大学。三年后，在丁小春因为家庭等各种原因一次次与大学失之交臂后，他第四次坐在了高考考场中，大家都以为这次丁小春应该能够一圆大学梦时，蛇又出现了，在这之后发生的家庭变故又为丁小春的大学之路蒙上了一层阴影，丁小春的命运仿佛被施了魔咒一样，循环往复，无法跳脱。与此同时，作家对于蛇这一意象的安排还联系着这部小说的另一条情节线，那就是丁小春的父亲丁解放与同村马汉朝一家的恩怨。最早看到蛇的是丁解放的女儿丁小丽，她在家里看到蛇之前就在梦里见过蛇，蛇将丁小丽的身体紧紧缠住，当她向母亲求救时发现，母亲身上也缠了一条蛇。这个梦其实是对丁小丽和母亲遭遇的一个预兆，暗示了后来丁小丽和母亲被强奸的命运，但这一遭遇并不是偶然，而是父亲丁解放当年纵容手下强奸马巧霞的因果报应，同样也表征着一种历史的重复，在此基础上，小说又形成了一个大型的圆形叙事。人的命运在这样的叙事模式下呈现出了一种反复与循环。在小说的最后，丁解放在临终之前对自己的过去进行了忏悔，丁小春也正在为了获得对罪犯公平的审判而不断地努力抗争着。与这样的情节相对应的是蛇的第四次出现，这一次丁小春将蛇斩断，意味着作家希望这种反复和循环能够终止。另外,冯积岐著名的长篇小说《村子》在整体上也存在这样一个前后呼应的圆形结构。小说的一开始就写到1979年早春二月的一个响午,祝永达从大队开会回来知道自己被"解放"了,不再是"狗崽子"了,他激动地在村口的白皮松下徘徊,遇到了14岁的女中学生马秀萍,从而开始展开了整部小说的主线。主人公祝永达在摆脱"狗崽子"身份之后积极追求自己的幸福,一度做了松陵村的村支书,也和自己一直倾心的马秀萍结为夫妻,但他的爱情与事业都历经了波折,最后在小说的结尾,祝永达和马秀萍在20年前相遇的村口的那棵白皮松下又相遇了,这时他们的感情已经有了深深的裂痕,而祝永达在松陵村作为村支书的地位也面临着严峻的挑战。作家就这样在祝永达的人生中,以白皮松为起止点画下了一个巨大的圆圈,形成了小说的圆形结构。

与《村子》相类似,《大树底下》同样以松陵村的白皮松为起止点构造了多个循环的圆形结构。在这部小说中,白皮松是松陵村的生命支柱、精神支柱,它见证着松陵村的人和事,而小说中主人公的人生都是从白皮松下开始,又在白皮松下结束的。祖母马闹娃是一个生命力旺盛的坚强女性,她的人生无法接受麻木与顺从,她在年轻时勇敢地追求自己的爱情,不顾父母反对嫁给了祖父,到了松陵村,就在这段爱情死亡之后,她在白皮松下遇到了军官学校的宋连长,开始了她基于涌动着生命激情的人生抗争历程,从此马闹娃一次次从白皮松下出发又回到白皮松下,不断有人走进她的生命,也不断有人离开,在她身边世事变迁,但不变也是不断重复与循环的是她对她所爱的人和她所珍惜的事物的守护。可以说,马闹娃的人生就是在得到又失去的圆中奋力挣扎的一生,白皮松就是她人生的起点和终点,或者说是她人生的支点。

然而,白皮松这个圆的起止点对于其他人却有着不同的意义,比较有代表性的便是小说中的另一个主人公罗大虎。小说中有一段描写罗大虎失明后由祖母带着出村求医的经过,在离开松陵村的途中,罗大虎似乎忘记了自己失明的悲惨境遇,他"嘴巴大张""贪婪地"呼吸着周围的一切，所有的感觉都是轻松而愉快的，他享受着逃离的自由感。与此相对照，在归途中，周围的一切都透着沉闷的压抑感，罗大虎很"沮丧""走得很吃力"，祖母喊着"大虎回来了"的声音也透着"凄凉"。这时罗大虎耳边响起的声音是："你走了一整天，绕了一大圈，还是回来了，回到了松陵村。"这句话显然是对这一段求医情节的总结，毫无疑问它是一个圆，人物再次走完了一个圆圈回到了起点，完成了一次循环，终点正是那棵白皮松。这时的白皮松"冰凉、冷酷、威严"，仿佛要将人吞下。在罗大虎看来，他的人生处在一种无法承受的压力之中，命运对于他而言具有不能承受之重，因此这种循环的人生仿佛无间地狱般难以忍受，他希望摆脱这种周而复始的生活。

　　罗大虎要走出这个圆，但是斩断这圆谈何容易，父亲罗世俊就是失败的实例。小说中罗世俊是一个麻木的人，麻木源自抗争的失败，可以说父亲是最早想要走出松陵村祖祖辈辈周而复始的生活的人，青年时期参加游击队挥洒自己的青春，但这一次小小的离经叛道迅速戛然而止，他被祖父拉回了松陵村延续着祖辈务农的本分生活。从此以后，他便开始抱怨人生，而面对生活的磨难他始终选择逃避，对一切人和事都无动于衷。小说写到罗家被补订地主后，母亲便受不了压力而抛家弃子回了娘家。即使在这样的情势之下，父亲依然不愿直面突来的变故对家庭的毁灭，他一次次执着地要去接回母亲，并不接受母亲已经和他决裂的现实，直到他最后一次去接母亲而被母亲村里的人当作地主遭受了一番侮辱后，他才绝望地回到松陵村，他还想躲，却发现自己已经无处藏身，村口的白皮松仿佛从冥冥之中发出声音，宣告了其周而复始的生命轨迹，不仅是罗世俊的人生，也包括他的儿子罗大虎，以及整个松陵村祖祖辈辈的庄稼人的人生。后来，父亲在一次为生产队犁地的时候发生了意外，两头牛跌入山沟，他因此而被批斗，这时他决定以自杀的方式最后一次为摆脱命运的纠缠而抗争。这次自杀的方式颇具意味，罗世俊选择在村口的白皮松下上吊。当初罗世俊在白皮松下曾听到一个声音说："罗世俊你向哪里走？你走不了的。"这句话仿佛一语成谶，罗世俊被罗大虎救下，抗争又一次以失败而告终。在这之后,罗世俊进入彻底的麻木状态,他的肉体虽然没死,但是灵魂已经死去。在小说的最后,一场大雪压折了白皮松的树枝,站在田地中央的罗世俊心中闪过一个念头:白皮松会死吗?想到这里的同时,他心中一惊,仿佛这是一个大逆不道的想法一样,在慌乱和恐惧中匆匆离开。松陵村的白皮松作为命运圆环的起始点,成为小说中人物命运的魔咒,我们不知道松陵村的人们在这个命运的圆环当中还要挣扎多久。

类似这种人物的命运周而复始形成一个前后相接的圆环的也在其他小说中有所呈现。短篇小说《刀子》里写到主人公马长义的生活就是"将刀磨得十分锋利,然后弄钝,再磨;再钝,再磨"。另一个短篇《皮匠》中皮匠的爷爷说:"皮匠的活路就是把牛皮合成绳,再用皮绳缚住牛犁地、拉坡;叫牛累死挣死,再剥下牛皮。"这些叙述都断言了一种无法走出闭合圆环的人生境遇。在《皮匠》中,有一段皮匠合绳的细节描写也恰恰隐喻这一困境:"皮匠把割好的牛皮绷扯在一个木架子上,一头用铁钩子钩住,手臂摇动着铁钩,他仿佛是用铁钩在空中不停地画着圆圈——从那儿开始又回到那儿。一个又一个的圆圈随着皮绳的拧合被丢弃了,丢在皮匠的身前身后,皮匠处在圆圈的包围之中。皮匠看不见圆圈,他只看见手底下的皮绳越拧越紧了——这就是合绳。皮匠认为'人的命就是一根绳子,谁都知道绳子会断的,谁都这么活下去了。'"

可以说,冯积岐的小说中多次出现这样一种周而复始,前后接续的圆形叙事模式并不是偶然的,这种模式的采用与作家在其作品所要呈现的主题有着内在联系,渗透着冯积岐对社会和人生命运的思考。

二 权力——禁锢个人幸福的圆

冯积岐的作品很多都有自己切身经历的影子,是以他的生命体验和人生感悟写成的。在他的小说中,人物的命运往往具有一种悲剧性,突如其来的打击将主人公击倒,仿佛外在的类似命运的力量主宰了人物的人生,无论个人如何挣扎,他们的幸福仿佛永远遥遥无期。例如在小说《沉默的年代》中，周雨言一出世便被打上了"狗崽子"的烙印，他受人歧视，挨饿受累，失去了受教育的机会，经受亲人被欺辱的精神刺激，似乎是上天在和周雨言作对。周雨言的爱情代表了他对幸福的追求，他在争取抓住这个幸福，却又显得力不从心。"狗崽子"的身份使他不能主动追求爱情，也不能随意接受别人的爱情，甚至还要在是以牺牲妹妹为自己换取幸福，还是牺牲幸福为自己赎罪的两难之间进行抉择。面对主人公的人生困境，我们不禁会问，究竟小说中主宰人物命运的力量是什么？而当我们深入到作品中去探究时便会发现，禁锢着人的幸福的那个力量并不神秘，它不是别的，正是强大而不可抗的权力。人在权力的巨大压力下或依附顺从于权力，或陷入对权力的盲目崇拜，所有人都被权力所绑架，卷入了时代的巨大绞肉机中。周雨言"狗崽子"的身份正是这一权力机器碾压在个人身上时留下的印记，他的遭遇是那个特殊年代并不特殊的事情。冯积岐的小说从未回避过权力对于人的扭曲与压抑，例如《沉默的年代》中，六指利用权力摧毁自己的亲生父亲的过程中所表现出的自卑与仇恨。

　　一方面，权力对于人追求幸福之路的阻断在冯积岐的很多小说中都有不同侧面的呈现，它成为掌控人的命运的无形之手，玩弄着每一个普通的人。小说《敲门》的主人公丁解放在小说一开始呈现给我们的就是一个再平凡不过的普通农民，甚至是一个需要帮助的弱者。但随着情节的深入，我们发现就是这样一个老实的农民，在"文化大革命"中却是叱咤一时的松陵村书记，在这个小小村庄里拥有至高无上权力。在丁解放的默许下，他的童年好友马汉朝被他手下几乎打残，为了是自己的权力更加稳固；他包庇了强奸自己梦中情人马巧霞的三个罪犯，显然这时权力比爱情更重要；他用权力驱使松陵村的农民挖城堡、修水库，最后在他自己一手酿成的灾难过后失去了权力。丁解放的失权并不意味着权力本身的消亡，松陵村很快就被一种新的权力所主宰，那就是金钱的权力。在金钱的力量面前，昔日权倾一时的丁解放也被无情地吞噬，由于没有钱，他的儿子丁小春考上了大学却不能去读，另一个儿子丁小青为了赚钱养家16岁就辍学外出打工，却不幸被卖进黑砖窑，经历了非人的折磨后死去。作家借丁小青之口说出这样的话："不是所有的人都能挣到钱的，不是有力气就能换到钱的……人和人是大不一样的……天下是他们的天下，现在是有钱的和有权的说了算，咱是穷人，和谁讲道理？"

短篇小说《种瓜得豆》中，农民刘浩生和周运昌被诬告，法官赵之良前来为他们调解案件，赵之良说："我告诉你们，就是硬定，我也要给你们定上股东。"在这里，掌握权力的人可以罔顾事实任意妄为。正是权力的肆意横行，不仅导致农民始终过着物质条件严酷，生命没有尊严的生活，而且对于权力的依附与恐惧也割断了人摆脱悲惨命运、获得拯救的希望。在《大树底下》里，哥哥罗大虎无忧无虑的童年是在干爹赵兴劳的庇佑下实现的，因为赵兴劳是松陵村的大队长，依附于权力的日子，罗大虎能够偷了东西而免于责罚，但后来失去了权力的庇佑，罗大虎却又无辜获罪，前后的对照显示了权力的力量。在《村子》中，祝永达在工地上干活之后，老板不给工钱，祝永达据理相争，其他工友却毫不响应，因为他们知道，在权力的眼中，这些力量微小的个人仅仅"是个屁"；他们清楚，在傲慢的权力面前，他们只会被死死地踩在脚下，毫无翻身的余地。因此，当乡政府收提留款的干部打伤了松陵村的村民，祝永达带领他们去讨个公道时，村民发出了疑问："咱一个庄稼人能告赢乡干部？"这一疑问是对于权力的恐惧。同样的恐惧也出现在《大树底下》这部小说中，罗大虎不小心看到了社教工作组组长卫明哲的苟且之事，在卫明哲的一声命令下，罗大虎便失明了。之后，任凭何种方法都医治不好的罗大虎又在卫明哲的一声命令下奇迹般地复明，这一失明到复明的荒诞情节以隐喻的方式展现了权力对人的威吓力量和人在权力压迫下的恐惧感。

另一方面，权力对于人性的腐蚀或者说是人对权力的崇拜也在冯积岐的小说中有所呈现。同样是在《大树底下》这部小说中，卫明哲就是一个典型的权力崇拜者，为了获得权力，他绞尽脑汁、不择手段，甚至能够牺牲自己的亲人来换取权力，而权力嗜血的本性也成为卫明哲的性格的一部分，他紧握手中的权力享受着随时将他人摧毁的快感。与卫明哲类似的是《村子》中田广荣这一形象。田广荣也是无法离开权力而生存的人，他无论如何都要将松陵村牢牢地掌握在自己手里。松陵村30多年来一直处在田广荣的管理之下，从打土豪分田地到搞合作化，从"抓革命，促生产"到包产到户、发展乡镇企业，田广荣以其灵活的变通能力，始终居于松陵村权力的核心位置。从田广荣的权力之路来看，无论在哪个时期，权力都肆无忌惮地在农村横行，浸入了农村机体。特别是在改革开放之后，田广荣利用手中的权力徇私舞弊，贪腐专横，权力与利己主义的结合形成一种绝对的邪恶，继续啃噬着普通人的血泪，绑架着普通人的幸福。

可以说，权力对人的侵蚀是无声无息无法抗拒的，正如《大树底下》的许芳莲感到了"卫明哲的冷酷、残酷、无情和狡猾"，却都被她"吸进肺腑之后随着血液而循环"，她在一天天地变化，而且已经无法自拔。许芳莲的状态正是普通民众面对权力的侵蚀，而形成的对权力依附与崇拜心态的绝妙比喻，冯积岐小说中的人物就在这样邪恶而强大的力量面前纷纷陷入一种无法自拔的悲剧之中，权力构成的封闭圆圈没有给人留下任何出路，小说中的人物从来没有真正逃离这个幽闭的圆环。《沉默的年代》中隐秘的权力为周雨言套上了"狗崽子"的命运之环，他的一生都因此而在一个无形的圆中兜兜转转。《敲门》中，旧的权力摧毁了马汉朝一家，让他的妹妹马巧霞受辱而死；而后，新的权力又摧毁了丁解放一家，让他的妻女遭受了仿佛因果报应般的强暴；丁小春一次次地希望突破命运的圆圈，也一次次地失败。《村子》里的祝永达与周雨言一样是一个"狗崽子"，他以为自己能够解除这个命运的魔咒，因而积极地为自己的人生寻找突破，但是在权力面前，他依然一败涂地，回到了原点。《大树底下》的马闹娃、罗世俊、罗大虎，或坚强或懦弱，或屡败屡战或消极逃避，都不能逃离那个命运的圆环……那个无形的权力之手时时刻刻掌控着人物的命运，甚至有些权力的玩火者都免不了被权力抛弃后碾碎的命运。毫无疑问，在冯积岐的小说中，有一个禁锢人的生命，阻止人获得幸福的封闭圈，它是被权力加了符咒无法破除的圆圈，这是小说圆形叙事模式之下隐在的主题之一。

三 乡村——圈定农民命运的圆

冯积岐的创作以乡村题材为主,他将绝大多数的小说,如《大树底下》《沉默的年代》《村子》《敲门》等都放置在凤山县松陵村这个地方,这里毫无疑问是以作家的故乡为原型的。故乡的人和事是冯积岐永远的写作源泉,揣摩故乡人的思想和情感,思考故乡的过去、现在和未来是冯积岐一刻也没有停止的使命。冯积岐自己说过,"就我个人而言,本身就是农民一个。1996年,我的老婆孩子才进了西安城,我才割断了和土地的联系。但是,对农民的情感至今没有割断,我的弟妹们依旧生活在农村。情感的真实来自我和农民的血脉相连。农民的痛和痒就是我的痛和痒。我没有理由去'俯视'他们的生活。我对农民生活的体验是骨子里的"。作家以其对乡土中国的切身感受,认真地记录着乡村的历史,记录着生活在那里的人的鲜活的生命史。

在冯积岐的小说中,乡村并不是一个田园牧歌般美好的乌托邦,而是充满着苦难的、呈现多重复杂人性的舞台,乡村的形象更多地向我们展示着其阴暗面。在中篇小说《我的农民父亲和母亲》的自序中,他说:"虽然,我现在生活在城市里,我写作的背靠点是我的故乡,是我在小说中虚构的凤山县南堡乡松陵村。……我力图从这个背靠点上透视我们的农民我们的文化我们的民族。"可以说,冯积岐是想通过呈现乡村这个舞台上的主角——农民的悲欢离合来思考更为深刻的文化问题。农民的命运离不开乡村这个特定的文化空间,即使他们在地理空间上离开了乡村,其精神依旧与土地与乡村血肉相连,乡村就是圈定农民命运的圆。在这个圆圈中,冯积岐以现实主义的态度,真实地书写着农民的痛苦与哀愁。

从表层来看,那些祖祖辈辈以种地为生的普通农民,乡村就是他们赖以生存的地方,而随着乡村经济在工业化进程的挤压下逐渐凋敝,农民的生活艰辛而困苦,人的尊严无处安放。在《我的农民父亲和母亲》中,父亲为了生计去变卖家养的生猪,遭到拒收后,小说写到父亲"扑通一声,跪下去抱住了验等级的腿,作为人之父,年老的父亲跪在晚辈跟前一声一声地叫老哥。父亲跪下了,父亲真的跪下了。我没有想到十分自尊的父亲会这么轻而易举地跪在残酷的冬日"。为了生存放弃尊严是农民悲剧人生的一个经常性的场景。在作家笔下,农民经常处于失去灵魂,为了基本的生存而挣扎的状态,正如短篇小说《日子》中的屠夫和他的女人们在恶劣的物质生活环境中任凭日子一天天流逝。在这里,最为关键的问题是,面对这样的生活,农民却无力改变,他们仿佛被困在了这贫困当中,越陷越深,似乎一代代都要在贫困的圆环中挣扎。《敲门》中的丁小春在挣扎,但他弟弟外出打工的悲惨遭遇似乎预示着挣扎逃离的失败;《逃离》中的冉丽梅和田登科也在不顾一切地逃避贫穷,想方设法地赚钱致富,他们似乎成功了,田登科在山里开了歌舞厅,冉丽梅靠挖"阳阳草"卖给大老板们也收入可观,但是他们似乎对于贫穷有一种深入骨髓的恐惧,这种恐惧并不会随着金钱的累积而消失,他们的内心依然贫穷。在《逃离》这部小说中,我们看到所有人都处于一种想要逃离的状态,在城市的想逃向农村,在农村的又想逃往城市,看似悖论,实则逃无可逃。于是,逃离的结果都是再次地回去,走过一条圆形的轨迹。男主角牛天星离开城市的污浊逃入想象中空气清澈的山野,爱人的死却打碎了他世外桃源般的美梦,象征着他逃离的失败。多年后,带着鸳梦重温的期待,牛天星再次回到山里,面对的却是更为残酷的现实——他的世外桃源并不存在,他的人生只能回到那个他当初逃离的起点,划回那个命定的圆。在《逃离》这部小说中,实际上我们看到的是人的心灵没有依托,总想寻求一个归宿,所有人都在兜兜转转地追寻,但却找不到,没有人知道前路在哪里。在这里,作家已经深刻地洞察到了农村和农民的贫困不仅仅是物质的贫困,更可怕的是精神的贫困,这也是作家想要在小说中真正探讨的另一主题。

作家自己农民出身又离开乡村来到城市的亲身经历使他能够强烈地感受到农民与乡村精神上割不断的血脉,而现实中,农村传统文化的根早已腐烂消失,精神上的乡村是一个想回却又回不去的悬置点。

因此，从深层意义上来看，精神文化层面的乡村是农民永远无法离开的圆圈，也是作家为自己、为农民人为划定的一个精神无法摆脱的命运之圆，囚禁在这个虚构的精神之圆中的农民必然陷入一个巨大精神悲剧。

冯积岐有着相对传统的文化立场，在他看来，传统的乡村士绅文化和儒家伦理秩序是维持乡村千百年和谐秩序的基础，也是生活在乡村千百万农民精神的皈依，在这样的文化秩序下，农民世世代代过着平静而安详的生活。短篇小说《续绳》写的是一个捞桶匠的故事，主人公叫武三。一天，他被人请去捞桶。这家人和武三家在"文化大革命"中是有过节的，现在，武三受邀去捞桶，把水桶和连在桶上的半截绳子一起捞上来了，于是，武三坐在井边，将断了的井绳续接在一起。"文化大革命"是一个将一切摧毁，一切撕裂的时代，在这之后许多东西都需要修补，续绳的情节就是一次修补的行为，体现了作家早期对于农村传统价值秩序进行修补，或者重温旧梦的潜在希望。但是，现实的残酷告诉我们旧日的秩序已经彻底被打碎，人与人之间已经再也无法回到从前的那种温情脉脉的情感关系，金钱的力量进一步将乡村的人事撕裂，短篇《舅舅外甥》就体现了这一点。小说中的舅舅和外甥比普通的舅舅外甥还要亲，因为他们年岁相仿，从小一起长大，有着浓厚的情谊。变化从舅舅承包了土地种辣椒开始，传统的血亲关系被金钱雇佣关系所取代，"三叔""三婶""外甥"都成为了舅舅的雇工，雇佣关系与亲属关系的冲突最终导致了，外甥在愤恨之下给舅舅的工厂搞破坏时发生血案而被捕，舅舅的精神也因遭受了重大打击而病倒。

正是现代化的进程、城市文明的入侵肢解着乡村文化的基础。作家内心当中对于这样的异质文化有一定的排斥感，因此才有他小说中众多带有作家个人色彩的主人公。他们出身于农村却来到城市，与城市总有一种隔膜感而渴望回到乡村。同时，作家也通过一些人物的塑造拾起传统的碎片，把它们拼贴起来进行审视，思索着复归传统的可能性。在《村子》里，马子凯这个人物阅历丰富，睿智坚强，"耕读传家"是他的人生信条，他希望自己及自己的后代都能够以此为人生的轨迹，世代循环交替。这是中国士绅阶层延续千年的传统，但是现实却是残酷的，传统已经难以为继。以马红科为代表的松陵村新一代的农民实际被迫割断了与土地的联系，乡村已经不是他们精神的家园和依托，他们一门心思想要离开祖辈生活了多年的土地，发财是他们的唯一目标，传统的乡村已经在现代化的进程中彻底崩塌了。农民不仅不能重复祖辈反复走过的人生道路，而且在重新探索人生之路的过程中彻底失去了自己的人生。作家虽然青睐传统却没有回避现实，马子凯理想的破灭象征了乡村传统文化的全面崩溃，这也是作家理想的破灭，他的内心在渴望一种回归，但现实又无法回去，因此在他的小说中，我们看到了不断画着的圆。可以说，作家只能在小说的虚构世界中一次次地尝试着精神的回归。

《村子》里的祝永达是作家尝试回归的精神写照。祝永达有自己所坚持的道德标准和价值立场，也是传统士绅文化的代表。他与人相处坚守着"仁义"原则，田水祥在"文化大革命"时占用了他家的房子，"文化大革命"结束后按照政策应该将房子归还给他。但是，因为田水祥没有房子住，他就将房子无偿送给了田水祥。他与乡村血脉相连，与土地及其和土地相关的一切事物无比亲近，他发自内心地爱着乡村和土地的一切。祝永达从"解放"的第一天开始就站在松陵村的白皮松下，白皮松就是传统的象征，这里是祝永达试图回归的原点，他为着恢复他心中的那一套价值标准，为着恢复祖辈的传统而努力着。但是，祝永达反复地离开又回归，不懈地画着他人生的圆圈，执着地想要完成他精神的圆环，他能否实现他的愿望呢？《村子》没有给出正面的回答，主人公在小说中的圆形生命轨迹似乎又回到了起点，成为一次徒劳的挣扎，留下一个空洞的圆环。从这个空洞中我们看到了作家对回归传统理想的希望，但更多的却是对此的自我怀疑。短篇《逃》的女主人公杏儿的一句话点出了作家的怀疑，她说："你就不知道，人是不能走回头路的，人是走不回去的，你能回到你原来的生活吗？"

第八章 艺术技巧与技法的不懈追求

毫无疑问，作家潜意识里有一种回归的情结，希望回到自己精神的母体，回到往昔美好岁月，把想象中的过去当成自己的乌托邦，但又时刻发现这种希望的不切实际，因此才有了这种环形意象和结构的反复出现。事实上，这种精神文化层面的乡村正是囚禁了农民的无形的圆，实体意义上的传统文化已经被打碎，但这些文化的碎片残留在农民内心的深处。他们一方面受到现代文明物质层面的诱惑希望离开乡村或者改变乡村；另一方面又没有接受现代文明的精神启蒙，无法融入城市的生活，也没能在乡村建立新的精神价值系统。这一现实的后果就是农村道德精神的真空状态，为了填补这一真空，农民依然只能捡起传统的碎片拼接起一个虚假的传统。《村子》里田家重修祠堂，恢复祭祖的旧习，田广荣成了接受农民们跪拜与尊崇的大家长。村民希望再次树立一个能够主持公道的权威来恢复已经崩溃的人伦道德，但是，我们发现这个大家长已经不再是传统的那个以儒家思想为信仰的价值支点，他是一个投机分子，一个为了权力而不择手段的道德相对主义者。读者在这里能够清醒地意识到传统的精神已经丧失了，执着地想要恢复那个形式，其结果只能是成为作恶的挡箭牌，延续自己苦难的命运。既然乡村的传统已经回不去了，那么只要农民不从精神上摆脱乡村，他们的命运就始终会被困在一个自我划定的圆里，无法摆脱。

作家自己也同样如此，在短篇小说《逃》中，作家达诺逃向了想象中的精神家园，但现实告诉他精神家园的不存在，象征纯洁故土的女性已经被污浊玷污，因此小说的最后写到达诺"想仔细听听天籁之音，他只能听见四面青山在细声耳语，听见河水在喁喁而谈，听见树木、青草、岩石、天空、云彩在深情地呼吸，可是，他听不见确切的天籁之音究竟是什么？他对杏儿说，走吧，咱们走吧。步子迈出去了，他们究竟要到哪儿去，达诺自己也不知道"。达诺希望找到精神的皈依，因此他要离开这个想象中的家园，这样的情节设置表明作家已经意识到了自己在精神上想要回去而不得的状态，因此借小说表达了一种走出精神的圆圈，寻找新希望的努力，尽管他和达诺一样还不知道离开了精神之圆的循环,他的精神将走向何方。

第二节 小说结构

小说结构是指小说各部分之间的内部组织结构和外在表现形式,无论对于中短篇小说或是长篇小说而言,都需要营造有机结构,以便在相对的时空范围内储藏更丰厚的思想力量和艺术容量。

冯积岐在小说结构方面进行过多种探索。初入文坛时,他以中短篇小说见长,被誉为"短篇王",在不长的篇幅中,融入了作者对社会的细致观察和深刻理解。冯积岐短篇小说的结构艺术比较成熟,千变万化却各具特色。他毫不讳言受到威廉·福克纳、辛格、契诃夫、莫泊桑、菲茨杰拉德等作家的影响。30年来,冯积岐怀有真诚和勇气一直坚持短篇小说创作,200多部中短篇小说有着自己的创作特色和个性。

短篇小说将时间和空间高度浓缩,表达一定的生活内容,但若时空跨度过大,会影响小说题旨的表达。冯积岐通过时间和空间的变化,加强了小说的包容量,又突破了短篇小说于时间和空间的限制,展示了丰富的生活内容。《等待二十年》讲述一位中年已婚男子与年轻女孩长达20年的精神恋爱故事。中年男人是编辑兼作家,因帮助女孩编发过两首诗歌,两人开始通信神交。女孩明知男子已婚仍然在信中表达对他的强烈爱恋。这样走过了20个年头,男人曾无数次幻想她的眼睛、她白皙的脸庞和她绵软的身体,女孩仍断然拒绝见面。二人因此一度中断联系,后来女孩主动来信告知自己结婚的消息,之后又附上了和儿子的合影。男人很失望,觉得这是情感背叛,也曾利用公务之便去寻访女孩,却发现她留下的信息都是虚假的。故事至此,情节与英国小说《查令街十字路84号》颇为相似,书店女店主与古书销售商通信20余年,终生未曾谋面。《等待二十年》小说的结尾,剧情大反转,女孩主动要求见面,男作家终于知道事情的真相:女孩遭遇车祸,曾高位瘫痪,近年来下肢恢复部分知觉,男作家是她一直以来的精神支柱。

  冯积岐非常巧妙地运用了多重叙事的方法，第一重是男作家的内心剖白，采用倒叙手法，引出故事；第二重叙述男女主人公初次发生联系的场景；第三重迅速切换二十年间的几个重要场景和片段。小说基本遵循开端、发展、结局的因果叙述关系，将一个简单故事镶嵌进一个简短的故事框架中，在这种自如的时空和人物心理变化中感受到了新意。

  如果说《等待二十年》还是基于传统的小说模式，那么小说《刀子》则具有明显的反传统意识。

  而《曾经失明过的唢呐王三》采用了典型的"圆圈式"结构方式。主人公的境遇从一个原点开始，几经变化，又回到最初的状态。小说讲述一个民间唢呐人王三的故事。王三突然在清明节前一天毫无征兆地失明了，他并没有陷入常人想象的巨大痛苦之中，反倒很坦然地面对甚至很留恋失明后异乎寻常的生活体验。唢呐就是王三的灵魂，他们互相做伴相互交流，王三看不见母亲，却能感知唢呐平静的姿势和锃亮的黄铜色；王三看不见妻儿，却能在自己建造的精神花园中徜徉。不幸的是，王三又离奇地恢复了视觉，他看到了一个似是而非的世界，跟唢呐也无法交流，这令他痛苦不已。王三猛搣眼窝，跌落坡底，从此他失去了和这个世界交流的唯一铜黄亮色，又在一次出殡演奏后失足身亡。王三的生命始自唢呐，终于唢呐，荒诞的故事情节却以残酷的真实震撼心灵，展现了一个荒诞的世界镜像。

  他的中、短篇小说写法各不相同，比如《一个人的爱情》采用散文化叙事，抛弃了严密的结构，没有完整的情节。《逃》是一篇具有元叙事特点的小说，采用故事套故事的结构，叙事者达诺来到子虚山庄避暑、写作，他在写几年前就构思好的一篇小说：主人公是一个叫作"杏儿"的姑娘，故事是沦落风尘的杏儿和姐姐的悲惨经历。而在子虚山庄里，有一个女服务员就叫作"杏儿"，在无意中她发现达诺写的就是自己的故事。

  冯积岐的长篇小说的结构则形态多样，设置精巧，其成名作《沉默的季节》涉及的时间跨度有20余年，涉及诸多人物，涉及道德、伦理、欲望、救赎、尊严等主题，要将这些要素都统摄起来，需要一个精巧严密的文本结构。小说第一章结构很巧妙，17岁的周雨言和大她几岁的妇女宁巧仙，在一个轧完棉花的秋夜，一起坐着晃晃悠悠的手扶拖拉机回家。宁巧仙散发出的女人气息和诱惑让周雨言精神恍惚，他在半梦半醒中回望过去，一幕幕都历历在目：出生三天后就睡在祖母的怀里；6岁第一次去学校报名，家庭成分被贴上地主的标签；7岁时和哥哥周雨人去山里捡粪，初中时和同学闹革命；16岁被繁重的体力活压得夜夜遗精……周雨言天性细腻敏感，这样的意识流动既是一种回忆和叙述，也是与自身的一种对话和追问，这其中就牵扯出众多人物，如祖母、父亲、母亲、哥哥、夏双太、牛生浩、宁巧仙等，主人公周雨言的人生与命运与这些人物紧密联系在一起。小说描写了周雨言主要的活动空间，比如学校、拾牛粪的雍山，棉花厂、公路、河滩、打麦场等。作者在短短的十几页中，运用人物意识的流动，很自然地编织出一个叙事网络，通过时空的密集转换，引出了众多人物、众多场景，传达出丰富的信息量，并与之后的章节相互补充和辉映，在诸多种"关系"中展开网状叙事。可以看出，冯积岐在处理文本时采用了立体化思维、多元化视角来构成网状叙事结构，而这种网状叙事是以人与自身的关系、人与他人的关系、人与世界的关系，以及各种关系的延展性为基底的。

小说《敲门》仍是一部以农村为背景的小说，讲述西府农村一个年轻人历经四年考进大学的故事。小说有两重视角，分别以父亲与儿子为线索。一条线索描写主人公父亲的人生故事；另一条线索则叙述主人公四年以来为迈进大学校门所付出的辛勤努力和家人付出的沉重代价。这类故事形态可以归为块状叙事结构，作者在目录上已经体现出来，不同的叙事模块标注为A1、B1、A2、B2等，将相对零散的段落组合成有机的整体，以立体的方式和思维来表现生活，各模块之间有相对独立的故事和线索，打破了传统的线性叙事以及叙事的整一性原则，这样留给读者更大的想象和思考空间。块状叙事是在小说叙事结构上的一种有益探索，更专注于思想和情感的表达。儿子的奋斗史与父亲的人生经历交织在一起，小说通过这两代农民的切身经历，来反映社会变革给基层农村带来的巨大影响，不仅是物质方面的，还有内心的激荡，精神的向往，作者借用独具匠心的小说结构和充实的内容，思考农村发展和农民生活现状的真实问题。

《村子》是冯积岐目前为止艺术成就最高的一部小说，这是一部具有多条线索的小说，其中，以主人公祝永达的人生故事，特别是他两次当村长的经历为主要线索，其他人物的故事作为"枝桠"围绕主线展开，在这其中，田广荣和马子凯的故事是另外两条辅线，共同展现了农村社会的、经济的、文化的、人性的变迁。

冯积岐新近的一部小说《关中》是用散文笔法和结构写成的一部长篇小说。作者有意尝试跨文体写作，其真实的笔触和饱满的情感足以感染读者，让读者充分享受散文化写作带来的美感体验。中国现代小说已存在明显的"散文化"叙事特征，从鲁迅、废名到沈从文、艾芜，从萧红到孙犁等。汪曾祺开创了新时期小说散文化的先河，几乎每个重要作家都存在散文化的写作方式，小说的散文化的主要特点是结构方面"形散神聚"的美学特征。散文化小说一改传统小说以情节为中心的叙事模式，注重人物心理的描写和背景氛围的烘托，表达结构更加随意，体现出结构和内容的"散化"。

《关中》的写作历时十年，是作者对人生、对人性独特体验和理解的结晶。因小说采用散文化的写作方式，在结构处理方面很难借鉴小说对时空处理的一般方式，故而以顺时序展开。为避免"流水账"式的写作，作者有意识地把小说分为三卷，将时间切块，把空间浓缩，这样在一个相对集中的时空中，便于人物和故事的展开，又不至于"形散"。此外，小说分卷也利于突出中心人物，每一卷都有几个中心人物，如对我的父亲母亲的叙述分别在第一卷和第三卷中出现，只在卷内描写他们的人生片段，并未表现其完整的一生。

第三节　象征与暗示

冯积岐小说的背景大多设置在一个叫松陵村的地方，作者更多是借助了象征、隐喻、暗示等多种复合型的修辞方法，执着地书写着一个个有关"松陵村"的故事，传达出浓厚又独特的西部乡土气息。

小说中多处运用象征手法，作者可以借此更好地表达复杂又微妙的情感体验和思绪。短篇小说《一顶草帽》讲述了农民田广胜受到政府人员无端侮辱，十年来坚持上访，要求政府道歉，并赔偿他一顶草帽的故事。中国农村有句俗语："男人头，女人脚，只能看，不能摸。"田广胜那天出门戴着的那顶草帽是他作为一个人的脸面和尊严，所以当几个政府干事在后院对他拳打脚踢时，田广胜声嘶力竭喊出的不是"救命啊"或者"打人啦"，而是痛苦而嘶哑的几声："草帽！草帽！我的草帽！"田广胜十年来的坚持就为的是政府能够承认打人的错误，并且赔偿他一顶新的草帽，如果能够附带赔偿这些年的误工费、医药费十多万元，那是最好的结果。乡长换了三届，哪位领导也不肯抹开面子答应田广胜的"简单"要求，直到田广胜自己闹到市长那里，才有了一纸加盖政府公章的认错书和一顶新草帽。小说再现的不单单是一个民告官的普通案例，"一顶草帽"更象征着农民田广胜的个性觉悟、对个人尊严的维护，也针砭了乡村政治的某些流弊顽疾。

中篇小说《地下水》中的"地下水"是一个充满深意的象征。随着社会经济的迅速发展，松陵村村民的物质生活有了很大的改善，逐渐积累起丰富的物质财富。在风云激荡的社会转型期，农村的天然伦理关系受到挑战，甚至在经济大潮中迅速瓦解。农民们的传统价值观念也发生了急剧变化，但他们身上固有的劣根性并未发生改变。丰足的物质生活和贫瘠的精神生活存在巨大落差，欲望、妒恨、诋毁、伤害在无形中蔓延开来，悄然浸润松陵村这片土地。小说的最后，由于地下水不断上涨，不到两年，松陵村将会成为一片泡在地下水中的洼地。水能滋养大地，亦能淹没大地，"地下水"不就是隐藏在松陵村人民心中的各种欲望与纠葛吗？不正是一种精神性、本源性的象征吗？物质的富足不足以弥补精神本源的缺失，从这个意义上来看，冯积岐在这篇小说中延续了自鲁迅、赵树理一脉关于"国民性"问题的探讨，这是一个有责任担当的当代作家的忧患意识和深切思考，是对这些生活在大西北的广大农民命运的关怀与追问，也许唯有从"地下水"的内部突破重压，才能获得精神和物质的双重解放，生活才能切实有内容、有质量。

冯积岐早期的作品注重人物和事件的描摹，中后期的作品往往将一些意象转化成隐喻和象征性的存在。在这些意象中，松陵村口的那棵松树在多部小说中反复出现，形成一种"复调"，密集出现的意象寄托了作者深深的思乡情结，那棵松树也成为故土的象征，一种精神性的存在。同样出现得较多的还有蛇、鞋子、太阳等诸多象征性意象，这些意象具有丰富的指涉意义，构建起了冯积岐小说较为深广的意义空间。

蛇在西方文化中通常是诱惑与邪恶的化身，但蛇在中国文化中的形象却比较复杂，一方面多是蛇修炼成精的故事，蛇妖具备一定的人性特点，如《白蛇传》中的白蛇和青蛇；另一方面来源于民间习俗，妇女孕中梦见蛇多半是生子的征兆。在短篇小说《玩蛇的女孩》中，蛇的意象就颇具神秘和象征色彩。在一个暮春的午后，一对玩蛇卖艺的父女走进松陵村，父亲推着一个放着一大铁笼子蛇的独轮车来到大槐树下。村民们好奇围观，小女孩随即在笼中拎出两条镰把粗的蛇缠绕在自己的身体上，小女孩的头加上左右肩膀上的两个蛇头，形成了令村民惊叹的三头蛇景象。好事者不相信父女俩玩的是毒蛇，拿来一只下蛋的母鸡试验，母鸡被蛇咬伤腿后摇摇晃晃走了几步就死了。众人的胃口被吊了起来，又突发奇想，若让小女孩在蛇笼中度过一夜，每户就拿出一角钱。夜晚的松陵村仿佛迎来盛大的节日，石头的父亲将村民分为三组，每组必须履行监督任务，违者有相应处罚。调皮的石头用扫帚棍猛戳笼中的女孩，引起笼内蛇的躁动，令人惊叹的是，次日午后小女孩安然无恙地走出蛇笼，松陵村民如约一家上交一角钱。

顽劣的石头在玩蛇父女离开村子后仍不甘心，追上去继续欺负小女孩，想再拨弄拨弄毒蛇，几次三番，女孩回头一口咬在石头手腕上，半天工夫石头就死了。故事很简单，却触及人性的深层。作为看客的村民，不顾及女孩安全，要挑战感官刺激。石头等孩子，一而再、再而三地搞破坏，戳蛇的眼睛，戳女孩褴褛衣衫下露出的皮肉。万物皆有灵，生命平等，怀有一颗仁慈之心是对生命的最大尊重。

小说《敲门》中也出现过几次"蛇"的意象。丁小丽第一个发现家里的墙根下有一条菜色的粗蛇，在阳光下分外刺目。小丽对蛇的恐惧来自内心深处，尽管她还只是个少女。她8岁时曾经在梦中与一条蛇相遇，梦中的蛇更加凶悍，通体发黑，双眼放光，蛇头像木匠的钻子一样往她的身体里钻。小丽向母亲呼救，才发现母亲身上也缠绕着一条乌黑梢蛇。中国民间流传这样一种说法，女子梦见蛇往往是生子的吉兆，小丽也听母亲说起过，但是她怎么也想不明白为什么她们母女会在梦中被两条蛇同时缠住，不得脱身。蛇的隐喻一直伴随主人公小丽的成长。父亲去世后，14岁的小丽和母亲同时在家中的炕上被强奸了，一如她8岁时的梦境重现，不久小丽就发现自己怀孕了。整篇小说从一开始就埋下了伏笔，开篇对蛇的那段描写显然具有象征性、暗示性，蛇的意象与人物的梦境以及人物以后的命运冥冥之中联系在一起。

鞋子也是冯积岐笔下经常出现的意象。古典小说《金瓶梅》中描写了众多人物的鞋饰，为小说增色不少，其中也不乏一些隐晦的性意味。《一双布鞋》的故事很简单，儿子犁地时穿了父亲放在窗台上的一双布鞋，而正是这双布鞋引来父亲一顿暴打，儿子愤然自杀。这双布鞋是父亲第二任妻子做的，父亲相当看重，因为一双布鞋导致的悲剧，实际上源自无意识深层的人性。儿子从小失去生母，对女性有一种渴望和依恋，而在父亲那里，鞋子并非鞋子，而是一种性的权力，是儿子绝不能触碰的。作者这里写得非常隐晦，只是做了暗示，没有挑明。长篇小说《村子》中用鞋子来暗示女性的贞操和命运，比如黄菊芬患有先天性心脏病，不能和丈夫享受鱼水之欢，她的鞋子就格外地小，如圣洁的处女一般；马秀萍在一个阴雨天弄脏了鞋袜，鞋口灌满了污泥，越抓越脏，暗示了她被养父奸污的命运；薛翠芳的鞋子在小说中被多次描述，最开始她的鞋子一尘不染、干干净净，暗示了她的忠贞，而在她和田广荣结婚时所穿的皮鞋，鞋带和鞋身的颜色很不搭配，又暗示了他们后来生活中的争端。

"太阳"是光明的化身，能够驱散人间的阴霾，能够给人以力量。它高高在上，具有一种崇高的精神，默默地注视着人间的喜怒哀乐、悲欢离合，它像真理一样存在，无言地评判着人世的善恶。在冯积岐的成名作《沉默的季节》中，"太阳"是小说中至关重要的意象。主人公周雨言发现哥哥周雨人画的太阳是扁的，他试图把太阳画得圆一些，结果变得更扁了，扁太阳隐喻了那个特殊的时代，指出了那个时代真理的阙如，人的灾难性的生存状态。

特别需要指出的是，在《村子》中，冯积岐将鞭子、鞋子、三弦等诸多意象融入故事中，极大地丰富了小说的意义世界。小说中田水祥走到哪里手里都拿着鞭子，鞭子暗示了他缺乏独立思考、容易被人像鞭子一样利用，又写出了他在心理上留恋过去，在新时代下内心的不安、不满、焦灼和无处发泄的痛苦。马子凯是士绅文化的代表，他喜欢拉三弦，三弦象征了农村的士绅文化，而他的两个孙子马宏科和马林科却失掉了家族的优良传统，在村子里为非作歹，偷盗、抢劫无恶不作，马林科在打牌输钱之后去抢劫的时候杀死了马志敬，作者通过马子凯的三弦最后断掉暗示了农村士绅文化的断裂，这一发现无疑是深刻而具有现实的启示意义的。

第九章　西方文学影响下的冯积岐小说创作

——以卡夫卡为例

冯积岐的小说创作经历过两次转型，第一次转型是20世纪90年代初，准确地说是从1994年开始，他一改以前纯写实的现实主义的创作方法，小说开始充满现代主义气息，创作方法也多元起来，有现代主义荒诞写法的，如《短暂的军帽》《会飞的奶牛》；有象征写法的，如《红拖鞋》《刀子》；有隐喻写法的，如《断指》《没有屋顶的房子》；有意识流写法的，如《沉默的季节》《裸露的部分》。第二次转型是从2007年到现在，他扬弃了从20世纪90年代初到2006年十多年的艺术实验期——现代主义的、西化的、先锋的艺术创作风格，回归到现实主义的创作方法上来，但在现实主义里他又融入了现代主义的元素，如象征、隐喻、暗示、意识流、荒诞等手法。冯积岐艺术风格的转变与他对外国现代主义文学的借鉴与学习是分不开的，对于自己为何践行"现代现实主义"的艺术方法，冯积岐是这样解释的："我理解的现代主义是用荒谬的目光看待荒诞的世界。我觉得，现实主义的再现原则不能传达我对这个世界的理解。我开始用先锋的手法写小说，写了一段之后，我又觉得，我这样写作拒绝了许多读者。于是，我开始践行我的所谓的'现代现实主义'。我汲取了诸多现代主义的优秀东西。我以为，这不只是形式问题。在我看来，形式是内容的一个部分。现代主义的精髓是夸张变形。"[①]

[①] 吴妍妍：《写作是一种生存方式——冯积岐访谈录》，《小说评论》2012年第4期。

第九章　西方文学影响下的冯积岐小说创作

"用荒谬的眼光看荒诞的世界""夸张变形"是冯积岐很多小说的写法，这种写法的最重要的参照便是卡夫卡（Franz Kafka，1883—1924），卡夫卡的短篇小说给了他独特而难忘的感受："读了卡夫卡的短篇小说《乡村医生》《饥饿的艺术家》，我全身的毛孔都张开了。"[1] 在谈到自己的师承的时候，冯积岐坦承自己的创作受到了卡夫卡的影响："我虽然熟读了中国的四大名著，熟读了鲁迅和沈从文，可是，我的艺术是师承福克纳、卡夫卡、卡尔维诺等人。"[2]

卡夫卡对冯积岐的影响主要体现在两个方面，在小说主题上表现社会——特别是权力对人的异化，冯积岐在"文化大革命"前后作为社会边缘人的经历让他目睹了社会、权力对人的压迫，现实、存在的荒诞是冯积岐的真实感受，冯积岐和中国80年代后一大批作家接受卡夫卡的原因较为接近："中国刚刚从一场政治与文化噩梦中醒来，突然发现已经有人把同样的梦魇写入了小说。遭遇的相似性是卡夫卡在中国被毫无保留地接纳的直接原因。"[3]

在艺术手法上，冯积岐受了卡夫卡"用荒谬的眼光看荒诞的世界""夸张变形"手法的影响，他的小说尤其是短篇小说因此具有了浓烈的现代色彩。另外，冯积岐和卡夫卡的小说在有些方面具有非常相似和相通的东西，如小说的自传性、小说中的审父意识等，这些可以进行平行比较，从中可以更清晰地看出两人在小说中探讨的一些共同的问题，有利于更全面、深刻地理解冯积岐小说的思想和艺术。

第一节　内心世界向外部的巨大推进：卡夫卡与冯积岐小说的自传性

一　类似的创作动力

刘谦在《积岐小记》中这样描述冯积岐的精神气质："积岐是那

---

[1]　冯积岐：《冯积岐短篇小说自选集》，陕西人民出版社2012年版，第1页。
[2]　冯积岐：《〈逃离〉：一部剖析人性的力作——冯积岐访谈》，载李继凯编《冯积岐评论集》，文化艺术出版社2013年版，第448页。
[3]　张莉：《卡夫卡与20世纪后期中国小说》，中国社会科学出版社2012年版，第4页。

种忧郁得让人一见便想大哭的男人。他的忧郁痛苦，使人一见他便会生出些许宗教般的情愫。"① 冯积岐是一个特别忧郁的人，他的这种气质与他的人生经历有关，从青少年时期就失掉了正常的社会身份，作为地主家的后代，过了相当长一段时间非人的生活：被歧视、被批斗、被抄家、高强度的劳动、饥饿，他饱尝了人生的艰难与苦涩，这带给他精神上的痛苦与创伤，也让冯积岐对生活充满了恐惧。在《人的恐惧》一文里他这样写道："我的恐惧仿佛一种活菌附着在机体上，流淌在我的血管中。尽管，人的恐惧像内分泌一样来自人的内心，但无论如何是与社会的摧残分不开的，我的恐惧也是时代的某些病症在我身上的再现。"②

这些痛苦沉淀在冯积岐的内心里，得不到释放，苦闷是冯积岐写作的主要动力，厨川白村认为人的苦闷来源于各种各样的力的冲突，主要有两方面：一方面是人的生命力和创造力；另一方面为社会、道德、法律的拘束和压力。这苦闷如果能够得到升华便能产生文艺："在伏在心的深处的内底生活，即无意识心理的底里，是蓄积着极痛烈而且深刻的许多伤害的。一面经验着这样的苦闷，一面参与着悲惨的战斗，向人生的道路进行的时候，我们就或呻吟，或叫，或怨嗟，或号泣，而同时也常有自己陶醉在奏凯的欢乐和赞美里的事。这发出来的声音，就是文艺。"③ 冯积岐多次说写作就是他的生存方式，从某种意义上讲，冯积岐的创作就是他人生苦闷的宣抒。

冯积岐的这种性格和气质让他和卡夫卡具有了精神的相通性，他曾经把自己和卡夫卡作了一个有意思的比较："我的生活状态如同卡夫卡的短篇小说《地洞》中的老鼠，即使是在地洞中也是惴惴不安。在以后的青年和中年的前半期，我左冲右突，总是冲不出心理上的囹圄。巴尔扎克自信地以为，他的手杖上写着：他粉碎了生活。而卡夫卡很悲哀地说，他的手杖上写着的是：生活粉碎了他。如果我有一根

---

① 刘谦：《积岐小记》，《小说评论》1991 年第 1 期。
② 冯积岐：《人的恐惧》，《人的证明》，太白文艺出版社 1998 年版，第 16 页。
③ [日] 厨川白村：《苦闷的象征》，鲁迅译，江苏文艺出版社 2008 年版，第 25 页。

手杖,手杖上应该写着:我每天被生活粉碎着。"①

除了精神上的相通之外,冯积岐和卡夫卡还有着相似的创作动力,艺术是他们缓释内心郁结的重要手段和通道,创作对他们来说意味着获得治疗、自由和解放。

如果说冯积岐的精神创伤来源于社会、历史,那么卡夫卡的精神创伤则更多地来源于家庭,他的孤独感、恐惧感和负罪感都能从家庭内找到根源。在《致父亲的信中》,卡夫卡谈了自己性格形成的原因,他认为父亲是一个具有"卡夫卡气质"的人:强壮、暴躁、自鸣得意、高人一等;而自己是一个具有"洛维气质"的人:羸弱、敏感、怯懦,承受不了强大而狂暴的父亲给予自己的重压。卡夫卡在这封信里提到了在自己记忆里挥之不去的一个场景:一天夜里他闹着要喝水,父亲警告了几次没有效果,就粗暴地直接从床上把他拎起来放在阳台上,"从这以后,我确实变乖了,可我心里有了创伤。要水喝这个举动虽然毫无意义,在我看来却也是理所当然的,然而结果是被拎出去,我无比惊骇,按自己的天性始终想不通这两者的关联。那之后好几年,这种想象老折磨着我,我总觉得,这个巨人,我的父亲,终极法庭,会无缘无故地走来,半夜三更一把将我拽出被窝,拎到阳台上,在他面前我就是这么渺小。"② 这是父亲平时如何对待小卡夫卡的一个缩影,卡夫卡还提到,小时候每次他有满心欢喜的事就赶忙回家告诉父亲,得到的却是不以为然地冷嘲热讽、摇头叹息,使他对生活渐渐丧失了信心,父亲对他的教育方式也让卡夫卡终生难忘:"你在教育时所用的言谈手段影响尤其深远,至少在我面前从未失灵过,这就是:咒骂、威吓、讽刺、狞笑以及——说来也怪——诉苦。"③ 这样的教育让卡夫卡感到恐惧、孤独、无助,他说他眼里的世界分成三个:第一个是他生活于其中的奴隶的世界,充满了限制和束缚,自己无力逃脱;

---

① 吴妍妍:《写作是一种生存方式——冯积岐访谈录》,《小说评论》2012 年第 7 期。
② [奥]卡夫卡:《致父亲的信》,《卡夫卡小说全集》(Ⅱ),韩瑞祥等译,人民文学出版社 2003 年版,第 326 页。
③ 同上书,第 331 页。

第二个是父亲统治的暴君的世界，父亲在里面发号施令，动辄发怒；第三个就是他们父子之外的世界，人们生活幸福，不受命令和戒律约束。在奴隶的世界里和面对暴君的世界，卡夫卡有很深的耻辱感，他陷入了选择两难的境地：要么遵从父亲，要么反抗父亲，遵从意味着失去自我，违抗则意味着背叛——父亲在他心中的形象是极其高大的，是作为评价万物的尺度而存在的。卡夫卡总结说，他性格中负面的东西是父亲教育的结果："它们是你的教育的副产品，即懦弱；缺乏自信，内疚。"① 对卡夫卡来说，逃离父亲是自己获得自由和解放的必由之路，而写作是逃离父亲的重要方法，但是，卡夫卡说自己的写作又与父亲萦绕和纠缠在一起："我的写作都围绕着你，我写作时不过是在哭诉我无法扑在你的怀里哭诉的话。"②

逃离父亲、摆脱内心的痛苦和创伤、获得治疗和拯救成了卡夫卡写作的最重要的动力，这使得卡夫卡的作品具有了宣抒的特点，通过写作，卡夫卡排解、释放了生活的压力和苦闷，在艺术的世界里他获得了自由和解放。

二 创伤与叙事

卡夫卡和冯积岐从创作起源和创作动力上来说，都源于内心的痛苦和郁结，卡夫卡的痛苦来源于家庭，特别是父亲的影响，使他在小说中较多地以自己的经历去书写父子关系，而冯积岐的积郁在于社会、历史，冯积岐前期的小说表现出的对历史的关注，源于历史给自己带来的创伤，以及后来他逐渐形成的创作思想——还原历史，揭示"被遮蔽的生活"。家庭、历史对他们来说成为一个创伤性的存在，凯西·卡鲁斯在《创伤：探索记忆》一书中认为创伤就是"事件在当时没有被充分吸收或体验，而是被延迟，表现在对某个经历过此事之人的反复纠缠之中。蒙受精神创伤准确地说就是被一种

---

① ［奥］卡夫卡：《致父亲的信》，《卡夫卡小说全集》（Ⅱ），韩瑞祥等译，人民文学出版社2003年版，第348页。

② 同上书，第345页。

形象或事件控制"①。卡夫卡在《致父亲的信》中谈及他幼时父亲让他恐惧的经历,因为他的吵闹而粗暴地将他直接从床上拎起来放到阳台的经历让他终生难忘,"这种想象老折磨着我"②,父亲对他的嘲讽、狞笑、恫吓、咒骂也让他难以释怀。对冯积岐来说,因为历史的特殊性,他作为地主娃、"狗崽子",生活带给他的是一系列悲惨的遭遇:被迫辍学、超负荷劳动、饥饿、被批斗、失去尊严等萦绕着他的内心。当这些创伤来临时没有被他们充分理解,特别是年龄因素让他们在当时无法领会,创伤性的事件就会反复纠缠他们的内心。

安妮·怀特海德认为创伤型作家的小说会显示出创伤的特点:"同样清楚的是小说本身会因为它与创伤的遭遇而留下标记或发生改变。小说家们常常发现创伤的冲击力只有通过模仿它的形式和症状才能得到充分表达,因此时间性和年代学崩溃了,叙事的特征表现为重复和间接性。"③ 在卡夫卡与冯积岐的小说中显示了这种创伤小说的典型特点:卡夫卡和冯积岐小说中的主人公人物形象气质相近,且在精神上与作家自己相似,卡夫卡小说中一再重复的主题——人的孤独恐惧、父子冲突,冯积岐小说中对那段历史的不断书写,显示出某些重复叙事的特征,最典型的可能是《沉默的季节》《大树底下》与《关中》中的重复了,安妮·怀特海德说:"创伤小说的重要文学策略之一是重复策略,它能够在语言、形象或情节的层面上起作用。"冯积岐的上述三部小说,尤其是《沉默的季节》与《关中》,描述了同一历史时期发生在地主家后代身上的故事,小说的情节充满了互文,人物形象特别相似。

卡夫卡和冯积岐所受的精神创伤使他们的小说呈现出创伤小说的特征,如形象和情节的重复与互文,哈特曼认为创伤小说的这些特征往往凸显了作品的自传性,这些特征会被作家陌生化或者自觉地使用,

---

① Cathy Caruth, ed., *Trauma: Explorations in Memory*, Baltimore and London: Johns Hopkins University Press, 1995, pp. 4-5.
② [奥]卡夫卡:《致父亲的信》,《卡夫卡小说全集》(Ⅱ),韩瑞祥等译,人民文学出版社2003年版,第326页。
③ [英]安妮·怀特海德:《创伤小说》,李敏译,河南大学出版社2011年版,第3页。

小说里面纠结着一系列文本与现实的问题，主要体现在三个方面："在指涉性（故事和现实具有什么关系？）、主观性（受伤的主体还能以一种有意义的方式说'我'吗？）和故事（是角色控制着情节，还是他或她被情节控制呢？）。"① 哈特曼提出的这三点是解读卡夫卡与冯积岐小说的很重要的几个维度，比较起来，卡夫卡更多地在小说中对生活进行了"陌生化"，将个人体验进行升华，从而具有了超越性；而冯积岐则自觉地使用了创伤小说的形式特征，特别是他写"文化大革命"历史的小说，离他的生活经验和体验更近，体现出了更强的互文性。

三 自传性写作

自传性是卡夫卡和冯积岐小说的一个共同的特点，卡夫卡多次谈到自己写作的这个特点，"从文学角度来看，我的命运很简单。为描绘我梦一般的内心生活的意识将所有别的东西逼到了次要的位置"②，"写出完全出自我内心的全部恐惧不安的状态，这种状态正像是来自深处，进入到纸的深处，或者是那样地将它写下来。使我能够将这个写下来的东西完全并入到我的身上"③。在同雅诺施的私人谈话里，卡夫卡认为他的创作是"个人的噩梦"④、是"私人记录""人生弱点的见证材料""孤独的见证材料"⑤。

卡夫卡的小说世界与其经验世界有着很多的重叠，他的很多小说取材于自己的人生经历和体验，各国的卡夫卡研究者都不约而同地提出了他作品的自传性的问题，默里说："卡夫卡的生活和创作的主题之间存在着惊人的一致性。"⑥ 桑德尔·L. 吉尔曼说："他的经

---

① Geoffrey Hartman, "On Traumatic Knowledge and Literary Studies", *New Literary History*, No. 26, 1995, pp. 537 – 563.
② 叶廷芳主编：《卡夫卡全集》第6卷，孙龙生译，河北教育出版社1996年版，第335页。
③ 同上书，第149页。
④ 叶廷芳主编：《卡夫卡全集》第5卷，黎奇、赵登荣译，河北教育出版社1996年版，第451页。
⑤ 同上书，第317页。
⑥ [英]默里：《卡夫卡》，郑海娟译，国际文化出版公司2006年版，第32页。

验世界与文学世界之间没有界限。生活中的一切都是他写作的素材。"① 罗杰·加洛蒂说:"卡夫卡的世界和他的生活是用同样材料造成的。"② 卡夫卡的几部代表性的作品:《判决》(The Judgement, 1913)、《城堡》(The Castle, 1926)、《诉讼》(The Trial, 1925)都显示了这种自传性。

在《判决》中,格奥尔格·本德曼将自己订婚的消息写信告诉了在俄罗斯的朋友,父亲却很生气,对格奥尔格·本德曼进行了嘲讽、怒斥,儿子在气愤之下出言不逊,父亲判决他去投河,格奥尔格·本德曼听从命令投河自杀。这篇小说中的情节如父子冲突、订婚等是卡夫卡生活的真实写照,在1913年2月11日的日记里,卡夫卡写下了自己与这个小说的关系:"这个故事就像是合乎规律地从我身上生出来的满身污秽浑浊的孩子,只有我能用手伸向这个躯体。"③ 他指出了这篇小说中人物名字是有所指涉的,主人公叫 Georg Bendemann,这个名字中 Georg 和 Bende,分别和 Franz 与 Kafka 相对应,都为5个字母,甚至 Bende 和 Kafka 两个字中的元音的位置都是一样的,作品当中提到的格奥尔格·本德曼的未婚妻 Frieda 与作家的未婚妻 Felice 相对应,都有6个字母。卡夫卡的日记给这篇充满了荒诞和梦幻色彩的小说提供了一个解读的视角,桑德尔·L. 吉尔曼认为"这个具有还原性的叙述非常机械,因为卡夫卡在创作过程中清醒地意识到他要捕捉艺术(他讲的格奥尔格的故事)与生活(他围绕菲莉斯的杜撰)之间的关系"④。罗纳德·海曼认为这部作品里的"新东西不是弗洛伊德的影响,而是一个作家完全听任这部自传性小说情节自由发展的结果。小说虽然含沙射影,但是比以前更加明目张胆,更加清清楚楚,更加胆大包天"⑤。海曼指出

---

① [美]桑德尔·L. 吉尔曼:《卡夫卡》,孙永国译,北京大学出版社2010年版,第58页。
② [法]罗杰·加洛蒂:《论无边的现实主义》,吴岳添译,百花文艺出版社2008年版,第104页。
③ 叶廷芳主编:《卡夫卡全集》第6卷,孙龙生译,河北教育出版社1996年版,第240页。
④ [美]桑德尔·L. 吉尔曼:《卡夫卡》,孙永国译,北京大学出版社2010年版,第59页。
⑤ [英]罗纳德·海曼:《二十世纪现代文学大师:卡夫卡传》,赵乾龙等译,作家出版社1988年版,第2页。

"《判决》中有几段，如果不联系到自传，是几乎不能理解的"[①]。

卡夫卡的《城堡》历来被认为是文学史上最难懂的作品之一，瓦根巴赫认为这部作品具有相当强的自传色彩："这部小说以其他作品无可比拟的鲜明性表现出'现实微粒'：卡夫卡个人的境况（这年，他最终告了工伤事故保险公司），在祖拉奥的经历，城堡和村庄的地域性（现实中有，而今依然存在），……书信与日记中一再提到的，被剥夺了权利的人的状况的基本模式以及与米勒纳的爱情等。恩斯特·波拉克的一些性格特征（除了米勒纳之外，他始终还跟其他女人来往）凝聚进克拉姆这个人物中（这显然是卡夫卡从他拿恩斯特这个名字作的一个文字游戏中引申来的，这个名字他已在书信中采用过），也包括爱情的纠葛：土地测量员力图通过与克拉姆始终藕断丝连的弗里达达到定居的目的。"[②] 默里认为《城堡》在两方面具有自传性，一是小说当中 K 与弗丽达的关系接近于卡夫卡与米伦娜的关系："《城堡》中的弗丽达同米伦娜有某种相似之处（米伦娜的丈夫恩斯特·波拉克则与城堡的部长克拉姆相似），约瑟夫·K 为了追求自己那模糊而不确定的目标无情地抛弃了弗丽达，正如卡夫卡为了文学创作而放弃爱情一样。"[③] 二是小说中 K 与城堡的关系非常接近卡夫卡与父亲的关系："从人生经历的角度来看，这部小说反映了卡夫卡同其父亲之间的关系，城堡是父权的象征。"[④] 卡夫卡的朋友，也是卡夫卡研究的权威马克斯·伯罗德认为，《城堡》除了宗教的因素外，传记性是个非常重要的前提，"人们可以在长篇小说《城堡》中找到卡夫卡对密伦娜的爱情关系的反映，这些往往是以古怪的疑惑和轻蔑的方式表达出来的。这是所发生事情的强烈的扭曲变形，也许只有用这种手法才能拯救他脱离危机"[⑤]。

卡夫卡的另外一部小说《失踪者》（*America*，1927）也有一定的

[①] [英]罗纳德·海曼：《二十世纪现代文学大师：卡夫卡传》，赵乾龙等译，作家出版社1988年版，第3页。

[②] [德]瓦根巴赫：《卡夫卡》，韩瑞详译，陕西人民出版社1986年版，第188—189页。

[③] [英]默里：《卡夫卡》，郑海娟译，国际文化出版公司2006年版，第266页。

[④] 同上。

[⑤] [德]马克斯·伯罗德：《卡夫卡传》，汤永宽译，漓江出版社1999年版，第223页。

自传色彩，卡夫卡的传记作家彼得-安德列·阿尔特通过考证，证实了小说的一部分素材来自于卡夫卡的家庭传说，卡夫卡的几个堂叔在20世纪初离开欧洲到美国安家立业。另外，卡夫卡父亲赫尔曼长兄的儿子奥托·卡夫卡1897年逃离了父母，经过辗转到达美国，白手起家成为纽约的富豪，购置了挨着洛克菲勒别墅的大庄园，"他也可能是卡尔·罗斯曼的美国参议员舅舅爱德华·雅各布的原型"①。奥托的胞弟罗伯特·卡夫卡是罗斯曼形象的一个原型，家里的厨娘引诱了学完法学课程的14岁的罗伯特·卡夫卡并使自己怀孕，"卡夫卡无疑听说过这件事并在构思小说故事情节时采用了它"②。默里认为在这个小说里隐含着父与子的关系，这种关系接近卡夫卡与父亲赫尔曼的关系，卡尔·罗斯曼的漫游是在"寻找精神上的父亲"③。

卡夫卡将自己的小说与自己生活的关系比喻为新房子和旧房子，他说，写小说就像盖一所新房子，所用的材料就是自己的生活——旧房子，但造到一半的时候没了力气，原来的旧房子不见了，"留下的只是一座毁了一半，另一座造了一半的房子"④。罗杰·加洛蒂总结说卡夫卡"作品的材料和生活的材料相同是显而易见的；在《一场战斗的描写》里布拉格令人着迷的存在，在《致父亲的信》《判决》及《变形记》的气氛之间、在他的职员经历和《审判》里人间与天上的官僚机构之间、在《城堡》和《致密伦娜的信》之间的密切关系"⑤。

冯积岐在他的小说中反复地去叙述"文化大革命"前后的故事，展示时代对人的压迫和伤害。在他的作品中有很多相似的主题、相似的人物。作家的这一写法与其自身经历有关，他亲身经历过"社教""四清"和"文化大革命"，"地主娃"的坎坷遭遇让他铭心刻骨。冯

---

① [德]彼得-安德列·阿尔特：《卡夫卡传》，张荣昌译，重庆大学出版社2012年版，第346页。
② 同上。
③ [英]默里：《卡夫卡》，郑海娟译，国际文化出版公司2006年版，第169页。
④ [法]罗杰·加洛蒂：《论无边的现实主义》，吴岳添译，百花文艺出版社2008年版，第104页。
⑤ 同上书，第105页。

积岐后来接受访谈时谈到了这段经历,他家的地主成分使他被迫辍学,初中毕业后回到家里成了一个农民,前途一片渺茫,这种身份的转变使他无从适应,但是更大的灾难还在等着他,被批斗、凌辱、抄家的经历像梦魇一样久久地挥之不去,这种失去尊严、对生活的恐惧感受成了冯积岐很久走不出的心灵牢笼,他也谈到了自己为何热衷于书写和反思那段历史的原因:"我觉得目前中国大陆的文学作品对"文化大革命"这段历史记录有所偏差,特别需要从人性的角度进行反思。如果我们这一代人集体失忆,是对民族的不负责。"①

冯积岐作为"地主娃"的人生经历给他的作品打上了深深的烙印,在他的作品中,他反复地去叙述那段历史,《沉默的季节》中周雨言在某种意义上就是冯积岐的自画像,小说中的周雨言的父亲、奶奶的原型就是冯积岐的父亲和奶奶。《大树底下》直接把背景放在那段时期,展示"文化大革命"带给人肉体和心灵的创伤,以及亲情的疏离、道德的解体、人伦的丧失,里面描写的抄家、批斗都是冯积岐所亲身经历过的。《敲门》中关于历史的部分写的也是"文化大革命"的那段时期。《村子》中在新时期去掉了地主身份的祝永达,其身上有很浓重的冯积岐本人的影子,祝永达的很多经历,如入党、当兽医等是冯积岐所亲身经历的。在《逃离》《粉碎》中那段时期若隐若现地出现,成为一个背景性的存在,小说中的主人公身上都打上了这段历史的烙印。冯积岐小说里这些人物,从周雨言到祝永达再到景解放,他们是一个序列,有着共同的历史渊源,有着精神的相通性,可以说他的大部分长篇小说是对"文化大革命"时期遭遇凌辱与伤害的这类人的命运、存在的可能性的探讨。

在冯积岐的所有小说中,自传性色彩最为浓厚的是他的《沉默的季节》,在这本小说里,主人公周雨言所经历和回忆的大都是冯积岐所亲身经历和体验过的,这样的情节和场面在小说中至少有 15 处左右:周雨言在山里劳动、生病,学生批斗老师牛生浩,在学校入团,

---

① 邰科祥:《"好作家要能表达边缘的东西"——冯积岐访谈录》,《宝鸡文理学院学报》2011 年第 4 期。

小学去学校报名,被抄家,被抄家后睡在没有屋顶的房子里,掉进井里,饥饿的感受,斗争会的场面,在雍山里得到一个女人给的搅团,周雨言和吴小风结婚的场面,周雨言被乡政府招聘为半脱产干部,去银行换银元的故事等,这些情节在冯积岐的散文《灾变》《讲人生诉说给自己听》《我的人生,我的文学》《银元》等散文中都有记录和书写,评论家李星在评论《沉默的季节》时这样说"它确实包含了许多冯积岐个人的生活经历和痛切的人生经验。也可以说它是至今为止,作者个人生命和人生体验的一次最集中的投入和最大面积的释放。……是眼泪和热血铸就的生命笔墨"[①]。

在冯积岐的一些小说中,父亲、母亲、祖父、祖母的原型,以及家庭结构都是依据作家自己家庭为原型的,如《我的农民父亲和母亲》《沉默的季节》《大树底下》等,郑金侠的《用苦难铸成文字——冯积岐评传之一》较为详尽地考证了冯积岐小说的人物、情节和作家自身的关系,认为冯积岐的松陵村叙事和他的"人生经历、个人体验分不开"[②]。卡夫卡对自己小说与自己生活关系的解释对冯积岐来说是比较贴切的:生活是旧房子,小说是新房子,作品往往是盖到一半左右的样子,留下的只是一座毁了一半;另一座造了一半的房子。

一方面,冯积岐有的小说以自己的家庭为原型;另一方面,冯积岐孤独、细腻、敏感、自尊的性格也投射在小说的人物身上,《沉默的季节》中的周雨言、《村子》中的祝永达、《遍地温柔》中的潘尚峰、《两个冬天,两个女人》中的达诺都是这种性格的人物,从中依稀可以看到作家自己的影子。

第二节 审父

"父亲"这一形象是卡夫卡和冯积岐小说中比较引人注目的形象,卡夫卡的《判决》《变形记》(*The Metamorphosis*,1915)、《失踪者》

[①] 李星:《冯积岐和他的〈沉默的季节〉》,文化艺术出版社2013年版,第3页。
[②] 郑金侠:《用苦难铸成文字——冯积岐评传之一》,《传记文学》2014年第1期。

中"父亲"的形象在小说中起着至关重要的作用,"父亲"这一形象也是打开卡夫卡小说世界的很重要的一扇窗户。而在冯积岐的小说中,"父亲"的形象是他小说人物群像中比较重要的一类,他很多小说的名字都直接与父亲有关,如《我的农民父亲和母亲》《寻找父亲》《不能责怪父亲的年代》,长篇小说《沉默的季节》《大树底下》《敲门》《村子》更是塑造了一系列的父亲形象。

在《致父亲的信》中,卡夫卡称自己写作的目的是为了逃离父亲,也道出了自己的小说与父亲的关系:"我的写作都围绕着你,我写作时不过是在哭诉我无法扑在你的怀里哭诉的话。"[①] 卡夫卡很多小说都是书写父子冲突或是隐含着父子冲突这个主题的,有评论者指出:"卡夫卡是有意地把自己的创作视为一种'儿子'的行为,所以其所有作品都蕴含着一个最基本的潜在的主题,也就是'儿子们'。"[②] 卡夫卡的传记作者默里认为"父子之间的矛盾毕竟为他的世界——他在小说中、书信中、日记中勾勒的世界——投下了阴影"[③]。

卡夫卡最早有"父亲"形象、写父子冲突的小说是《判决》,父子之间因为儿子写信的事情起了争执,儿子发现父亲一直在监视他,父亲的冷嘲热讽让他不由得对父亲略有冒犯,暴躁的父亲判他投河,但格奥尔格·本德曼没有反抗和挣扎,顺从父亲的命令投水而死。这篇小说中格奥尔格·本德曼眼中的父亲尽管是一个病人,却非常高大,当他从床上站起来的时候可以轻易用手摸到天花板,父亲告诉格奥尔格他可以轻松地对付他,小说中格奥尔格看父亲时一直在仰望,这与《致父亲的信》中卡夫卡关于父亲高大、威武的身躯和自己瘦弱身体的描述是非常一致的。尽管父亲判他投河,但小说结尾格奥尔格在投河前却诉说着自己对父母的爱,这说明了格奥尔格是想得到父亲的爱和认可的,接受父亲的判决在某种程度上是获得父

[①] [奥]卡夫卡:《致父亲的信》,《卡夫卡小说全集》(Ⅱ),韩瑞祥等译,人民文学出版社2003年版,第345页。

[②] 胡志明:《卡夫卡现象学》,文化艺术出版社2007年版,第173页。

[③] [英]默里:《卡夫卡》,郑海娟译,国际文化出版公司2006年版,第32页。

亲的爱和认可的一种方式，尽管这结果对自己来说是毁灭性的，默里认为小说最后的情节"反映了卡夫卡极度渴望同父亲建立正常的关系"[①]。

《变形记》中的父亲的形象是一个健壮、凶狠、暴躁、对儿子缺乏理解和关爱的形象，小说开头格里高尔眼中的父亲是一个老人，整天读读报纸，无所事事，但身体仍然很壮实，特别当父亲发现格里高尔变成甲壳虫后，准备重整旗鼓担起家庭的责任，到银行做了一个杂役，格里高尔惊奇地发现父亲是那么高大，眼睛炯炯有神，而且格里高尔也第一次发现父亲靴子的后掌大得惊人。《变形记》中父亲对儿子是严厉、冷漠、缺乏基本的父子温情的，格里高尔受到的最严重的两次伤害均来自父亲，第一次是当父亲发现格里高尔变成甲壳虫时，没有表现出惊骇和痛心，反倒大喊大叫催促他赶快进屋去，格里高尔担心父亲的手杖会给自己致命打击，拼命地想挤进自己的房间却被卡住，父亲极其粗暴地从后面猛力一推，使格里高尔浑身鲜血淋漓；第二次是母亲和格蕾特收拾格里高尔的房间时，母亲被格里高尔的样子吓晕了过去，父亲将家里的苹果装满了好几个衣服口袋，轰炸一样地用苹果砸他，一个苹果砸中了格里高尔的后背，这次伤害对格里高尔是致命的，自此后他失去了灵活性，患上了失眠，也吃不进去任何东西，最后悲惨地死掉了。默里认为《变形记》中的父亲与现实中卡夫卡的父亲有着无可置疑的相似性："赫尔曼·卡夫卡正是这幅肖像的原型：不肯宽恕、不肯原谅、一味非难、顽固地拒绝理解。"[②] 罗纳德·海曼认为《变形记》是卡夫卡内心生活的记录，是围绕着父子关系展开的，"《变形记》的基本思想是父亲的一份'赠礼'：要求把自己当作小虫看待"[③]。海曼的看法很有启示意义，让人想起卡夫卡在《致父亲的信》中所提到的他与父亲的互相斗争，卡夫卡说这种斗争分两种：一

[①] [英]默里：《卡夫卡》，郑海娟译，国际文化出版公司2006年版，第100页。
[②] 同上书，第112页。
[③] [英]罗纳德·海曼：《二十世纪现代文学大师：卡夫卡传》，赵乾龙等译，作家出版社1988年版，第211页。

种是骑士的斗争；另外一种是甲虫的斗争①，《变形记》中"甲壳虫"在与父亲的斗争中被击溃了，在卡夫卡同雅诺施的谈话中，他也承认了这篇小说的自传色彩："这不是暗记。萨姆沙不完全是卡夫卡。《变形记》不是自白，虽然它在一定程度上是一种披露。"②

卡夫卡另外一部明显出现"父亲"形象的小说是《失踪者》，主人公卡尔·罗斯曼因为生活不检点而被父亲所驱逐，小说所书写的就是他的流浪经历，在这部小说中，父亲没有直接出现，却像阴影一样笼罩着卡尔·罗斯曼的生活，小说中他屡次回忆起父亲，也显现出了他对父亲具有悖论性的态度：一方面父亲不容辩解地对他进行了处理，他对父亲是怀着抱怨的，他要和父亲进行争斗；另一方面他极其渴望得到父亲的爱、谅解和宽容，在这种矛盾、内心的负罪感和受虐的心理上，卡尔·罗斯曼和格奥尔格·本德曼，以及格里高尔是一脉相承的。默里认为卡尔·罗斯曼被父亲所放逐，他的流浪中包含着寻找的意义，他在寻找可以效忠和信任的"精神上的父亲"③，但最后还是失败了，深陷在精神迷惘的沼泽里。

当卡夫卡把他的《失踪者》中的一部分《司炉》（*The Stoker*，1913）交给出版商时，曾建议把他们合集出版，并且给他们拟了一个名字：《儿子们》，确实在这三部小说中，儿子的精神特质、父亲的形象都具有惊人的一致性，儿子都迫切地想走近父亲获得关爱和谅解，而强大的父亲专横、跋扈、残忍，最后胜利的始终是父亲，失败甚至死亡的都是儿子。默里评价说，在这三部小说中"弗朗兹同赫尔曼这对父子的关系隐含在每篇小说的背后"④。彼得-安德列·阿尔特认为我们可以称卡夫卡为"永远的儿子"，对父亲的顺从和恐惧是他生存的前提，他之所以没有结婚是因为婚姻会破坏他作为儿子的身份——这种身份

---

① 参见［奥］卡夫卡《致父亲的信》，《卡夫卡小说全集》（Ⅱ），韩瑞祥等译，人民文学出版社 2003 年版，第 335 页。
② ［奥］卡夫卡、［捷］雅诺施：《夫卡口述》，赵登荣译，上海三联书店 2009 年版，第 23 页。
③ ［英］默里：《卡夫卡》，郑海娟译，国际文化出版公司 2006 年版，第 169 页。
④ 同上书，第 168 页。

成了他写作的前提，彼得-安德列·阿尔特考察了卡夫卡的小说之后进而说，卡夫卡作为"永远的儿子"使他的作品呈现出了独特的美学特征："卡夫卡的文学作品受一种圆形美学的约束，这种美学反映出永远的儿子的自我结构形式。"①

卡夫卡后期小说中"父亲"的形象没有直接出现，但在他的一些小说中，如《在流放地》（In the Penal Colony，1919）、《城堡》《诉讼》，老司令官、城堡、法庭代表着威权，它们的形象具有专横、粗暴、高大和神秘的特征，这些特征与卡夫卡前期小说中的"父亲"形象有相似之处，默里从传记的角度考察了《城堡》和《诉讼》后，认为在《城堡》中城堡象征着父权，"从人生经历的角度来看，这部小说反映了卡夫卡同其父亲之间的关系"②，《诉讼》这部小说可以理解成"卡夫卡与父权之间的矛盾"③，在《诉讼》里，默里认为 K 一直试图接近法庭、与法庭进行和解的行为，与卡夫卡自身无望而徒劳地试图接近和愉悦父亲之间存在着内在的关联。

卡夫卡的前、后期小说中"父亲"的形象经历了一些转变，冀桐认为后期卡夫卡小说中"父权的具体形象逐渐被抽象的法和集团的无名权威所取代，单纯的父亲形象演变为较为复杂的父亲——威权意象"④，正如《城堡》中的城堡对 K 来说遥远、神秘，可望而不可即，城堡对人形成了强大的压力，很多人都成了他的牺牲品；《诉讼》当中的法庭具有强大的权力，像阴云一样笼罩着人的生活，使人无法逃脱。K 被判有罪，可他不知道自己究竟犯了什么罪，在试图拯救自己的过程中，K 发现了法庭可笑荒唐的一面，但是他却无法真正走进去一探究竟，法庭呈现出神秘莫测而又专横的面貌，不论 K 怎样努力，最终还是没能逃脱法庭对自己的判决，被处死在荒野的采石场里。

---

① ［德］彼得-安德列·阿尔特：《卡夫卡传》，张荣昌译，重庆大学出版社 2012 年版，第 553 页。
② ［英］默里：《卡夫卡》，郑海娟译，国际文化出版公司 2006 年版，第 266 页。
③ 同上书，第 172 页。
④ 冀桐：《畏父·叛父·审父——略论卡夫卡创作中的父子冲突主题》，《张家口师专学报》（社会科学版）1994 年第 3 期。

卡夫卡后期小说中"父亲"形象的变化使他的小说在很大程度上摆脱了"自传性"的特征,而呈现出更复杂的意蕴,这些小说是社会的真实写照,写出了当个人面对威权时的无助和悲惨的命运,像 K 这样的弱者的反抗显示了人的存在的被束缚的状态,从这个意义上来说,卡夫卡在小说中完成了对自己的超越。

"父亲"形象也是冯积岐小说的人物群像中比较重要的一类人物形象,他写"父亲"的小说也比较多,《没有屋顶的房子》中的少年一直感觉到孤单,父亲在他心中的形象是极其模糊的:"父亲的身影在少年视线里变化着:先是庄稼人很少留的偏分头,再是高大的背身,还有两条艰难地垂下来的手臂。而后,清晰的部分就消失了,只留下一个符号,符号越飘越远,愈远愈模糊,直至消失在时间里,隐没在环境中。之后少年觉得,父亲没有了……"[①] 小说中少年作为"地主娃"目睹了家被抄的过程,最后只能睡在没有屋顶的房子里;而"父亲"身躯虽然高大,却给不了儿子任何保护,父亲在儿子眼里的形象是极其软弱和无能的:"父亲高大的身躯在仅有的阳光中泻下一个影子,虚弱的影子给少年的心中平添了一些凉意,逃离的愿望不失时机地来撺掇他;你怎么能靠在这个高大的影子上呢?这就是父亲?连儿子也保护不了的父亲?"[②] "父亲"在这篇小说中有多重意义,既是在现实中保护不了儿子的父亲,又具有象征意义,"父亲"是对人的一种基本的庇护,失去了这种庇护,只能睡在"没有屋顶的房子"里。

"父亲"形象在冯积岐小说中呈现负面形象较多,在《我的农民父亲和母亲》中的父亲暴躁而又懦弱、可怜而又可气,因为很小的事情怒骂母亲,买布时为了顾及面子竟然接受被人捉弄,梁桂兰多种了父亲的三分地,他不理直气壮地去找对方理论,而是非常委婉地让对方知道,一方面他要维护自己的尊严;另一方面显示了他对生活的害怕和小心,小说中这样写道:"父亲是最靠不住的,年少的我曾经这样想,父亲宁肯饿死在家也不肯出去讨饭的,他连去隔壁借一件家具

---

① 冯积岐:《没有屋顶的房子》,载《小说三十篇》,东方出版社 1998 年版,第 150 页。
② 同上。

的勇气都没有。他被他的自尊扼杀了。"①《我的农民父亲和母亲》是冯积岐第一次写"父亲",这篇小说中的"父亲"的原型就是冯积岐自己的父亲,"父亲"离开地主家庭去省城干部培训班接受了培训,后回到凤山县工作,因为家庭出身的原因没有获得提拔,最终又回到了农村。"父亲"的这种经历与冯积岐父亲的经历是一致的,这篇小说具有很浓烈的自传色彩。

《沉默的季节》中周雨言的父亲周志伟的形象和《我的农民父亲和母亲》比较接近,人生历程也基本一致,周志伟是一个对生活充满无奈、面对生活无能为力而又自尊的一个人,当家庭遇见灾难的时候,很少见他为家庭成员分担生活的压力,周雨言因为是"地主娃"找不到媳妇,父亲周志伟坚持用周雨梅给周雨言换媳妇,因此也导致了周雨梅的人生悲剧。

冯积岐另一部小说《大树底下》中罗大虎的父亲罗世俊,在精神气质上和《沉默的季节》中的父亲形象是一脉相承的,他内心脆弱、脾气急躁、在艰难困苦面前显得很懦弱、对子女非常隔膜和疏远。小说中罗二虎的死亡并没有让这个父亲伤心,他反倒生气大家的吵闹影响了他的休息;罗大虎和伙伴们一起去山里砍柴,天黑的时候家长们担心孩子的安全都去接孩子了,唯独大虎的父亲在家里睡觉而没有去接已经非常疲惫的儿子;罗大虎因为看见了卫明哲和许芳莲的苟且之事,老卫让罗大虎成为瞎子,罗大虎真的眼睛瞎了,罗世俊看见儿子瞎了的样子不但不难过、担心,反而用沉重的脚步和不停的干咳声表示对失明的儿子的讨厌;当罗大虎被卫明哲派人抓起来捆在树上殴打的时候,作为父亲的罗世俊不管不问,还嫌儿子破坏了自己内心的安宁。

在《我的农民父亲和母亲》《沉默的季节》《大树底下》这三部小说中,冯积岐呈现了一个内心脆弱而又自尊、脾气急躁而又懦弱、对子女疏远而活在自己世界中的父亲形象。

---

① 冯积岐:《我的农民父亲和母亲》,《朔方》1994年第8期。

在冯积岐的其他小说中,"父亲"充满了象征意味,在《不能责怪父亲的年代》中的父亲和大伙拉粮食给救灾机构,儿子山虎——也是小说的叙事者——饿得受不了了,偷吃了车上的黑豆,愤怒的父亲用鞭子狠狠地抽了他,小说细腻地描写了儿子被打的感受:"父亲第一鞭子抽来,我的招架没有款式,只是将身子向一块儿缩了缩。父亲第二鞭子抽来,我觉得我大概是掉进冰窖里去了,冷得直颤抖。第三鞭子抽下去的时候,我听见冬天的早晨从父亲的鞭梢子上断裂的响声如打雷一般。"① 儿子最后被生黑豆给噎死了,小说最后叙事者"我"的话意味深长:"假如我能活到现在,我将对我的儿子说,我是不会忘记那年代的。既然我能够活下来,我就不叫自己被那个年代淹没。当然,我很清醒,我和我的父亲所处的年代是无法责怪父亲的年代。"② 小说里的背景是冯积岐最擅长写的"文化大革命"时代,这个小说的意义只有放置在那背景里,"父亲"的象征意味才会显现出来,儿子处在饥饿得将要死去的境地里,父亲却没有给儿子任何的庇护,反倒促使儿子死亡。"父亲"象征着一种保护力量,当这种保护也成为压迫的时候,儿子的悲剧是注定了的,这是《不能责怪父亲的年代》思想的深刻之处。

《寻找父亲》中的冯巩顺在那个特殊的年代里作为"四类分子"度过了一段不堪回首的岁月,"背负了一个没有父亲的漫长年代"③,小说的一条线索围绕冯巩顺和儿子冯正敏展开,展示了父子间巨大的心理差异,冯正敏因为家庭出身的原因没能考上县剧团,他和季红娟的爱情又因为家庭出身被拆散了,冯正敏曾经憎恨过父亲,"地主加反革命的父亲成为他完成欲望的第一障碍。他从心里排斥了父亲,他完全处在了一个失去父亲的年代"④。时代变化之后,冯正敏有了自己的公司,他报复了以前伤害过他的季红娟,把工人当成为自己赚钱的

---

① 冯积岐:《不能责怪父亲的年代》,《太阳》1998年第1—2期。
② 同上。
③ 冯积岐:《寻找父亲》,《延河》1995年第6期。
④ 同上。

工具，为达到挣钱的目的不惜一切手段。另一条线围绕小秦展开，他按照母亲的吩咐来有"大松树"的村子里寻找父亲，最后冯正敏发现小秦就是自己的亲生女儿，小说结尾冯正敏被公安抓走，小秦放弃了寻找父亲走向了回家的路。小说中的祖孙三代都感到自己没有父亲，冯正顺没有"父亲"，但他仍然坚持内心的善良和道义；而冯正敏经历了"失去父亲的年代"后放弃了道德、良心，小秦寻找父亲是注定失败了的，小说结尾对这种失败给予了暗示，冯巩顺每天必须面对的，也是小秦的母亲告诉她要寻找的老松树被雷电劈了，只剩下一个树桩，"树桩手臂似的伸向蓝天，似乎去要抓取什么"[①]。真正的"父亲"在哪里？正是这篇小说最让人深思的地方。

"父亲"的形象在卡夫卡和冯积岐的小说中都具有非常丰富的意义，一方面，他们的很多小说中的父亲形象是依据作家自己父亲的形象塑造的，小说中的父子关系也是作家与父亲关系的映射和写照，是作家饱蘸着情感所着力书写的；另一方面，他们的"父亲"书写超越了自传性，使"父亲"具有了象征的色彩，卡夫卡后期的小说中的威权是父权的象征，冯积岐部分小说中的"父亲"意味着一种对人的保护力量，威权给人带来了无可避免的灾难，当人面对灾难的时候却没有任何庇护的力量，在这个意义上，卡夫卡和冯积岐对"父亲"进行了审视和思考。

第三节 异化主题

"异化"（alienation）是西方哲学和思想史非常重要的概念之一，德国著名的政治学家 P. Chr. 鲁茨在《异化是社会科学的概念》一文中从词源的角度考证了"异化"的词源为拉丁文"alienatio"（abalienatio），在拉丁文中它至少有三种含义：权利和财产的让渡、转让（法律意义上），同他人、国家和上帝疏远、分离（社会意义上），精神错

[①] 冯积岐：《寻找父亲》，《延河》1995 年第 6 期。

乱和精神病（医学和心理意义上）。17世纪英国思想家霍布斯和洛克从契约论的角度发展了异化的范畴，使其具有了政治学上个体权利让渡的含义。18世纪启蒙思想家卢梭接受了这一范畴，并在《社会契约论》中论述了个体权利让渡（异化）之后带来的后果——成为压迫人的异己力量，疏远于人。费希特从哲学角度研究异化现象，认为异化就是精神向客观现实世界的外化，在这种外化中，"自我"创造了"非我"，而"非我"是同"自我"相对立的。黑格尔借鉴、吸收并拓展了前人关于异化的思想，使"异化"成了一个包含诸多内容、方面的哲学概念。刘京认为，"异化被赋予哲学含义，是有一个演变过程的。总的来说，它始创于黑格尔，发展于费尔巴哈，而完成于马克思"[1]。黑格尔用异化来描述绝对精神矛盾运动发展过程，"黑格尔使用的'异化'的主要含义是分裂、割裂，但也有异己的含义"[2]。费尔巴哈认为宗教是人的本质的异化，上帝是人的内在本质的对象化，人创造出了神，神反过来成为压迫、奴役、支配人的一种异己力量。马克思以黑格尔和费哈巴哈关于异化的思想为基础发展了"异化"这一概念，在他的《1844年经济学哲学手稿》中，马克思论述了异化的四种类型：劳动产品的异化、生产活动的异化、人的类本质的异化、人与人关系的异化。E. 弗洛姆采纳了马克思的异化思想，认为"异化这个概念触及了现代人最本质的东西"[3]"异化是一种体验方式，在这种体验中，个人感到自己是陌生人"[4]，弗洛姆分析认为，异化体验使人觉得行动和结果成了他的主人，他不再是个人世界的中心，能够完全支配个人的行动，这样一来，人同自己相脱离和疏远，同他人相疏远，也失去了与外部世界的紧密联系。

"异化"是一个变化着的内涵丰富的概念，在当代语境下，它与其词源本意疏远、分离关系更为密切，主体创造、产生的客体，反过

---

[1] 刘京：《现代社会与异化》，新华出版社2006年版，第15页。
[2] ［德］P. C. 鲁茨：《异化是社会科学的概念》，《哲学译丛》1983年第4—5期。
[3] ［美］埃利希·弗洛姆：《健全的社会》，欧阳谦译，中国文联出版公司1988年版，第109—110页。
[4] 同上书，第120页。

来成了主体的对立面,凌驾于主体之上,对其进行束缚、奴役和压迫,P. Chr. 鲁茨认为异化这个概念"所表述的是各种各样的社会状况,在这些社会状况中,个人或集团同各种社会现象是生疏或曰是有隔阂的和有距离的;在这些社会状况中,个人对各种社会现象产生了异化的'感情'或曰孤独的感情"①。异化感成为现代人最深切的感受,异化也成为现代派文学最重要的主题之一。

异化是卡夫卡小说的重要主题,他的小说世界是一个异化世界,卡夫卡描述了人的各种各样的异化:人与社会的异化——人被社会所压迫和扼制,失去人的尊严和个人价值;人与人的异化——人与人的关系紧张、冷漠、敌对、无法沟通;人与自身的异化——人陷入了主体丧失、人性分裂的状态。

卡夫卡描述人与社会异化的代表性的作品是《城堡》和《诉讼》,在这两本小说里,卡夫卡描写了威权作为人的对立面和异己力量对人进行压迫,而人却无力抵抗,最后失败或者惨死的结局。K作为土地测量员来到村子里,却被村长告知村子里不需要土地测量员,也没有聘请过土地测量员,K想尽一切办法,接近城堡官员克拉姆的情人弗丽达,通过信使巴纳巴斯传递消息却始终无法接近城堡。在这部小说中,卡夫卡深刻地揭示了权力对人的压迫和异化,性爱是其中重要的一个表现场域,这也是《城堡》中容易被忽略的一个存在。米兰·昆德拉认为卡夫卡在小说中将性爱"作为每一个人生活中平凡而又基本的一个现实""揭示了性的种种生存面貌"②。在《城堡》中,性爱是权力的证明和展示,小说中权力的代表克拉姆"简直就是女人头上的司令,一会儿命令这个女人,一会儿命令那个女人到他那儿去,不许让他久等,而且如同他命令一个女人马上来一样,他也很快又命令她赶快走","当官的一看上哪个女人,这女人就除了爱这个官员而没有

---

① [德] P. C. 鲁茨:《异化是社会科学的概念》,《哲学译丛》1983年第4—5期。
② [捷] 米兰·昆德拉:《被背叛的遗嘱》,余中先译,上海译文出版社2003年版,第47页。

别的法子"①，小说中大桥饭店的老板娘一直念念不忘克拉姆三次叫她过去，连克拉姆派来的送信人的照片她都一直保存着，她并不感觉到这是一段不堪回首的、屈辱的历史，反倒以做了克拉姆的情人觉得骄傲，在弗丽达的情感的选择上，当弗丽达选择了K后，她感到无法理解甚至非常震惊。

同样作为受害者，弗丽达认为克拉姆在这个地方想要什么就有什么，想要多少就有多少，她对权力充满了恐惧，成了权力的牺牲品，深陷可悲的境地而不自知，甚至成了权力的帮凶，对其他违反了潜规则的人和行为他们感到不安和恐惧，并且会远离这些是非之人，以免引火上身，这更加深了每个人的隔膜和距离。那些选择拒绝威权的人，往往会遭受可怕的命运：阿玛丽娅拒绝了城堡官员索尔蒂尼的召唤，她的父亲作为村子消防协会的会员立刻被取消了资格，收回了证件；作为一名鞋匠，父亲顷刻之间失去了所有客户，手下干活的伙计也不屑再与他们家有联系；村子里所有的人见他们都避之不及，他们家作为另类被所有的人孤立了，陷入惶恐和绝望之中。阿玛丽娅的父亲一方面想挽回女儿的荣誉，但更重要的是想获得城堡的宽恕，让家庭回归到正常的状态里，他天天都去城堡官员的车辆经过的路上，希望能够得到机会进行申诉，冬天的寒冷使他的腿患上了风湿病，再也下不了床，最后精神崩溃了。奥尔嘉则牺牲自己去和城堡官员的奴仆厮混，希望能够让弟弟巴纳巴斯得到一个信使的职位。

《诉讼》里描写了法律的荒谬和残酷。K莫名其妙地被宣布逮捕，K不明白自己为何被捕，认为自己无罪，便想方设法为自己洗清罪名，他接到法院的通知，要他周末到法院来，审理这个案子的预审法官却不知道K究竟是谁，把他认作房屋油漆匠。后来K通过叔父找了律师，律师告诉他申诉是没有什么用处的，辩护书往往会被法院放错地方甚至不翼而飞，几乎没有人读过，只有通过外围了解审讯过程才能做所犯何罪的猜测，写出具有针对性的辩护书，最重要的是律师和法

---

① ［奥］卡夫卡：《城堡》，赵蓉恒译，河北教育出版社1996年版，第216页。

第九章 西方文学影响下的冯积岐小说创作

官的个人关系。后来他又找到和法院有关系的画家，画家用自己的经验告诉他，没有哪一件案子能真正宣判无罪。经过种种痛苦的挣扎，K 发现自己是微不足道的，和法庭相抗衡更是不可能的，只有等着不幸和灾难降临到自己头上，小说最后他被刽子手带到野外的料石厂，平静地接受了死亡的结局。小说里还讲到一个商人布洛克的故事，他开头的所作所为是为了打赢官司，到后来变成了为打官司而打官司，他请了 5 个律师，为了及时了解案件进展，他给律师下跪哀求，被锁在女佣人的房间里，每天 8 点钟被放出来吃点东西，完全过着非人的生活。卡夫卡正是通过 K 和布洛克的遭遇对司法系统、司法官员、司法运作进行揭露和控诉。

《诉讼》和《城堡》中对人与社会异化的描写具有内在的一致性，它们都展示了异化社会的运行规则。《诉讼》中的主人公虽有所反抗，但他是按照异化社会的习惯去抗争的；而《城堡》中的主人公则试图在将人异化的社会里寻找自己的位置。

人与人关系的异化也是卡夫卡所着力表现的，《判决》中格奥尔格·本德曼有强烈的同父亲沟通、交流、亲近的愿望，他担心父亲的健康，宁可自己受苦也不愿父亲受累，可他就是无法走近父亲，父亲对他怀着敌意，对他进行监视，对他的婚姻也持有一种反对和冷嘲热讽的态度，他可以对儿子为所欲为，但只要儿子稍有不满，他便判决儿子投河自尽，儿子顺从了父亲的判决，投河前还在低声呼喊："亲爱的父亲母亲，我可是一直爱你们的。"[①] 在《变形记》中，卡夫卡再一次书写了家庭关系中人与人之间的冷漠、隔阂的异化状态，格里高尔·萨姆沙早上醒来发现自己变成了一只甲壳虫，他担心自己会丢掉差事而无法养家糊口，即便发现自己变成了甲壳虫他还试图挣扎着起来，试图消除这个事件对自己工作的影响，他正打算想办法多挣些钱让喜欢小提琴的妹妹去音乐学院学习，当家人发现他变成甲壳虫之后，母亲尖叫起来，父亲无情地用手杖赶他，发出让他无法忍受的嘘嘘声，

---

① [奥] 卡夫卡：《卡夫卡短篇小说精选》，叶廷芳译，浙江文艺出版社 2004 年版，第 11 页。

当他卡在门缝里时，父亲从背后粗暴地推他，使他浑身鲜血淋漓。妹妹开始还给他端来新鲜的牛奶和面包，后来就给他吃半腐烂的蔬菜，再后来就对他不管不问，甚至建议赶紧处理掉他——因为现在他已经成为家庭的累赘，严重影响了家人正常的生活。母亲在打扫房间的时候发现了儿子，她竟然被吓得晕了过去，愤怒的父亲将口袋都装上苹果，用苹果使劲砸他，一个苹果陷进了他的后背，这次重伤导致了他的死亡。在他死后，亲人们心情愉快，出去做了一次郊游。

  人自身的异化也是卡夫卡小说书写的对象。《变形记》中的格里高尔·萨姆沙为了养家糊口而去做推销布料的旅行推销员，他不喜欢这个职业，如果不考虑家庭的情况，他早就要辞职了，职业、工作对他的身体和精神造成了重压，他的生活每天都机械而毫无活力地往前延续，他失去了工作的乐趣，似乎不是他在工作，而是工作控制了他，他异化成了职业，成了全家挣钱的工具。他不情愿去工作，但他又必须去工作，在很大程度上，格里高尔·萨姆沙在人格上是分裂的，他变成甲壳虫实现了他不去工作的愿望。《饥饿艺术家》中的饥饿表演者将饥饿视作表演，当所有人都为他的表演感到满意的时候，他自己却很不满意，执意要将饥饿表演下去，但并非他对食物毫无欲望，只不过没有适合他胃口的食物罢了，这显示了他内心的矛盾：一方面他需要食物但没有这种食物；另一方面他将饥饿视作真正的艺术而拒绝食物。

  冯积岐对异化的书写是他小说最重要的主题之一，他的小说尤其是他书写"文化大革命"前后历史的小说，强烈地表达了社会对人的异化。《沉默的季节》中周雨言作为"狗崽子"，和家人遭受到了非人的待遇：母亲得了血崩病也必须去劳动；被革命群众抄家，没有了房子之后只能睡在没有屋顶的房子里；夏全华和革命群众对白玫和周雨言的暴力场景简直让人不堪卒读，小说当中人身体的患病或者受到伤害的场面非常多，它是那个非人时代人的生存状态的暗示和隐喻。《大树底下》以卫明哲为代表的革命组织肆意妄为，没有证据却制造证据给罗世俊定了地主，使无辜的罗世俊一家受到了极不公正的待遇，整个家庭几乎遭到灭顶之灾。小说中描写卫明哲对杨开儿批斗的场面可用惨烈来形容，卫明哲施虐的场景极其恐怖，他显得毫无人性。卫明哲依仗手中的权力占有了工作组的许芳莲，当他们在野外的苟且之事被罗大虎看见后，卫明哲命令罗大虎变成瞎子，罗大虎从那之后真的变成了瞎子，这是一个极具象征意义的情节，象征着权力对人的压迫和奴役。《敲门》中马汉朝姊妹出身于地主家庭，每一个人因此而遭受了巨大的磨难。马汉朝因为随口将瘸腿的村书记丁解放称作"瘸书记"而遭到报复，在丁解放的授意下，借助批斗四类分子的场合，刘宽宽他们打瘸了马汉朝的一条腿。马中朝仅仅因为没有搭理民兵刘宽宽，刘宽宽就和丁解放商量如何收拾这个异己分子，最后将马中朝在路上不小心将毛主席像摔断了一条胳膊的行为定性为反革命行为，因此导致了马中朝的发疯和死亡。刘宽宽等人仗着自己的身份优势，将马巧霞轮奸了，这个美丽而纯洁的姑娘受不了这样的侮辱，喝药自杀了。

　　冯积岐不只是关注特殊历史时期社会对人的异化，他的小说中也触及现代工业对人的异化，在《沉默的季节》中，周雨人开了自己的工厂，他在企业管理中对工人没有任何的同情、怜悯和宽容，工人成了流水线上的工具，周雨人接受了人与人之间只有利益关系的观念，将金钱原则奉为做人的原则，连母亲生病他都不太在意，操心的只是如何赚取更多的钱，冯积岐在这个小说里对工业文明进行了思考和质疑。《逃离》中的202工地也是工业文明的象征："'工业'把活跃在这里的野猪、兔子、狐狸、狼和鹿统统撵跑了，'工业'使山民们打开了眼界，跃跃欲试。"[①] 202工地给山里人带来了颠覆性的影响，在它的影响下，为人善良、质朴的田登科、冉丽梅夫妇的生活发生了巨变，一个人开了能提供色情服务的歌舞厅，另一个到山上挖具有壮阳功能的"阳阳草"，卖给202工地上的人，但冉丽梅也因此得了怪病。叙事者牛天星在内心将田登科的过去和现在做了一个对比："他确实

---

① 冯积岐：《逃离》，太白文艺出版社2010年版，第155页。

没有认出我来，不仅仅是十年的时间隔断了他的记忆，他的头脑里十分自觉地将我排斥了，记住我就等于记住过去，记住忧郁、焦灼、痛苦和伤害。对这道伤心菜他忌了口，他的味觉变了，变得需要欢乐、轻松、放纵和能刺激自己的东西。"① 冯积岐的小说书写了工业文明对人的异化，也书写了当代社会欲望对人的异化，《沉默的季节》中的秋月在接受了欲望原则之后，连母亲进了监狱她都无动于衷，甚至怨恨母亲连累了她；《粉碎》中的叶小娟和别人发生婚外恋，粉碎了自己的家庭。

在冯积岐的小说中，社会对人的异化较多地投影到人与人的异化关系中，在《沉默的季节》中，周雨言的媳妇吴小凤是妹妹周雨梅用换亲的方式换来的，在那个特殊的年代里，地主家庭出身的青年找媳妇是极其困难的一件事，周雨言面对吴小凤的时候总有一种内疚、自责、负罪感，他与吴小凤之间缺乏和谐的关系，每次面对媳妇的时候，周雨言总想到宁巧仙骂她的话："睡你妹妹去！"小说当中周雨言对宁巧仙是充满欲望的，宁巧仙一直试图勾引周雨言和她发生关系，但周雨言却处在内心的激荡当中，他是"狗崽子"，如果和贫农宁巧仙发生关系被人发现了，他自己和家庭都将面临灭顶之灾。小说中另外一个情节也细致地表现了社会重压之下人与人关系的变异：周雨言的舅舅在运动开始之后，主动和姐姐划清界限，用大红帖子写了三张声明四处张贴，在《大树底下》这部小说中也出现了类似的情节，朱仙娥在丈夫被定为地主后，忍受不了所受的屈辱，离开家庭回了自己的娘家，为了保全自己主动和家庭划清界限；罗世堂在卫明哲的威逼利诱之下，为了自己的利益出卖了自己的兄弟罗世俊，使罗世俊被定为地主。

"异化"是卡夫卡和冯积岐小说的重要主题，他们的小说书写了人与社会的异化、人与人的异化以及人自身的异化，比较起来，卡夫卡小说中对异化的思考指向了社会现实和文化批判，他小说中的人所受的异化与社会紧密相关，如《在流放地》《城堡》《诉讼》中老司

---

① 冯积岐：《逃离》，太白文艺出版社 2010 年版，第 155—156 页。

令、城堡、法庭所代表的威权对人的压迫与迫害,保尔·雷曼认为从卡夫卡对异化的书写可以看出卡夫卡是一个社会现实的批判者:"卡夫卡虽不了解原因,却看见了弊病本身:异化的事实,既存社会关系的野蛮和不人道性。"① 而冯积岐对异化的书写则涉及"文化大革命"前后那段非常时期社会对人的压迫与戕害,他是有意从个人的体验和经历去重新书写那段历史,凸显历史中权力对人的异化,另外,冯积岐也思考了当前社会资本、欲望对人的异化,显示出他对工业文明和现代文明的拒斥和怀疑态度。

家庭中人与人的关系是卡夫卡和冯积岐对人与人关系异化的书写的一个主要场景,亲人之间的关系本是世间最紧密的关系,可现实生活却使他们相互冷漠、疏远,甚至背叛,从而造成人在世界中的孤独、恐惧、无助,卡夫卡的《判决》《变形记》,冯积岐的《沉默的季节》《大树底下》都形象而生动地描写了家庭中人与人关系的异化。

在对异化的书写上,卡夫卡将目光放在了普通人的遭遇上,小说中主人公的经历更多的具有一种象征和隐喻色彩,他的遭遇和境况是现代人生活的缩影,英国诗人奥登说:"就作家与他所处的时代的关系来说,卡夫卡与我们时代的关系最近似但丁、莎士比亚、歌德与他们时代的关系……卡夫卡对我们至关重要,因为他的困境就是现代人的困境。"② 卡夫卡认为自己的小说具有纯粹的真实,只有当小说达到这种境界时他才会感到满足:"我依旧能从像《乡村医生》这类作品中感到短暂的满足。但是只有当我一旦能把世界提升到纯粹的、真实的、不可改变的境界之时,我才感到幸福。"③在对异化的书写中,卡夫卡一方面写出了社会的真实;另一方面又超越了真实,具有一种抽象的哲学色彩。而冯积岐则通过对异化的书写去思考历史与现实的关

---

① [德]保尔·雷曼:《卡夫卡小说中所提出的社会问题》,《外国文学动态》1980年第1期。

② 参见[美]乔伊斯·欧茨《卡夫卡的天堂》,叶廷芳主编《论卡夫卡》,中国社会科学出版社1988年版,第679页。

③ 参见[奥]马克斯·布罗德《卡夫卡传》,汤永宽译,漓江出版社1999年版,第4页。

系，以及人与社会、人与人异化关系中人性的挣扎与纠结。

第四节　荒诞与变形

冯积岐把自己的写作方法和风格称为"现代现实主义"，"现实主义"是他写作的基本立场：作家要扎根在土地里，要有对现实的关切，作品应该有对现实的指涉。"现代"是他的艺术手法和技巧，艺术上的不断学习和探索。冯积岐小说中充满了这种"现代"色彩：象征、暗示、时空转换与变异、意识流、多角度叙述、荒诞化叙事……他的这种丰富的艺术表现手段与他对外国文学的阅读和学习，以及自己的摸索是分不开的，其中，福克纳和卡夫卡是在艺术上深刻地影响了他的两个作家。从冯积岐的创作来看，他在小说中对时间的处理，他的意识流手法、叙事方法以及小说结构多受福克纳的影响，而他小说中的荒诞手法则源于卡夫卡。

荒诞手法是冯积岐运用得最醇熟的一种艺术手法，尤其是他的短篇小说经常使用这样一种手法。短篇小说是冯积岐孜孜不倦地热爱和探索的领域，他的小说创作是在两个领域内展开的：短篇小说与长篇小说，与他的长篇小说相比，他短篇的成就毫不逊色，有媒体称他是"短篇王"，他的短篇不但数量多，而且质量上乘。冯积岐短篇小说的创作是在阅读、学习、模仿外国经典作家的经典作品的基础上不断摸索、创造的一个过程，也是他的艺术修养和功力彻底释放和展现的一个过程。

在这个过程中，他早期的集子《我的农民父亲和母亲》较多地用了现实主义的写法，而从《小说三十篇》开始，他找到了最适合他的"现代现实主义"，用外国现代主义文学的技法，表现了对现实、时代、人生、人性的思考。他的成功的短篇小说如《曾经失明过的唢呐王三》《断指》《画家》《皮影，或局长之死》等都是这种创作思想下的产物。而外国现代主义文学，特别是卡夫卡的创作，给了冯积岐很大的启发和影响："读了卡夫卡的短篇小说《乡村医生》《饥饿艺家》，我的全身的毛孔都张开了。"①

一 荒诞叙事

荒诞（absurd）是 20 世纪西方文学、文化、哲学的一个关键的术语，经存在主义和马丁·艾思林对"荒诞"的使用和探讨使其成为一个被广泛使用的概念和术语。阿诺德·P. 欣契利夫认为"对评论家来说，荒诞一词也和在戏剧中一样，已经成为一个用以'阐释'当代文学的实用的简称"②。

根据普吕讷的考证，absurd 的词源是拉丁文 absurdus，本属于音乐领域，它本意是"不在声音中的东西，不协和的、不调和的东西"③，后来"荒诞"被引申为表里不一、形态怪异、不合逻辑、不合情理等意思，但不论词意如何变化，不和谐、不协调的本意始终是荒诞一词的主要内涵。

荒诞是人类对世界的一种感受和认知，古希腊神话中的一些神话，如坦塔罗斯的故事、西西弗的故事就包含了人类的荒诞感受，"'荒诞'成为一种现代意义的哲学和美学范畴出现在 19 世纪"④，19 世纪的种种社会危机使人类开始怀疑 18 世纪启蒙时代提出的关于社会、未来的美好理想，荒诞成为对人类存在现状和理想之间距离的一种描述。20 世纪的两次世界大战，使人对世界和自身存在的信念发生了全面危机，彻底摧毁了人类持有的理性、上帝、道德、人性等信念，世界变得陌生、冷漠、不可理解，人的生存也陷入了毫无意义、毫无价值的尴尬境地，尤涅斯库在评价卡夫卡时认为"荒诞是指缺乏意义，……人与自己的宗教的、形而上学的、先验的根基隔绝了，不知所措，他的一切行为显得无意义、荒诞、无用"⑤。

---

① 冯积岐：《冯积岐短篇小说自选集》，陕西人民出版社 2012 年版，第 75 页。
② ［英］阿诺德·P. 欣契利夫：《荒诞派》，剑平、夏虹译，北岳文艺出版社 1989 年版，第 171 页。
③ ［法］米歇尔·普吕讷：《荒诞派戏剧》，陆元昶译，浙江大学出版社 2014 年版，第 5 页。
④ 朱立元主编：《艺术美学辞典》，上海辞书出版社 2012 年版，第 75 页。
⑤ 参见朱虹《荒诞派戏剧述评》，《世界文学》1978 年第 2 期。

20世纪40年代以萨特和加缪为代表的存在主义，较为集中地探讨了人的存在的虚无和荒诞，萨特认为个体与事物存在是荒诞的，没有任何东西可以证明其合理性，这种存在显得多余。加缪认为荒诞是在比较中产生的，人类有追求理想、美好生活的本能，而现实世界却是不合理的、不理想的，人与这个世界不协调、有矛盾，人在世界上并不感到是在自己的家乡，而有一种陌生感，他被剥夺了自己的希望，世界对他的希求不作任何回答，"荒谬就产生于这种人的呼唤和世界不合理的沉默之间的对抗"①，荒诞既不在于人的行为状态、生存现实及其行动，也不在于一个理想世界，"荒谬从根本上讲是一种离异。它不栖身于被比较的诸成分中的任何一个之中，它只产生于被比较成分之间的较量"②。

在卡夫卡的小说中，"荒诞"是其重要的主题，它深刻而生动地描述了现代人陷入一个无意义世界的困境而产生的巨大悲剧，以及孤独的个人在一个陌生而敌对的世界里的恐惧和迷惑。同时，荒诞也是卡夫卡小说最重要的艺术手段，有研究者指出了卡夫卡小说中荒诞的复杂性："在卡夫卡的作品中，荒诞有着不同的表现形态，它既关乎作品内容，又是有效的表现手段。"③

卡夫卡的代表作品如《判决》《变形记》《城堡》《诉讼》《饥饿艺术家》（*A Hunger Artist*，1923）、《乡村医生》（*A Country Doctor*，1920）《在流放地》都具有荒诞的特征，《判决》中的儿子格奥尔格·本德曼对父亲很是尊敬和关爱，而一言不合的父亲就像暴君一样判他投河，儿子就真的跳河自尽了；《变形记》中的格里高尔清早起来发现自己变成了甲壳虫，小说以格里高尔的角度观察他变成甲壳虫之后家庭的变化，亲人没有感到痛心和难过，反而责怪他打破了家里的平静：父亲愤怒地推他、砸他，母亲见到他的虫样吓晕过去，最亲的妹妹逐渐冷漠，要求家人赶紧处理掉他，变成虫的格里高尔发现了家庭关系的

---

① ［法］加缪：《西西弗的神话》，杜小真译，西苑出版社2003年版，第33页。
② 同上书，第36页。
③ 吴金涛：《卡夫卡与现代主义文学研究》，西北大学出版社2007年版，第166页。

隔膜与冷淡；《城堡》中的 K 声称自己是土地测量员，却又无法证明自己的身份，村子说以前确实有聘请土地测量员一事，但后来不了了之了，K 什么事情也没干，城堡却给他写信说他干得非常好，整部小说围绕 K 试图进入城堡展开，城堡就在眼前，可他用尽所有办法都无法走进城堡；《诉讼》中的 K 莫名其妙就被判有罪，K 用尽一切办法想摆脱掉可能的惩罚，可最终还是无法逃脱死亡的命运，到死都不知自己所犯何事；《饥饿艺术家》中表演饥饿是饥饿艺术家谋生的手段，但他始终不满意自己的表演，他要去追求最完美的艺术，然而他要追求的又是和自身的生存相悖谬的，谋生的手段成了自戕的手段。艺术家说，在这个世界没有合适自己的食物，只有饥饿表演是自己所追求的，心理的、精神的追求成了身体基本需要的敌人，最后精神杀死了肉体。《乡村医生》则是一篇具有梦幻色彩的小说，整篇小说就像一场梦一样颠三倒四，没有明显的逻辑性，医生要出去给病人看病，可自己的马已被冻死了，怪诞的是猪圈里忽然出来一个马夫和两匹马，马夫对医生的仆人心怀不轨，医生始终担心她身遭不测。医生到了病人家里，开始他以为病人没病，后来发现了腰间像露天矿石一样的、巴掌大的伤口，蛆虫在血污里爬动，医生找见了伤口，病人一家却高高兴兴，最后医生被脱光了衣服暴打一顿，赤身裸体地驾着马车在风雪里奔驰。

在卡夫卡的这些荒诞小说中，小说的中心事件往往是荒诞的，《判决》中父亲判儿子投河；《变形记》中格里高尔变成了甲虫；《城堡》中 K 始终没有办法走进城堡；《诉讼》里 K 莫名其妙地被判有罪；《饥饿艺术家》中饥饿艺术家因表演饥饿而死亡。而小说的细节却是非常真实的：《判决》中格奥尔格·本德曼的内心活动、他同父亲的谈话都具有逻辑性；《变形记》中格里高尔一家人、公司协理、仆人、房客的活动、谈话都是正常人的表现；《城堡》中 K 为走进城堡所做的各种努力，以及其他人的遭遇如弗丽达、阿玛利亚一家人的遭遇都具有真实性。仵从巨认为卡夫卡小说的秘密在于"将情节的逻辑链条砍掉一环，从而使整个中心事件虚悬起来，而其他生活细节和人物的声音笑貌仍与生活原型基本相符"①。卢卡契（Georg Luacs，1885—1971）认为卡夫卡小说中细节的真实支撑了其整体的荒诞和悖谬："在卡夫卡的笔下，那些看似最不可能，最不真实的事情，由于细节所诱发的真实力量而显得实有其事。所以卡夫卡作品的整体上的悖谬和荒诞是以细节描写的现实主义基础为前提的。"②

卡夫卡小说中的荒诞手法除了让中心事件荒诞而让细节真实——从而使小说整体上荒诞而细节上真实之外，还有一点就是小说情节凸显出悖谬的特点，诺因曼称卡夫卡的这种悖谬特点为"滑动佯谬"，小说细节在逻辑性与非逻辑性、反逻辑性中间滑动而不到达任何一极，如《城堡》中在面对盘问时，K声称是城堡聘请的土地测量员，稍后他又在电话里说自己是土地测量员的老助手，当K的助手出现后他并不认识这两个助手，他却问他们：你们是不是我的老助手？对方说"是的"，K又问他给他们的测量仪器带没带，两个助手说没有，类似的情节模式在小说中还有很多。信使巴纳巴带给K两封信，说是克拉姆写给K的，在信中克拉姆承认了K的土地测量员身份，又对他的工作进行了肯定，但奥尔嘉却告诉K，巴纳巴斯根本不认识克拉姆；弗丽达告诉K说自己是克拉姆的情人；但替换了弗丽达做了酒吧管理员的佩比却告诉K她根本不是克拉姆的情人，弗丽达只不过是虚张声势罢了。加缪在《卡夫卡作品中的希望与荒诞》一文中分析了卡夫卡的这种悖谬手法："基本的双重意义就是卡夫卡的秘密之所在。自然性与非常性之间，个别性与普遍性之间，悲剧性与日常性之间，荒诞性与逻辑性之间的这种持续不断的摆荡抵消作用，贯穿着他的全部作品，并赋予它们以反响和意义。"③

冯积岐的一些小说也颇具荒诞色彩，通过荒诞的故事和充满悖谬色彩的情节，冯积岐书写和探讨了人在历史和现实中的各种各样的存

---

① 仵从巨：《荒诞与变形》，载柳鸣九主编《二十世纪文学中的荒诞》，湖南教育出版社1993年版，第121页。

② [匈] 卢卡契：《批判现实主义的现实意义》，《外国文学动态》1984年第9期。

③ [法] 加缪：《卡夫卡作品中的希望与荒诞》，载叶廷芳编《论卡夫卡》，中国社会科学出版社1988年版，第105页。

在，表达了作家对人生、历史、社会的深刻思考。

《曾经失明过的唢呐王三》里吹唢呐的王三突然失明，但他却能看到他的唢呐，并且能够和唢呐进行对话。王三对失明也并不感到悲伤，并在24岁的时候结了婚，他看不到妻子的模样，在想象中充实地生活。忽然有一天他恢复了视力，现实击碎了他的想象，他弄瞎了自己的双眼，这次他连唢呐也看不到了，最后他摔进沟里死掉了。这篇小说是极其荒诞的，王三失明了看不到其他任何东西，唯一能看到唢呐，且能和唢呐进行对话，荒诞的写法使这篇小说具有了象征意义：人失明时，生活在想象中是美好的；人一旦看清了现实，现实会击碎想象，显示出残酷的一面来。

"人突然失明"这个显得荒诞的情节在短篇小说《故乡来了一位陌生人》和长篇小说《大树底下》里也得到了精彩的运用。在《故乡来了一位陌生人》里，陌生人是下放的蹲点干部，他来到村里问路，分别遇到了又聋又瞎的张三、痴呆的李四以及疯子王五，小说分别展开了这三个人的故事，张三的瞎是因为他看到了村里的领导和妇联主任的苟且之事，领导大吼一声："你说啥？你是瞎子，你啥也没看见，听见了没有？"[①] 张三就瞎了，啥都看不见的张三唯独能看见松陵村的官人和女人。《大树底下》里的罗大虎看到了社教工作组组长卫明哲和组员许芳莲在田地里偷情，卫明哲愤怒地告诉罗大虎："明白了没有？你是个瞎子，从现在起，你的眼睛瞎了！"[②] 于是罗大虎成了奇怪的瞎子，看不到白天的事情，却能够看清楚夜里的一切。在一次斗争罗大虎父亲的会上，为了让他看到当时的惨状，卫明哲命令道："我说你不瞎，能看见，什么都能看见。你看！"[③] 罗大虎竟然因为这一句话恢复了视力。人的失明和复明竟然由掌握了权力的人来决定，这无疑是对那个特殊时代莫大的质疑和讽刺。冯积岐认为自己小说中人物

[①] 冯积岐：《故乡来了一位陌生人》，载《冯积岐短篇小说自选集》，陕西人民出版社2012年版，第75页。
[②] 冯积岐：《大树底下》，文化艺术出版社2013年版，第70页。
[③] 同上书，第212页。

的"'突然失明'的意象是为了表现这个世界的荒谬、荒诞"①。

《断指》中主人公"他"的遭遇也充满了荒诞色彩。"他"是政治上可靠的贫农，却屡次主动参加五类分子的斗争会，站到台上接受批判，所有的人都大惑不解，大队干部、黑脸队长对"他"这种行为也毫无办法，接下来的调查也是没有结果，最后组织只能决定让"他"写一个检讨在干部会上念念。当驻队干部老练展开"他"的检讨，发现纸里面包着的是"他"的中指，"老练手疼似的一个劲儿甩着手，大队干部也都甩动着自己的手。不一会儿，地上便有几十根手指头在跳动"②。更夸张的是整个松陵村的成年人都断了右手的一根手指，"断指"真可谓是冯积岐的神来之笔，将所有的叙事焦点集中到一个问题：人们为何断指？在一个荒唐的时代里，是不是每一个人都是罪人？作者通过"断指"这个荒诞、夸张的手法，使整篇小说充满了象征色彩，很好地展开了对那个特殊时代的文化思考与勘探。

《会飞的奶牛》也是一篇充满奇幻色彩的荒诞小说。村里的牛清霞和王科科想通过养奶牛发财致富，他们东拼西凑买了一头奶牛，接着就像牛清霞的父亲所预料的那样麻烦不断：村里先是说要退耕还林不让牛出来吃草，他们夫妻只好出去割草给牛吃，接着村委会又通知他们要办奶牛场，奶牛得集中起来管理，要不就把奶牛交给村里的奶牛场入股，要不就折价卖掉奶牛，夫妻俩既不想卖掉奶牛，又不想交给村支书所把持的奶牛场，正在他们万般无奈之时，奶牛长出了翅膀，带着他们飞到了山里，可又遇上了霸道的卢支书，将他们的牛扣起来打算卖掉，在危急中奶牛又带他们飞走了，没想到奶牛又飞回到了原来的家里，王支书带人上门要牛，当牛又一次长出翅膀要飞走时，王支书吹了几口气将飞在空中的奶牛的翅膀吹掉了，牛从空中掉下来摔死了。

《画家》中的画家清早起来准备画画的时候，发现一双手臂被拧了过去和凳子牢固地捆绑在一起，唯一能动的就是自己的双脚，当妻

---

① 邱科祥、冯积岐：《好作家要表达边缘的东西》，《宝鸡文理学院学报》（社会科学版）2011年第2期。

② 冯积岐：《断指》，载《小说三十篇》，东方出版社1998年版，第115页。

子带着画商回家时却无论如何也解不开,但画家刚一出房间,凳子就掉了下来,奇怪的是,画家只要一进家门、一坐到凳子上就会被捆绑,夫妻二人换到妻子工作的出版社睡觉,谁知道又被凳子捆绑,无奈之下二人离开省城回到了农村老家。在农村,画家又遇上了新的苦恼,房间里昏暗、模糊的光线使他目光模糊,他只有在昏暗之中作画。突如其来的秋雨使他住的房屋倒塌了,最后只清理出来三幅画,多年后,画家的画在国外展出,其中一幅被巴黎博物馆收藏,这幅画被作家命名为《曾经被捆绑的画家》。这篇小说通过画家在城市被凳子自动捆绑这样的荒诞情节,隐喻了艺术家的生存困境,里面包含了作家对艺术与生活之间关系的理解。

二 变形手法

"变形"(deform)一词的词源为拉丁文 defeormatio,意为"歪曲",在艺术上,"变形"是指"艺术创造中有意识地改变或扭曲艺术表现对象的性状、形式、色彩、构造,使它们偏离自然形成的或一般认可的通行标准。造成奇特的艺术效果,提高形象的表现力"[1]。"变形"手法自古有之,是一种较为古老的艺术行为,韦勒克认为从广义上说,所有的文学都会发生"变形"现象:"实际生活经验在作家心目中究竟是什么样子,取决于它们在文学上的可取程度。由于受到艺术传统和先验观念的左右,它们都发生了局部的变形。"[2] 从狭义上说,每一艺术形式在整体形态上相对稳定后,艺术家对其中的某些部分如形象、结构、情节、语言等进行再变化,使其达到"陌生化"的效果。

变形是西方现代文学非常重要的艺术手段,它往往和"荒诞"主题一同出现,荒诞是艺术家对现代人困境深刻感受和认知的结果;变形则是对生存荒诞在艺术形式上作出的积极反应:"变形使形式成为

---

[1] 朱立元主编:《美学大辞典》,上海辞书出版社2010年版,第753页。
[2] [美]韦勒克·沃伦:《文学理论》,刘象愚等译,生活·读书·新知三联书店1984年版,第72页。

内容（形式上的混乱、松散、神秘、矛盾、破碎等都在具体、形象地证明世界的荒诞），使内容成为形式，使内容与形式真正成为有机的一体。变形不仅表现了荒诞，而且"发展了荒诞——使作品表现的荒诞比荒诞本身更荒诞。"[①]

　　冯积岐认为现代主义的精髓是夸张变形，他的短篇小说，尤其是后期短篇小说经常用变形手法，从而使小说呈现出荒诞的色彩，冯积岐小说中的变形手法明显受到了卡夫卡的影响，在卡夫卡的《变形记》《一份致科学院的报告》（$A\ Report\ for\ An\ Academy$, 1917）中，卡夫卡将真实寓于荒诞之中，通过书写人变成甲壳虫、猴子变成人，来表现人在社会、家庭中的生存境况，表达了对异化的批判。冯积岐借鉴了卡夫卡的变形手法，他的很多优秀的小说都采用了变形的手法，从冯积岐的一些小说如《短暂的军帽》《影子》《一幅画》《皮影，或局长之死》等小说来看，变形这一现代主义文学常用的手法被冯积岐运用得出神入化。

　　《短暂的军帽》中的"我"费尽心思想搞到一顶军帽，因为一旦有了军帽就会像猴子一样得到女孩的关注，变得和其他人不一样，最后"我"终于从退伍军人元元那里搞来了一顶军帽，"母亲"打算卖掉军帽，并且给我缝了一顶纸军帽，第二天纸军帽神奇地变成了一顶崭新的军帽。"我"戴着母亲做的新军帽去干活，生产队长认为"我"的出身不好不能戴军帽，当队长从我头上一把抓下帽子的时候，军帽又变回了纸的。军帽是一种身份的象征，在那个特殊的年代只有根正苗红的人才能戴，"我"是没资格戴军帽的，当生产队长抓下帽子的时候，帽子变成了纸的，真帽子与纸帽子只不过隔了一层"纸"罢了，小说对人的身份进行了相当深刻的思考，也写出了时代的荒谬与可笑。

　　《影子》中做保姆的翠娘能将泡桐树叶变成绿色的马，她用野草编织的动物晚上会动并且能发出吼叫，翠娘用手做出的狼的影子第二天变成了真狼，用手做出的兔影复活并咬死了雇主的女儿。这篇小说

[①] 仵从巨：《荒诞和变形》，载柳鸣九主编《二十世纪文学中的荒诞》，湖南教育出版社1993年版，第21页。

充满了荒诞和神秘色彩,小说结尾翠娘被公安带走了,几个村里的女人讨论西西是如何死亡的,大家认为有可能是翠娘做的影子活过来了,小说表面看起来是一个荒诞的故事,读完之后却引人深思:王发财和翠娘到底是什么关系?西西是怎么死的?小说结尾尽管暗示了杀人凶手就是翠娘,但通过"变形"的手法使整个小说意义丰富了起来。

《一幅画》讲述了一个神奇的故事:突如其来的冰雹将村子的庄稼都毁坏了,去山里写生的画家路过王富保家时送给他一幅画,妻子怕他看到辣椒画会想起自己家被打坏的辣椒,就将画藏了起来,谁知当他盯着曾挂过辣椒画的墙壁时,墙壁上出现了一幅更真切的辣椒画,接着发生了更神奇的事情:辣椒的味道在屋子里蔓延,画上的辣椒地从画上一直延伸到王富保跟前,"他一抬脚,觉得身子轻飘飘的,似乎有一股牵引力,牵着他走进了辣椒地"①。从画里摘辣椒的事情传开后,村委会安排村里人都进来摘辣椒,最后当副乡长李军科喝完酒后醉倒在辣椒地里,王富保进去搀扶他时,墙上的画不见了。小说用荒诞的叙事表现了人性的复杂,王富宝和妻子因冰雹打坏了辣椒而痛苦,因发现画里可以摘辣椒而兴奋,而当画消失的时候,妻子吕亚丽在睡梦里说没了好,结尾的突转蕴含了作家的用意。

《皮影,或局长之死》的变形手法让小说充满了韵味,凤山县的相关部门要各剧团依据城管局局长汤致和舍己救人的事迹编排秦腔,皮影制作人马宝明制作的皮影——局长汤致和竟然变成了人,复活的皮影人要住五星级酒店,要抽中华、喝茅台、找小姐,在马宝明不在的时候欲对他的女朋友图谋不轨,被赶出后莫名其妙地竟然做了副县长,并找来马宝明给他做助手,马宝明发现这个皮影人玩小姐、收受贿赂,没有任何真实才能,气愤地杀掉了皮影人之后,他被公安带走了。这是一篇构思非常巧妙的短篇,小说写制作的"皮影"变成了人的故事,皮影制作者的叙述让我们看到了曾经活着的局长汤致和的真实面目,他不学无术,腐败好色,他的死是因为和情人在河边散步时

---

① 冯积岐:《一幅画》,《滇池》2007年第9期。

出现了意外,却被有关部门认定为见义勇为,整个小说充满了反讽和批判。

《谁是真正的元凶》是一篇耐人寻味的小说。大学毕业后到乡政府上班的高艳年轻漂亮,好色的乡长牛三宝依仗手中的权势软硬兼施地占有了她,随着牛三宝的升迁,高艳也来到了县城。丈夫李刚发现了她和牛三宝的事情后,失手杀死了她,当李刚将高艳装进麻袋准备扔到麦地里的枯井时,惊奇地发现袋子中的高艳变成了一条狗,李刚在参加同事的婚礼时,他带的狗因为咬了人被一个老汉打死了,并将狗埋在了一棵梧桐树底下,当公安寻找高艳尸体的时候,在埋狗的梧桐树下挖出了高艳的尸体。人怎么变成狗,狗又怎样变成人是这篇小说最引人关注的情节,巧妙的是这篇小说的叙事者是一个警察,他在向记者讲述案件的来龙去脉,人变狗和狗变人的事实因此具有了不确定性。另外,通过高艳人生历程的展示,暗示了高艳一步步失去自我,在权力面前异化,成了"狗"一样任人玩弄而毫无抵抗的人。

故事的荒诞和变形手法是卡夫卡小说对冯积岐小说艺术上影响最大的两点,卡夫卡小说整体上是荒诞的,细节是真实的,卡夫卡通过荒诞的故事去展现"纯粹的真实",罗杰·加洛蒂这样评价卡夫卡的小说:"卡夫卡与一个魔术师相反:他不把一间茅屋变成宫殿,也不把破衣烂衫变成公主的服装。他进行相反方向的变化,当光彩闪烁的幻觉被要求根据最终目的来解释它们存在的理由时,它们便解体、崩溃,而且毫无遮盖地让人看到一种可怜和令人不安的现实。"[①] 冯积岐在对荒诞的运用上非常接近卡夫卡,他的《曾经失明过的唢呐王三》《画家》《一幅画》《影子》《皮影,或局长之死》都采用了整体荒诞而细节真实的方法,《曾经失明过的唢呐王三》中王三失明却能看到唢呐,《画家》中画家一进城里的房子就被反绑在凳子上,《影子》中翠娘手影做成的动物变成了真的,《皮影,或局长之死》中皮影变成了局长,这些都是小说的中心事件,它们都呈现出了荒诞的色彩,但

---

① [法]罗杰·加洛蒂:《论无边的现实主义》,吴岳添译,百花文艺出版社2008年版,第129页。

第九章 西方文学影响下的冯积岐小说创作

小说中的细节都是真实的,这些真实的细节将荒诞的中心事件的意义凸显了出来。

与卡夫卡不同的是,冯积岐小说中的很多荒诞情节是作为"刺点"出现的,小说的整体不荒诞,但有一个细节却很荒诞,《短暂的军帽》中,当生产队长从"九斤黄"的头上抓下帽子时,帽子忽然变成了纸的;《谁是真正的元凶》中高艳忽然变成了一条狗;《大树底下》中卫明哲让罗大虎眼瞎,罗大虎眼睛真的忽然就瞎了。这些凸显出来的荒诞情节显示了小说意义,就像高光一样用荒诞照亮了现实,显示了作家对历史、社会、道德的思考与批判。

在这些荒诞小说中,冯积岐所探讨的较多的是人生的、人性的问题(《曾经失明过的唢呐王三》《一幅画》)、历史的问题(《短暂的军帽》《断指》《大树底下》)、社会的问题(《会飞的奶牛》《影子》《皮影,或局长之死》),这种写法不同于卡夫卡对人的存在本身的荒诞性的书写,冯积岐的小说更多地将笔触伸向人性、社会、历史,荒诞显得较为具体而不具有本体意义,涂险峰在《质疑与对话:20世纪后期中国小说价值现象研究》一书中认为中国当代小说中的荒诞叙事中突出的是社会批判功能,而非本体意义上对世界荒诞性的体认:"中国当代小说中关于苦难和创伤的荒诞叙事,蕴涵着不可摆脱的历史维度,并非从本体意义上对世界荒诞性的体认。它同外国大部分荒诞文学作品之间存在着不可忽视的区别。显然其社会批判功能强于本体论上的荒诞意识。"[①]

冯积岐荒诞、变形的运用使他的小说充满了现代气息,表现了在"文化大革命"前后的荒诞时代中,人的身份和存在的荒诞性,批判了社会中的腐败与道德的堕落,思考了人生的意义和人性的内涵,他对荒诞、变形的运用整体上是非常成功的,写出了很多经典的短篇,如《断指》《曾经失明过的唢呐王三》《皮影,或局长之死》。

不过,冯积岐对现代派文学的方法的借鉴也有争议,有论者认为

---

① 涂险峰:《质疑与对话:20世纪后期中国小说价值现象研究》,湖北人民出版社2004年版,第69—70页。

现代派文学的方法是和它背后的艺术精神相契合的,两次世界大战摧毁了传统文化构建起来的理性大厦,非理性成了文化的主流,现代作家的情感以及文化精神才是现代技法的根。而中国作家虽然借鉴了外国的现代的艺术方法,却缺少真正的现代感受以及背后的文化精神,所以无法创作出真正的现代主义的作品。"就此而言,冯积岐的精神建构是以他的人生体验为基础的,这种精神建构带有更多的传统印记,因而他还没有将其精神建构与其艺术表现方式完美无缺地融为一体。也就是说,他还没有达到运用自如的境界,仍然留有刻意追求的痕迹。根本问题是冯积岐还不具备真正意义上的现代文化精神。"[1]

"现代现实主义"是冯积岐的创作方法,"现实主义"指的是他的作品是描写现实的,具有现实的指涉;"现代"指的是他小说中所用的一些艺术手法具有"现代"的色彩,他的小说所具有的荒诞的特征以及变形的手法借鉴于卡夫卡,他的作品明显受到了卡夫卡的影响,冯积岐也坦诚自己在艺术上师承的是卡尔维诺和卡夫卡。

冯积岐是一个忧郁、孤独而充满了痛苦的人,这让他在性格和精神特征上接近卡夫卡,这种契合是他之所以接受卡夫卡的重要原因。他们有着相似的创作动力,艺术是他们缓释内心郁结的重要的手段和通道,创作对他们而言意味着获得治疗、自由和解放,他们的写作都是"内心世界向外部的巨大推进",这也是治疗精神创伤的重要手段。

卡夫卡对冯积岐的影响主要表现在异化主题、小说的荒诞色彩和变形手法上:

异化主题是卡夫卡和冯积岐小说的共同主题,他们书写了人与社会的异化、人与人的异化、人自身的异化,他们的小说世界是异化的世界,在对异化的书写中,卡夫卡一方面写出了社会的真实,米兰·昆德拉认为卡夫卡的小说是"对现代世界最清醒的审视"[2];另一方面

---

[1] 韩鲁华:《执著的追求:对于人的求证及其叙述——冯积岐论》,《唐都学刊》2004年第4期。

[2] [法]米兰·昆德拉:《小说的艺术》,孟湄译,生活·读书·新知三联书店1992年版,第59页。

又超越了真实,具有一种抽象的哲学色彩。而冯积岐则通过对异化的书写去思考历史与现实的关系,以及人与社会、人与人异化关系中人性的挣扎与纠结。

在艺术上,冯积岐小说的荒诞特征和变形手法取法于卡夫卡,他们的小说都描写了存在的荒诞性。在具体写法上,冯积岐借鉴了卡夫卡整体荒诞,细节真实的写法,表现了"文化大革命"前后那荒诞时代人的身份和存在的荒诞性,批判了当时社会的腐败、道德的堕落,思考了人生的意义和人性的内涵,冯积岐也积极地进行了探索,他的一些荒诞风格的小说有个别情节是荒诞的,正是这个"刺点"让小说具有了丰富的意义。差异在于,卡夫卡在小说中虚化了背景,虚化了人物,他的《变形记》《城堡》《诉讼》《在流放地》等作品都没有具体的时间和空间,故事发生在哪里?什么年代发生的?这些都没有具体描述,卡夫卡作品中的人物也被作家做了虚化处理,主人公往往缺乏背景和历史,作家既不描述他的容貌,也不描述他的喜好,更不描述他的内心生活和情感世界,小说主人公往往连名字都没有。这种虚化背景和人物的手法使卡夫卡的小说世界具有象征和隐喻色彩,有评论者指出"变形是卡夫卡营造他的艺术世界的法则。对变形的偏爱意味着他所描写的一切都不是在表述对象本身,而是另有所指"[①];卡夫卡的小说世界是现代人荒诞性存在的真实镜像,他的小说是本体意义上对世界荒诞性的整体体认。而冯积岐的小说则坐实了小说的时间和地点,小说对时间有着异常清晰的交代,小说人物也具有自己的历史和丰富的情感世界,冯积岐笔下的荒诞则更多来源于权力的压迫和现实的困境,更多地指向社会批判和人性反思,冯积岐从自身的文学观念和现实体验出发,在接受影响的同时使卡夫卡的"荒诞"发生了变异,它是"基于自身文化背景而对传播西方文学所作出的选择、删改、创新"[②]。

另外,除了卡夫卡对冯积岐的直接影响外,他们在小说的自传性、"父亲"形象上表现了相当程度的相似性可供比较。自传性写作是卡

---

① 张玉娟:《卡夫卡艺术世界的图式》,浙江大学出版社2009年版,第47页。
② 曹顺庆主编:《比较文学概论》,中国人民大学出版社2011年版,第152页。

夫卡和冯积岐小说的另一大共同点，卡夫卡认为自己的写作是有关父亲的，是自己的私人记录，是自己内心的象形文字，他的小说世界和经验世界具有相当多的重叠。冯积岐的小说与他的人生经历和生活体验是分不开的，冯积岐有的小说以自己的家庭为原型，他的很多小说人物都可以看到作家自己的影子。

"父亲"形象是卡夫卡和冯积岐的小说中非常重要的一类人物形象，具有多维的意义。一方面，他们很多小说中的父亲形象是依据作家自己父亲的形象塑造的，小说中的父子关系也是作家与父亲关系的写照，是作家饱蘸着情感所着力书写的；另一方面，他们的"父亲"书写超越了自传性，使"父亲"具有了象征的色彩，卡夫卡后期的小说中的威权是父权的象征，冯积岐部分小说中的"父亲"则意味着一种对人的保护力量，威权给人带来了无可避免的灾难，当人面对灾难的时候却没有任何庇护的力量，在这个意义上，卡夫卡和冯积岐对"父亲"进行了审视和思考。

余论　权力批判与人性反思的力度与局限

或许源于陕西文化的多样性，陕西当代作家多都有自己的文学地图，如路遥的陕北、贾平凹的商州、陈忠实的白鹿原、红柯的新疆、冯积岐的松陵村，每位作家都带着个人的思想与体验，用文字与心血绘制文学地图，使这些地图呈现出不同的文学景象，构成了一个复杂的文学世界。

弗洛伊德说，文学是作家的白日梦。作家的阅历与期待影响着作家文学花园的建构，源于苦难的童年经历，冯积岐的文学花园带着苦涩的味道。这里充满着权力与反抗、欲望与情感，每个人物都在自己的角色里无法自拔，拥有权力的将权力发挥到极致；被剥夺权力的陷入困境，即便有反抗意识也找不到去路。对于中华民族，战争带给人们的不仅有家破人亡、肢体伤残，更有精神上的无尽折磨，浩劫之后，人们只剩下活命意识。

"文化大革命"构成了20世纪一段值得反思的苦难史，"文化大革命"结束了，但对于归属于落后阶级的个体而言，苦难记忆却是长久的。多年之后，重新反思这段历史，权力与人性成为醒目的关键词。有权力便有压制与利益，在利益甚至生命面前，人性的丑陋一览无遗。在权力冲突下观照人性，就有了许多值得探讨的话题。冯积岐的小说得益于权力批判与人性反思。在他的笔下，权力是一种极其残酷的压迫，但在权力的主客体之间并不存在尖锐的矛盾斗争，只因为权力客体的身份。

权力既体现为肉体上与精神上的直接管制，也包括权力话语——

即通过确定权力客体的身份在精神上制约后者。在阶级斗争年代表现为阶级身份；在非阶级斗争年代表现为阶层身份，处于落后阶级、底层的均为权力的客体。权力可以使人器官失聪、精神失常，被权力"践踏"的人们只剩下活命的本能，苟延残喘，身体这具失去灵魂的躯壳沉重而无所依托。

在权力施行过程中，权力主体体现出了荀子的"性恶论"。权力使掌权者欲望无限膨胀，他们贪婪、虚伪或凶残；但被压制的权力客体却也并不表现为至善，当他们拥有机会时，会选择报复；无力报复而选择逃离时，同样会陷入欲望的陷阱。阅读冯积岐的文字，能感受到语言间所呈现的紧张关系，小说中的人物也多固执，这种抗争式的叙述方式体现出冯积岐在创作上的"特立独行"。冯积岐借鉴个人刻骨铭心的伤痛记忆，传达"文化大革命"时期乃至改革初期底层农民的一种生存状态。以乡村权力为出发点，撕下了人性伪善的面具，体现出历史思考的深度与力度。

冯积岐将小说命名为"第四版本"，这是一种有别于新闻报道、官方文件、民间野史，带有作者个人独到判断且融入读者体验的故事讲述。他说，一个好的作家要对文学本身负责，要对历史负责，要对个人负责；要敢于说出真相，要像索尔仁尼琴、略萨、库切他们一样，拿出牛犄顶橡树的勇气来从事文学创作；一个清醒的作家必须和时代保持距离，用批判的眼光去审视，这是最低的起点；批判权力主体以及权力话语，彰显出写作者的底层立场与独立人格，以人性反思揭示出人性之恶与人性之悲。

这种批判的勇气源于儿时作为被批判阶级饱受的各种欺凌，他更愿意书写底层的苦难，借此舔舐自己的伤痕，这是自我疗伤也是申诉。"文化大革命"时期被批判的阶级现已恢复政治身份，却少有为地主阶级"洗冤"的文学作品。虽然对农村阶级的划分从1950年开始，但地主、富农阶级作为乡绅阶层在20世纪初就被视为封建社会的毒瘤，民主主义革命的靶子，饱受批判。封建社会，地主、富农阶级是既得利益者，在社会转型过程中，可能会对新社会权力的推行形成阻力,这是强调地主阶级作为群体的问题,而忽略了个体差异性。因为对这一阶级的批判由来已久,虽然在"文化大革命"时期同样受到伤害,却似乎不足以博得同情。但对于冯积岐,这种伤害是明显而强烈的,书写也是为了引起关注并引发思考。

权力批判与人性反思使冯积岐的创作形成了自己的风格,但特色一旦固化,也可能成为创作发展的阻力。一扇窗为看者提供了一个视角,却也遮蔽了其他风景。对于冯积岐来说,批判与反思源于个人的疼痛记忆,后者是他创作的起点,刻骨铭心的记忆却限制了他的高度。李建军曾指出:"西部小说家整体上呈现出的主题重复、风格单一的问题,均与他们的外在体验资源的贫乏有关。他们的生活阅历并不丰富,因此,就只好抓住自己的有限的体验资源不放,写来写去,就那些东西,越写越飘,越写越空,越写越淡而无味"。①

抓住有限体验不放也许是渴望这一体验获得更多的关注,或个人的体验更易于表达,也许本身就是写作者体现个人特色的一种方式。有一点不能否定的是,冯积岐小说中关注的主要是个人的苦难,《村子》之后,他小说中的人物走出了伤痛记忆,但对于个体独特感受的关注却始终没有变。彰显个体意识并非不合适,只是个体的苦难应与历史、社会民族的苦难联系起来,批判的对象并非权力主体本身,而是造成权力滥用的根源。权力滥用的背后可能是人性贪婪的本质、制度的不合理、个体信仰的缺乏、官本位、民主制度的缺失。李欧梵在谈到巴金的《随想录》时指出,作为一个具有国际视野的作家,巴金应该将个人自省与民族的反思结合,将个人批判与社会批判结合,使作品具有思想史的意义和文化史的价值。借用此观点来看冯积岐小说的权力批判,似乎也可以说,如果能与对民族历史、文化的思考结合起来,从熟视无睹的现象中发现本质,或许这种批判会发人深省。在对于人性的反思方面,人性是一个较为复杂的研究对象,示人以善或恶都因对象不同而有所区别,多关注个体的矛盾与纠结能更真实地呈现人性。

---

① 李建军:《小说的纪律:基本理念与当代经验》,江苏文艺出版社2009年版,第202页。

冯积岐简历及小说年表[①]

1953 年生于陕西省岐山县农村。

1950—1964 年在岐山县北郭乡陵头小学读书。

1965—1968 年在岐山县周公庙中学读书。

1968—1988 年在农村当农民。

1988—1990 年在西北大学中文系作家班读书。

1988—2000 年在陕西省作家协会杂志任编辑、小说组组长。

2001 年至今任陕西省作家协会专业作家、作协创作组组长。

2001—2007 年挂职任凤翔县县委副书记。

1983 年开始在《延河》杂志发表小说。

1994 年加入中国作家协会。

1997 年在陕西省第五次作代会上当选为省作协副主席。

（一） 中短篇小说

1983 年

《续绳》　　　　　　　　　　　　　　　《延河》5 期

1986 年

《舅舅外甥》　　　　　　　　　　　　　《延河》1 期

1987 年

《豹子下山》　　　　　　　　　　　　　《延河》6 期

1988 年

《日子》　　　　　　　　　　　　　　　《延河》1 期

[①] 由冯积岐提供，创作年表截至 2011 年。

《在那个夏天里》　　　　　　　　　　《中国西部文学》5 期
《地下水》（中篇小说）　　　　　　　《中国西部文学》6 期

1989 年

《午间》　　　　　　　　　　　　　　《中国西部文学》1 期
《夏天到秋天》　　　　　　　　　　　《延河》11 期
《木头坡》　　　　　　　　　　　　　《秦都》6 期

1990 年

《丈夫》　　　　　　　　　　　　　　《清明》6 期
《乡政府人物》　　　　　　　　　　　《中国西部文学》5 期

1991 年

《妻子她》　　　　　　　　　　　　　《延河》1 期
《戏子》　　　　　　　　　　　　　　《岁月》1 期
《一夜无月光》　　　　　　　　　　　《山花》6 期
《黑洞》　　　　　　　　　　　　　　《秦岭文学》1 期

1993 年

《雨雨》　　　　　　　　　　　　　　《北方文学》4 期
《想起那一天颤悠悠》　　　　　　　　《五月》4 期
《不动感情》　　　　　　　　　　　　《延河》3 期
《烟尘》（中篇小说）　　　　　　　　《天津文学》7 期

1994 年

《烟》　　　　　　　　　　　　　　　《延河》1 期
《断指》　　　　　　　　　　　　　　《延河》1 期
《一种生活》　　　　　　　　　　　　《延河》1 期
《红拖鞋》　　　　　　　　　　　　　《朔方》1 期
《那天晌午》　　　　　　　　　　　　《朔方》1 期
《狼狗》　　　　　　　　　　　　　　《朔方》1 期
《玉米地》　　　　　　　　　　　　　《朔方》4 期
《没有屋顶的房子》　　　　　　　　　《天津文学》7 期
《土崖遮出的阴影》　　　　　　　　　《天津文学》7 期
《我的农民父亲和母亲》（中篇小说）　《朔方》10 期
《乡村干部》（中篇小说）　　　　　　《鸭绿江》10 期

《走进神话》	《西安日报》4月3日
《人生舞台》	《西安日报》11月10日
《那个寒冷的早上》	《西安日报》2月27日
《小飞和画家》	《朔方》12期

1995年

《拴在一根绳子上的孕妇和勋章》	《延河》1期
《星期天和星期一早晨》	《清明》5期
《最后一个木匠》	《飞天》6期
《寻找父亲》（中篇小说）	《延河》6期
《干旱的九月》（中篇小说）	《朔方》6期
《杂姓》（中篇小说）	《芒种》6期
《我们在山里活人》（中篇小说）	《秦岭文学》4期
《银元》	《税收与社会》11期
《月明，月明》	《华山文学》3期

1996年

《露水草》（中篇小说）	《中国西部文学》3期
《眼镜》	《青海湖》7期
《祖母或我们村里的那棵松树》	《牡丹》4期
《革命年代里的排练和演出》（中篇小说）	《朔方》4期
《结局》	《作品》9期
《我的岳父和两个岳母》（中篇小说）	《山丹》9期

1997年

《这块土地》（中篇小说）	《当代》1期
《短暂的军帽》	《珠海》1期
《曾经失明过的唢呐王三》	《人民文学》2期
《有关两个头颅》	《牡丹》3期
《蛋形花坛》	《中国西部文学》1期
《林的故事》	《青海湖》5期
《一炷香》	《芒种》9期
《在边缘》（中篇小说）	《牡丹》5期
《武惠兰打井》	《绿洲》5期

《想起了老黄》　　　　　　　　　《北方文学》9 期

《城堡的短暂迷失》　　　　　　　《珠海》6 期

1998 年

《寻找》　　　　　　　　　　　　《作品》2 期

《老黑》　　　　　　　　　　　　《青海湖》2 期

《不能责怪父亲的年代》　　　　　《太阳》1—2 期

《在公园》　　　　　　　　　　　《绿洲》2 期

《村办歌舞厅》（中篇小说）　　　《绿洲》2 期

《祖父之死》（中篇小说）　　　　《天津文学》4 期

《硬币》　　　　　　　　　　　　《税收与社会》2 期

《去年今日》　　　　　　　　　　《延河》7 期

《手》　　　　　　　　　　　　　《延河》7 期

《树上的眼睛》　　　　　　　　　《延河》7 期

《黄土》　　　　　　　　　　　　《青年文学家》6 期

《种瓜得豆》（中篇小说）　　　　《芳草》7 期

《目睹过的或未了却的事情》　　　《山花》7 期

《炮人》（中篇小说）　　　　　　《小说》4 期

《跟踪》　　　　　　　　　　　　《武汉晚报》5 月 30

《杀人者》（中篇小说）　　　　　《牡丹》5 期

《母与子》　　　　　　　　　　　《北方文学》10 期

《我等着你回答》　　　　　　　　《佛山文学》10 期

《潇洒》　　　　　　　　　　　　《山东文学》11 期

《我和前妻》　　　　　　　　　　《武汉晚报》2 月 7 日

1999 年

《下场》（中篇小说）　　　　　　《章回小说》2 期

《朋友》　　　　　　　　　　　　《朔方》7 期

《别有洞天》　　　　　　　　　　《绿洲》3 期

《坍塌的房屋》　　　　　　　　　《作品》1 期

《谁之错》（中篇小说）　　　　　《章回小说》11 期

《结交小曼》　　　　　　　　　　《作品》10 期

《家事如烟》（中篇小说）　　　　《百花洲》2 期

《雪过天晴》	《当代小说》8 期
《护士邹月仙》（中篇小说）	《山东文学》9 期
《画家》	《长江文艺》11 期
《留下来的》	《芳草》7 期
《夜走他乡》	《福建文学》1 期
《玩蛇的女孩》	《鸭绿江》1 期
《祖露的部分》（长篇小说）	《当代作家》1 期
《误入歧途》（中篇小说）	《佛山文艺》8 期
《在伞下》（中篇小说）	《百花洲》6 期
《打开窗户》	《湖南文学》2 期
《与靓女同行》	《佛山文艺》12 期

2000 年

《皮匠》	《鸭绿江》1 期
《房子》	《西北军事文学》1 期
《盼》	《税收与社会》1 期
《渭河滩》（中篇小说）	《绿洲》1 期
《沉默的粮食》（中篇小说）获武汉市文联《芳草》小说奖　《芳草》5 期	
《带小狗的女人》	《作品》5 期
《成熟》	《山花》6 期
《如画》	《滇池》6 期
《流鼻血的少年》	《青春阅读》7 期
《农民某一天的生活》	《朔方》8 期
《后墙上的窗口》	《山东文学》9 期
《在树下》（中篇小说）	《作品》10 期
《舅父的一生》	《青海湖》8 期
《故乡来了一位陌生人》	《北京文学》12 期
《王者后裔》	《北方文学》12 期

2001 年

《老人》	《西北军事文学》1 期
《没事》	《滇池》1 期
《毁灭》	《青春阅读》2 期

《黄芩》	《鸭绿江》4 期
《人生暗角》	《福建文学》5 期
《村桩》获吐鲁番文联小说奖	《芳草》5 期
《夏天里的几种可能》	《牡丹》5 期
《西部警察》（中篇小说）	《芳草》12 期
《九月之月》（中篇小说）	《延安文学》5 期
《影子》	《长江文艺》12 期
《惊恐不安》	《税收与社会》4 期
《青龙镇》	《税收与社会》12 期

2002 年

《那年他十七岁》	《青春阅读》1 期
《母亲》	《青海湖》2 期
《棉花》	《山东文学》3 期
《一束亮光》	《牡丹》2 期
《农事诗》（短篇二题）	《西南军事文学》1 期
《盗窃》	《鸭绿江》3 期
《摇晃不定的深秋》	《朔方》9 期
《梅草的婚姻》	《福建文学》7 期
《秀发缠身》	《滇池》5 期
《葡萄园》	《芳草》10 期
《关于那个怪人》	《芒种》11 期
《又是一年麦黄时》	《时代文学》6 期
《遭遇城市》	《青海湖》12 期
《出走》	《北方文学》4 期
《晌午的阳光》	《青春阅读》12 期

2003 年

《苹果王》	《青海湖》3 期
《演戏》	《芒种》7 期
《半夜敲门》	《山东文学》6 期
《刻石碑的老人》	《西北军事文学》3 期
《汉中姑娘》	《芒种》12 期

2004 年

《兽医站手记》	《青海湖》2—3 期
《我是汉中姑娘》	《佛山文艺》1 期（上）
《痛痛快快哭一场》	《佛山文艺》3 期（上）
《画家之死》	《福建文学》4 期
《扫院子的女人》	《清明》4 期
《死去也好看》	《西湖》9 期
《走来走去的女人》	《青春阅读》10 期
《到孤岛去》	《佛山文艺》11 期（下）

2005 年

《麦地里的玉佩》	《福建文学》1 期
《逃》获青海省作协《青海湖》小说奖	《青海湖》1 期
《两个少年一天的愉快生活》	《山东文学》4 期
《这个叫麦叶的女人》	《佛山文艺》4 期（下）
《我们村的最后一个地主》	《延河》6 期
《电话机》（中篇小说）	《长城》6 期
《摧毁》	《青春阅读》12 期

2006 年

《刀子》	《延河》2 期
《王妮睡着了》	《青海湖》3 期
《一个人的爱情》	《作品》11 期
《我和我的朋友夫妇》	《山东文学》7 期
《会飞的奶牛》	《青海湖》9 期

2007 年

《村里发大水》	《绿洲》1 期
《气味》	《青海湖》3 期
《一个女人和两辆轮椅》	《佛山文艺》4 期
《艳遇》	《佛山文艺》7 期
《女县长》	《青春阅读》7 期
《此情绵绵》	《山东文学》7 期
《两个太阳》	《牡丹》5 期

《一幅画》	《滇池》9 期
《风吹草不动》	《福建文学》11 期
《皮影，或局长之死》	《绿洲》6 期

2008 年

《一顶草帽》	《延河》5 期
《牵马的女人》	《牡丹》3 期
《似梦非梦》	《红豆》10 期
《草叶的戏剧人生》	《佛山文学》7 期
《黑牡丹》	《芙蓉》1 期
《野猪闹山》	《绿洲》12 期
《周旋》	《山东文学》5 期
《你是个叛徒》	《天津文学》7 期
《雪夜走山》	《福建文学》11 期
《两个冬天，两个女人》（长篇小说）	《安徽文学》10 期

2009 年

《捉奸》	《佛山文学》6 期
《月亮》	《佛山文学》1 期
《四百九十八棵洋槐树》	《小说月报·原创版》1 期
《窑沟人的生活》（之一）	《牡丹》1 期
《最后的铁匠》	《朔方》8 期
《捉奸》	《北京文学》6 期
《农妇祁红霞》	《延河》10 期
《老教授和黑玫瑰》	《绿洲》11 期
《拿住》	《绿洲》11 期
《片断》	《边疆文学》11 期
《六叔之死》	《星火》5 期
《苗珍的故事》	《延河》12 期
《乡长流泪了》	《雨花》5 期
《空落落的村庄》	《山东文学》8 期
《心愿》	《西南军事文学》6 期
《与禽兽同眠的日子》	《佛山文艺》11 期

《抱花盆的女人》	《佛山文艺》11 期
《田三告状》	《牡丹》11 期
《井》	《牡丹》11 期
《宝剑》	《牡丹》11 期

2010 年

《成人仪式》	《延河》11 期
《重生门》	《延河》11 期
《最后一课》	《西南军事文学》6 期
《人生难料》	《绿洲》5 期
《一双布鞋》	《红豆》6 期
《西安办事处》	《回族文学》6 期
《黑有娃和白雪龙》	《草原》4 期
《突然心慌》	《佛山文艺》11 期
《妈妈，你不能那样》	《天津文学》4 期
《镜子》	《福建文学》5 期
《谁是真正的元凶》	《边疆文学》7 期
《西瓜地》	《朔方》7 期
《黑衣女人》	《山花》5 期
《戴帽子的杉树》	《边疆文学》12 期
《今年她才四十岁》	《山花》12 期

2011 年

《两厢亏欠》	《佛山文艺》6 期
《八月，八月》	《天津文学》2 期
《扫街道的女人》	《牡丹》1 期
《预演》	《滇池》10 期
《故乡和那个男孩儿》	《作家》2 期
《等待二十年》	《边疆文学》5 期
《门和窗子都开着》	《小说月报·原创版》1 期
《离婚》	《小说月报·原创版》1 期
《习惯没有你的日子》	《小说界》2 期
《一夜未了情》	《山花》9 期

《各怀心事》	《芙蓉》3 期
《预演》	《上海文学》10 期
《二爸，我的二爸》	《天津文学》11 期
《一桩凶杀案》	《鸭绿江》12 期
《远去的故乡》	《延河》11 期

（二）中短篇小说集

《小说三十篇》	东方出版社 1998 年 8 月
《我的农民父亲和母亲》	燕山出版社 1999 年 2 月
《刀子》	作家出版社 2006 年 7 月
《冯积岐短篇小说自选集》	陕西人民出版社 2012 年 3 月

（三）散文集

《凤鸣医魂》	陕西人民出版社 1992 年 8 月
《将人生诉说给自己听》	陕西人民教育出版社 1993 年 7 月
《人的证明》	太白文艺出版社 1998 年 1 月
《没有留住》	当代中国出版社 1998 年 8 月
《挂职日记》	新华出版社 2006 年 3 月

（四）长篇小说

《沉默的季节》	长江文艺出版社 2000 年 12 月第一版 2001 年 12 月第二版
《大树底下》	太白文艺出版社 2005 年 1 月第一版 2007 年 1 月第二版
《敲门》	山东文艺出版社 2005 年 1 月
《村子》	太白文艺出版社 2007 年 1 月第一版 2011 年 10 月第二版
《遍地温柔》	中国社会出版社 2008 年 10 月
《沉默的年代》	中国社会出版社 2008 年 10 月
《两个冬天，两个女人》	文汇出版社 2010 年 3 月
《逃离》	太白文艺出版社 2010 年 10 月
《粉碎》	文汇出版社 2012 年 1 月
《非常时期》	2013 年 1 月

参考文献

一 作品

冯积岐：《我的农民父亲和母亲》，《朔方》1994年第8期。

冯积岐：《寻找父亲》，《延河》1995年第6期。

冯积岐：《不能责怪父亲的年代》，《太阳》1998年第1—2期。

冯积岐：《你去读一读农民》，《三月风》1998年第11期。

冯积岐：《小说三十篇》，东方出版社1998年版。

冯积岐：《人的证明》，太白文艺出版社1998年版。

冯积岐：《我的农民父亲和母亲》，北京燕山出版社1999年版。

冯积岐：《沉默的季节》，长江文艺出版社2000年版。

冯积岐：《我的童年和少年》，《牡丹》2001年第2期。

冯积岐：《我的祖父是地主》，《中华散文》2003年第11期。

冯积岐：《遭遇拒绝》，《中华散文》2004年第10期。

冯积岐：《一幅画》，《滇池》2007年第9期。

冯积岐：《村子》，太白文艺出版社2007年版。

冯积岐：《沉默的年代》，中国社会出版社2008年版。

冯积岐：《遍地温柔》，中国社会出版社2008年版。

冯积岐：《冯积岐短篇小说自选集》，陕西人民出版社2012年版。

冯积岐：《大树底下》，文化艺术出版社2013年版。

冯积岐：《敲门》，文化艺术出版社2013年版。

冯积岐：《粉碎》，文化艺术出版社2013年版。

冯积岐：《逃离》，文化艺术出版社2013年版。

冯积岐：《大树底下》，文化艺术出版社2013年版。

冯积岐：《两个冬天，两个女人》，文化艺术出版社2013年版。

冯积岐：《关中》，江苏凤凰文艺出版社2015年版。

冯积岐：《重生》，湖南文艺出版社2015年版。

［奥］卡夫卡著，叶廷芳主编：《卡夫卡全集》第6卷，孙龙生译，河北教育出版社1996年版。

［奥］卡夫卡著，叶廷芳主编：《卡夫卡全集》第5卷，黎奇、赵登荣译，河北教育出版社1996年版。

［奥］卡夫卡：《城堡》，赵蓉恒译，河北教育出版社1996年版。

［奥］卡夫卡：《卡夫卡小说全集》（Ⅱ），韩瑞祥等译，人民文学出版社2003年版。

［奥］卡夫卡：《卡夫卡短篇小说精选》，叶廷芳译，浙江文艺出版社2004年版。

二 专著

曹顺庆主编：《比较文学概论》，中国人民大学出版社2011年版。

丁帆：《中国乡土小说史论》，江苏文艺出版社1992年版。

费孝通：《乡土中国生育制度》，北京大学出版社1998年版。

洪子诚：《作家姿态与自我意识》，北京大学出版社2010年版。

李继凯：《秦地小说与三秦文化》，湖南教育出版社1997年版。

李继凯主编：《冯积岐评论集》，文化艺术出版社2013年版。

李强：《转型时期的中国社会分层结构》，黑龙江人民出版社2002年版。

刘京：《现代社会与异化》，新华出版社2006年版。

柳鸣九主编：《二十世纪文学中的荒诞》，湖南教育出版社1993年版。

陆学艺主编：《当代中国社会阶层研究报告》，社会科学文献出版社2002年版。

龙迪勇：《空间叙事研究》，生活·读书·新知三联书店2014年版。

申丹：《叙述学与小说文体研究》，北京大学出版社2001年版。

涂险峰：《质疑与对话：20世纪后期中国小说价值现象研究》，湖北人民出版社2004年版。

汪民安、陈永国、马海良：《福柯的面孔》，文化艺术出版社2001年版。

汪安民：《身体、空间与后现代性》，江苏人民出版社2006年版。

汪民安：《现代性》，南京大学出版社2012年版。

温儒敏：《文学现实主义的流变》，北京大学出版社1988年版。

吴金涛：《卡夫卡与现代主义文学研究》，西北大学出版社2007年版。

肖云儒：《西部文学论》，西安出版社2017年版。

谢冕：《百年中国文学总系》，山东教育出版社1998年版。

许子东：《重读"文革"》，人民文学出版社2011年版。

薛毅：《乡土中国与文化研究》，上海书店出版社2008年版。

阎嘉：《卡夫卡 反抗人格》，长江文艺出版社1996年版。

叶廷芳主编：《论卡夫卡》，中国社会科学出版社1988年版。

张莉：《卡夫卡与20世纪后期中国小说》，中国社会科学出版社2012年版。

张玉娟：《卡夫卡艺术世界的图式》，浙江大学出版社2009年版。

赵家璧等：《中国新文学大系》，上海文艺出版社2003年版。

赵学勇：《新文学与乡土中国——世纪中国乡土文学与西部文学研究》，兰州大学出版社1993年版。

赵园：《地之子》，北京大学出版社2007年版。

郑杭生主编：《社会学概论新修》，中国人民大学出版社1994年版。

朱立元主编：《艺术美学辞典》，上海辞书出版社2012年版。

朱立元主编：《美学大辞典》，上海辞书出版社2010年版。

三 译著

[德]彼得-安德列·阿尔特：《卡夫卡传》，张荣昌译，重庆大学出版社2012年版。

[以]S.N.艾森斯塔特：《反思现代性》，旷新年、王爱松译，生活·读书·新知三联书店2006年版。

［俄］巴赫金：《巴赫金全集》，白春仁等译，河北教育出版社 1998 年版。

［丹麦］勃兰兑斯：《十九世纪文学主流》，张道真等译，人民文学出版社 1997 年版

［德］马克斯·伯罗德：《卡夫卡传》，汤永宽译，漓江出版社 1999 年版。

［美］马歇尔·伯曼：《一切坚固的东西都烟消云散了：现代性体验》，徐大建、张辑译，商务印书馆 2003 年版。

［日］厨川白村：《苦闷的象征》，鲁迅译，江苏文艺出版社 2008 年版。

［法］米歇尔·福柯：《规训与惩罚》，刘北成、杨远婴译，生活·读书·新知三联书店 2003 年版。

［荷兰］佛克马、蚁布思：《文学研究与文化参与》，俞国强译，北京大学出版社 1996 年版。

［美］埃利希·弗洛姆：《健全的社会》，欧阳谦译，中国文联出版公司 1988 年版。

［英］罗纳德·海曼：《二十世纪现代文学大师：卡夫卡传》，赵乾龙等译，作家出版社 1988 年版。

［英］安妮·怀特海德：《创伤小说》，李敏译，河南大学出版社 2011 年版。

［英］安东尼·吉登斯：《社会学》，李康译，北京大学出版社 2009 年版。

［英］安东尼·吉登斯：《现代性的后果》，田禾译，黄平校，译林出版社 2011 年版。

［美］桑德尔·L.吉尔曼：《卡夫卡》，孙永国译，北京大学出版社 2010 年版。

［法］罗杰·加洛蒂：《论无边的现实主义》，吴岳添译，百花文艺出版社 2008 年版。

［法］加缪：《西西弗的神话》，杜小真译，西苑出版社 2003 年版。

［奥］卡夫卡、［捷］雅诺施：《卡夫卡口述》，赵登荣译，上海三联书店 2009 年版。

［美］马泰·卡林内斯库：《现代性的五副面孔》，顾爱彬、李瑞华译，商务印书馆 2002 年版。

［捷克］米兰·昆德拉：《小说的艺术》，孟湄译，生活·读书·新知三联书店1992年版。

［捷克］米兰·昆德拉：《被背叛的遗嘱》，余中先译，上海译文出版社2003年版。

［英］拉雷恩：《意识形态与文化身份：现代性和第三世界的在场》，戴从容译，上海教育出版社2005年版。

［美］丹尼斯·朗：《权力论》，陆震纶、郑明哲译，中国社会科学出版社2001年版。

［美］华莱士·马丁：《当代叙事学》，伍晓明译，北京大学出版社2005年版。

［美］马尔库塞：《爱欲与文明》，黄勇、薛民译，上海译文出版社1987年版。

［德］马克思、恩格斯：《共产党宣言》，中共中央马克思、恩格斯、列宁、斯大林中央编译局译，人民出版社1997年版。

［英］默里：《卡夫卡》，郑海娟译，国际文化出版公司2006年版。

［法］米歇尔·普吕讷：《荒诞派戏剧》，陆元昶译，浙江大学出版社2014年版。

［美］萨义德：《知识分子论》，单德兴译，生活·读书·新知三联书店2007年版。

［英］拉曼·塞尔登：《文学批评理论》，刘象愚等译，北京大学出版社2003年版。

［德］瓦根巴赫：《卡夫卡》，韩瑞详译，陕西人民出版社1986年版。

［美］伊恩·瓦特：《小说的兴起》，高原、董红钧译，生活·读书·新知三联书店1992年版。

［德］马克斯·韦伯：《中国的宗教——宗教与世界》，康乐、简惠美译，广西师范大学出版社2004年版。

［美］韦勒克、沃伦：《文学理论》，刘象愚等译，生活·读书·新知三联书店1984年版。

［英］阿诺德·P.欣契利夫：《荒诞派》，剑平、夏虹译，北岳文艺出

版社 1989 年版。

四　期刊论文

陈忠实：《村子，乡村的浓缩和结构——读冯积岐长篇小说〈村子〉》，《长篇小说选刊》2007 年第 5 期。

韩鲁华：《执著的追求：对于人的求证及其叙述——冯积岐论》，《唐都学刊》2004 年第 4 期。

冀桐：《畏父·叛父·审父——略论卡夫卡创作中的父子冲突主题》，《张家口师专学报》（社会科学版）1994 年第 3 期。

[德]雷曼：《卡夫卡小说中所提出的社会问题》，《外国文学动态》1980 年第 1 期。

李继凯、冯积岐：《复杂人性的探询和文学生命的建构——关于冯积岐小说创作的对话》，《文艺研究》2012 年第 12 期。

李建军：《压迫与解放——冯积岐小说论》，《小说评论》1996 年第 5 期。

刘谦：《积岐小记》，《小说评论》1991 年第 1 期。

[匈]卢卡契：《批判现实主义的现实意义》，《外国文学动态》1984 年第 9 期。

[德] Chr. 鲁茨：《异化是社会科学的概念》，《哲学译丛》1983 年第 4—5 期。

马玉琛：《讲述和描述之间——浅论冯积岐小说的叙述特点》，《文艺争鸣》2003 年第 4 期。

彭富春：《身体美学的基本问题》，《中州学刊》2005 年第 3 期。

邰科祥、冯积岐：《"好作家要能表达边缘的东西"——冯积岐访谈录》，《宝鸡文理学院学报》2011 年第 2 期。

陶东风、罗靖：《身体叙事：前先锋、先锋、后先锋》，《文艺研究》2005 年第 10 期。

吴妍妍：《写作是一种生活方式——冯积岐访谈录》，《小说评论》2012 年第 4 期。

杨光祖：《西部长篇小说创作的缺失》，《文艺争鸣》2006 年第 2 期。

杨经建、彭在钦：《复仇母题与中外叙事文学》，《外国文学评论》2003年第4期。

郑金侠：《用苦难铸成文字——冯积岐评传之一》，《传记文学》2014年第1期。

朱虹：《荒诞派戏剧述评》，《世界文学》1978年第2期。

后　记

　　读者阅读作家作品大抵不过两种路径：或先阅其人，后阅其文；或先阅其文，后阅其人。冯积岐是后一种。最先是从短篇开始，漫不经心地拿来，刚看开篇几句，就被一种注重感觉描写、舒展自如却又是精心建构的语言吸引了，在尽情把玩句子的同时，还有细若游丝的情节在牵引着，似乎要把人带到一个地方，看到后面，有时却是理不乱剪还乱，再要琢磨，小说却完了，通常画着悲伤的句号。仿佛涓涓细流，顺着山势蜿蜒百折，行到正酣处，呜呜咽咽消失了。看得人一头雾水，但味道在。于是再读一遍，力求找出个所以然来，似有所悟，却说不出来；读到第三遍时，终于悟了，能说出来，又说不透。于是一篇一篇地读，从短篇到长篇，读得多了，才感觉到冯积岐的文学个性，感觉到他深厚的文字功底并不输于许多获大奖的作家，也感觉到这位作家的分量。

　　创作犹如做菜，酸甜苦辣咸，味味不同。模仿犹如搬菜谱，做得再好，也是一个味。创作需要"创造"，需要有自己的味，冯积岐作品的每一篇都打上了他的标签，这一点实属难得。其味道，笼统地说，以酸苦为重。他一遍又一遍地写，乐此不疲。从当年的农民写到今天的省作协副主席，他的创作带来的最大好处或许就是这个职位，当然这也不是冯积岐创作的初衷。30年的时间可以让多少个农民发家致富，30年的创作，没有拿过茅奖，没有发家致富，写作究竟换来了什么？

　　本书稿接近完稿时，正值酷夏。在烈日之下奔波，为着希望而来，向着失望而去。如果明知是失望，是否还会有此去来？早知道人生的帷幕终将落下，为何每一次演出都如此动情？突然懂得了人生的意义不过是体悟生命这一过程，正如创作的全部意义在于创作本身，由此也就领悟到创作对于冯积岐的全部意义。

本书出版获得了陕西省教育厅科研计划项目资助（项目编号：18JZ035）。本书稿是集体智慧的结晶，具体分工如下：

吴妍妍：绪论、第四章、第五章、余论；

师　爽：第一章、第三章；

曹小娟：第二章、第六章、第七章；

郭　星：第八章第一节；

张悠哲：第八章第二节、第三节；

王祖基：第九章。

是为记。

王祖基

2018 年 12 月 26 日